La Cas

labutxaca

www.labutxaca.cat
info@labutxaca.cat

Jo Nesbø (Oslo, 1960), l'autor de l'aclamada sèrie del detectiu Harry Hole, està considerat el rei de la novel·la negra nòrdica. La trajectòria vital i literària de Nesbø és singular. Abans de convertir-se en escriptor, es va allistar com a voluntari a l'exèrcit noruec i més tard ha estat guitarrista i lletrista d'un grup de rock, però el 1996 va iniciar el seu camí en la literatura. Edicions Proa ha publicat tots els títols de l'autor protagonitzats pel detectiu Harry Hole: *El ratpenat*, *Escarabats*, *El pit-roig*, *Nèmesi*, *L'estrella del diable*, *El redemptor*, *El ninot de neu*, *El lleopard*, *L'espectre*, *Policia*, *La set*, *Ganivet* i *Eclipsi*. Fora d'aquesta sèrie, Proa també ha publicat els títols independents *Headhunters*, *Macbeth*, *L'hereu*, *Sang a la neu* i *Sol de sang*, *El regne*, *El rei d'Os*, el llibre de relats *L'home de la gelosia*, i la novel·la *La Casa de la Nit*. S'han venut 60 milions d'exemplars dels seus llibres a tot el món. El 2024 se li va atorgar el premi Pepe Carvalho de Novel·la Negra.

Jo Nesbø

La Casa de la Nit

Traducció de Laura Segarra Vidal

Proa
Barcelona

La primera edició d'aquesta obra es va publicar
a Proa el gener del 2024
Primera edició en aquest segell: gener del 2025

Títol original: *Natthuset*

Amb el suport del Departament de Cultura

Generalitat de Catalunya
Departament de Cultura

Amb el suport de la Institució de les Lletres Catalanes

Institució de les Lletres Catalanes

Fotocomposició: Grup62
DIPÒSIT LEGAL: B. 21.103-2024
ISBN: 978-84-19971-65-4

PEFC Certificat
Aquest llibre procedeix de boscos gestionats de forma sostenible
PEFC
PEFC/14-38-00308
www.pefc.es

Primera part

Capítol 1

—E-e-e-ets boig —va dir en Tom, i em vaig adonar que estava espantat, ja que va quequejar una vegada més que de costum.

Jo encara sostenia la figureta d'en Luke Skywalker per dalt del cap, a punt per llançar-la riu amunt, a contracorrent. Des de l'interior del bosc espès que envoltava el riu, es va sentir un crit, com una advertència. Semblava d'una cornella. No em deixaria aturar, però, ni pels Toms ni per les cornelles; volia veure si en Luke Skywalker podia nedar. I ara solcava l'aire. El sol de primavera s'havia enfonsat cap a les capçades dels arbres, on ja brotaven les fulles, i de tant en tant la llum brillava a la figureta de plàstic, que giravoltava a poc a poc.

En Luke va encertar l'aigua fent un petit «plop». Per tant, com a mínim no podia volar. No el vèiem, tan sols es veia la superfície turbulenta i canviant del riu, crescut per l'aigua del desgel i que em recordava una boa constrictora gruixuda, una anaconda, que reptava cap a nosaltres.

M'havia traslladat a viure amb uns familiars meus en aquest llogaret de mala mort l'any passat, just després del meu catorzè aniversari, i no sabia ni una merda de les coses que fan els xavals en caus com Ballantyne per no morir-se d'avorriment. Però com que en Tom m'havia explicat que ara a la p-p-primavera el riu era traïdor i perillós, i que a casa li havien donat ordres estrictes de mantenir-se'n ben lluny, almenys ja tenia un lloc per on començar. No m'havia costat gaire convèncer en Tom, ja que era com jo: no tenia amics i pertanyia a la casta dels pàries de la classe. Aquell mateix dia, durant un descans, en Fatso em va explicar el tema aquest de les castes, però em va dir que jo era de la casta de les «piranyes», i allò em va fer pensar en aquells peixos que sembla que tenen fulles de serra per dentadura i que arrenquen tota la carn d'un bou en qüestió de minuts, així que em va semblar que era una casta ben guapa. No va ser fins que en Fatso, aquell panxarrut, no em va dir que jo i la meva casta érem inferiors a ell que no em vaig veure obligat a clavar-li una bufetada. Per desgràcia, ho va xerrar a la mestra, la senyoreta Refilet, com li dic jo, que va amollar un sermó a la classe sobre ser amables i com els anava la vida a les persones que no ho eren —ras i curt: acabaven sent uns fracassats—, i després d'allò no hi va haver cap dubte que el nou brètol de ciutat pertanyia de debò a la casta de les piranyes.

Després de classe en Tom i jo havíem baixat al riu i havíem anat al petit pont de fusta que hi ha a dins del bosc. Quan vaig treure en Luke Skywalker de la motxilla, en Tom va fer uns ulls com unes taronges.

—D-d-d'on l'has tret?

—Tu què creus, cap de suro?

—N-n-no l'has comprat a l'Oscar's. Estan esgotats.

—A l'Oscar's, aquell niu de rates? —vaig dir mig rient—. Potser el vaig comprar a la ciutat abans de venir a viure aquí, en una botiga de joguines de les de debò.

—No, perquè és el model d'aquest any.

Em vaig mirar en Luke més de prop. Era possible que hi hagués una altra versió del mateix paio? En Luke Skywalker no era el mateix heroi tanoca Luke Skywalker pels segles dels segles? No m'havia passat mai pel cap. Que les coses poguessin canviar. Que en Darth i en Luke poguessin intercanviar els seus llocs, per exemple.

—Potser em vaig firar un p-p-prototip —vaig dir.

En Tom va fer una cara com si li hagués clavat una plantofada; m'imagino que no li agradava que li imités el quequeig.

A mi tampoc no m'agradava, però no me'n podia estar. Sempre em passava el mateix. Si a la gent no li queia malament d'entrada, de seguida procurava que fos així. És una mica com l'acte reflex que feia que la gent com la Karen i l'Oscar júnior somriguessin i fossin amables per caure bé a tothom, però de signe contrari. No era que no els volgués caure bé, sinó que sabia que de totes maneres no els acabaria caient bé. Per tant, en part m'hi anticipava: aconseguia caure'ls malament a la meva manera. Que m'odiessin, però que alhora els fes una mica de por i no s'atrevissin a ficar-se amb mi. Com ara quan a en Tom li veia a la cara que sabia que havia robat la figureta d'en Luke, però que no gosava dir-ho en veu alta. L'havia pispat durant la festa de la classe que l'Oscar júnior va celebrar a casa dels seus pares i a la qual estava convidat tothom —fins i tot nosaltres, els de la casta de les piranyes—. La casa no estava malament, no era ni tan gran ni tan bonica perquè em fes ràbia. El que em resultava empipador eren sobretot els pares de l'Oscar, que eren uns prepotents, i que per tot arreu hi hagués les joguines més guapes, el bo i millor de la botiga de joguines del seu pare, com qui diu. Figuretes dels Transformers, jocs de l'Atari, Magic 8-Ball, fins i tot una Nintendo Game Boy, que encara no havia sortit al mercat. Què li importaria, a l'Oscar, perdre una d'aquestes joguines, si amb prou feines se n'adonaria? D'acord, potser sí que li importaria perdre la figureta d'en Luke Skywalker que jo acabava de veure a sobre del seu llit com si fos un osset de peluix més. És que com d'infantil pots arribar a ser?

—É-é-és allà! —En Tom apuntava amb el dit cap al rierol.

En Luke havia tret el cap per dalt de l'aigua i ara venia cap a nosaltres a tota pastilla, com si nedés d'esquena pel riu.

—Ben fet, Luke —vaig dir.

La figureta va desaparèixer sota el pont. Ens vam traslladar a l'altre costat i va reaparèixer per allà. Ens mirava amb aquell mig somriure idiota. Dic idiota perquè els herois no han de somriure, sinó barallar-se, fer cara de lluitadors acarnissats, saber que odien l'enemic tant com odien... *whatever*.

Ens vam quedar mirant com en Luke s'allunyava de nosaltres. Cap al món d'allà fora, cap al desconegut. «Cap a la foscor», vaig pensar.

—Què fem ara? —vaig preguntar. Ja estava desficiós i només em desfaria d'aquesta inquietud si passava alguna cosa, alguna cosa que em fes pensar en una altra cosa.

—M-m-me n'he d'anar a casa —va dir en Tom.

—Encara no —vaig dir—. Vine.

No sé per què se'm va acudir pensar en la cabina telefònica vermella que hi havia en un turó al costat de la carretera general, als encontorns del bosc. Era un indret estrany per posar una cabina en un lloc tan petit com Ballantyne i mai no havia vist ningú fent-la servir —amb prou feines havia vist gent per allà, tan sols algun vehicle de tant en tant—. Quan hi vam arribar, el sol encara havia baixat més —era tan a principi de primavera que encara es feia fosc d'hora—. En Tom em seguia a contracor, suposo que no s'atrevia a dur-me la contrària. I com he dit, a cap dels dos li sobraven els amics.

Ens vam ficar dins de la cabina telefònica, i en tancar la porta els sorolls de l'exterior van quedar esmorteïts. Per la carretera passava un tràiler amb les rodes enfangades i uns troncs grans que sobresortien de la plataforma de càrrega. Va desaparèixer carretera avall, un tram en línia recta que travessava el paisatge pla i monòton dels camps de conreu, passava per fora del nucli urbà i es dirigia cap al límit del comtat.

Al prestatge de sota el telèfon i el dipòsit de les monedes hi havia una guia telefònica groga, que no era gaire gruixuda, però semblava prou voluminosa perquè hi cabés tothom que tenia telèfon no només a Ballantyne sinó a tot el comtat. Em vaig posar a fullejar-la. En Tom va mirar descaradament el seu rellotge.

—Ha-ha-havia promès que seria a casa per...

—Xxt! —vaig fer.

El dit se m'havia aturat en un tal Jonasson, Imu. Un nom estrany, devia ser una mena d'excèntric. Vaig aixecar l'auricular, que estava unit al dipòsit de les monedes amb un cable metàl·lic, com si els fes por que algú ho desmantellés i toqués el dos amb aquell auricular gris. Vaig marcar el número d'en Jonasson, Imu amb les tecles metàl·liques lluents que hi havia a la caixa del telèfon. Només sis xifres; a la ciutat en teníem nou, però m'imagino que aquí, on hi havia quatre mil arbres per habitant, no els en calien més. Llavors vaig allargar l'auricular a en Tom.

—Q-q-què? —va fer, i se'm va quedar mirant horroritzat.

—Digues «Hola, Imu, soc el dimoni i et convido a l'infern, perquè aquest és el teu lloc».

En Tom es va limitar a fer que no amb el cap i em va tornar l'auricular.

—Fes-ho, cap de suro, o et tiraré al riu —vaig dir.

En Tom —el més petit de la classe— es va arrupir i es va fer encara més petit.

—Faig broma —vaig dir, i vaig engegar a riure. En aquella cabina telefònica estreta i gairebé hermètica el so del riure em va semblar estrany fins i tot a mi—. Au, vinga, Tom, tu pensa en quan els hi expliquem als altres demà a l'escola.

Vaig veure que allò li havia despertat alguna cosa. La idea d'impressionar els altres. Per a algú que mai a la vida havia impressionat ningú en res de res, era un motiu de pes, és clar. Però també que jo havia dit «expliquem». Nosaltres. Ell i jo. Dos amics que havien fet entremaliadures junts, que havien fet una broma telefònica i que s'havien doblegat de riure, que s'havien hagut d'agafar l'un a l'altre per no caure en sentir el pobre desgraciat de l'altre extrem de la línia preguntant-se si de debò li trucava el dimoni.

—Digui?

El so venia de l'auricular. Era impossible distingir si era un home o una dona, un adult o un nen.

En Tom em va mirar. Vaig assentir amb el cap, entusiasmat. I ell va somriure. Va fer una mena de somriure triomfant i es va atansar l'auricular a l'orella.

Vaig anar formant amb la boca les paraules en silenci mentre en Tom em mirava i les repetia sense el més petit rastre de quequeig.

—Hola, Imu. Soc-el-dimoni-i-et-convido-a-l'infern. Perquè-aquest-és-el-teu-lloc.

Em vaig posar una mà davant la boca per fer-li veure que amb prou feines em podia aguantar el riure, i amb l'altra li vaig indicar que pengés.

En Tom no va penjar, però.

En canvi, es va quedar quiet amb l'auricular contra l'orella mentre jo sentia la remor fluixeta de la veu de l'altre extrem.

—P-p-p-p-però... —va balbucejar en Tom, que tot d'una s'havia posat lívid.

Es va quedar callat i la cara pàl·lida se li va encarcarar amb una expressió d'estupefacció.

—No —va xiuxiuejar. Va aixecar el colze, semblava que intentava allunyar-se l'auricular de l'orella. I va repetir cada cop més fort—: No. No. No!

Va posar la mà lliure contra el vidre de la cabina com si el volgués fer servir per fer palanca. Llavors, amb un sospir humit i irregular, l'auricular se li va desprendre de la templa, però vaig veure que s'enduia alguna cosa. Li regalimava sang pel costat del cap i li entrava sota el coll de la camisa. Aleshores em vaig fixar en l'auricular del telèfon. Si no ho hagués vist, no m'ho hauria cregut. Hi havia mitja orella enganxada a l'extrem perforat de l'altaveu, que era ple de sang, i el que va passar va ser inconcebible. Primer, aquells foradets negres van aspirar la sang i després, trosset a trosset, la mitja orella va desaparèixer, com quan esbandeixes restes de menjar pel desguàs d'una aigüera.

—Richard —va xiuxiuejar en Tom amb la veu tremolosa i les galtes molles per les llàgrimes, però aparentment sense adonar-se que li faltava mitja orella—. H-h-h-ha d-d-d-dit que t-t-t-tu i jo... —va protegir amb la mà el micròfon de l'auricular perquè l'altre no el sentís— e-e-e-ens...

—Tom! —vaig exclamar—. La mà! Deixa anar el telèfon!

Fins que no va abaixar els ulls, en Tom no es va adonar que tenia els dits mig ficats dintre dels forats de l'auricular.

Va agafar l'extrem de l'altaveu i va intentar treure d'una estrebada la mà atrapada. No va servir de res, però. En canvi, es va començar a sentir una mena de soroll de xarrupada procedent del telèfon, com quan el meu pare d'acollida menja sopa, i la mà va continuar desapareixent per l'auricular. Jo també vaig agafar l'auricular i vaig provar d'arrencar-l'hi a en Tom, però com si res: ja se li havia menjat l'avantbraç, just fins a sota del colze, i era com si ell i el telèfon fossin una sola cosa. Mentre jo xisclava, a en Tom li va passar una cosa estranya. Va alçar els ulls per mirar-me i es va posar a riure, com si no li fes gaire mal i la situació fos tan absurda que no tenia altre remei que riure. Tampoc no hi havia gens de sang, era com si l'auricular fes el que he llegit que fan alguns insectes amb la seva presa: li injecten alguna cosa que transforma la carn en una gelatina tova que després s'empassen. Llavors, però, l'auricular li va arribar al colze i va sonar com quan fiques alguna cosa que no toca en una batedora, uns cruixits i uns grinyols brutals, i en Tom també es va posar a xisclar. El colze se li va doblegar, com si hi hagués alguna cosa sota la pell que volgués sortir. Vaig obrir la porta d'una puntada de peu, em vaig posar darrere d'en Tom, el vaig agafar pel pit amb tots dos braços i vaig recular. Només vaig aconseguir arrossegar-lo a mitges, el cable metàl·lic que sortia de la caixa de monedes estava estirat al màxim i l'auricular li continuava rosegant el braç. Vaig tornar a tancar la porta de cop amb l'esperança d'aixafar l'auricular contra el marc, però el cable era massa curt i tan sols vaig encertar l'espatlla d'en Tom. Ell udolava mentre jo clavava els talons a terra i estirava tant com podia, però centímetre a centímetre les sabates em lliscaven pel terra humit cap a la cabina i cap a aquell soroll fastigós de cruixit que l'udol d'en Tom no aconseguia sufocar. En Tom es va tornar a veure arrossegat a poc a poc cap a dins de la cabina per unes forces que jo no tenia ni la més petita idea d'on venien ni què eren. Ja no podia aguantar més, vaig haver de deixar-li anar el pit i al final em vaig quedar dret a fora estirant-li el braç, que encara sortia per l'escletxa de la porta. L'auricular estava a punt de devorar l'espatlla d'en Tom quan vaig sentir que venia un vehicle. Vaig deixar-li anar el braç i vaig córrer cap a la carretera cridant i agitant els braços. Era un altre tràiler carregat amb troncs. Però vaig fer tard i l'únic que vaig veure van ser els fars posteriors endinsant-se en el capvespre.

Vaig tornar corrent. No se sentia res, en Tom havia deixat de xisclar. La porta s'havia tornat a tancar del tot. Vaig prémer la cara contra el vidre, però estava entelat per dins. Vaig veure en Tom, però. I ell em va veure a mi. Callat, amb la mirada de resignació que fa una presa que ha deixat de resistir-se, que ha acceptat el seu destí. L'auricular del telèfon li havia arribat al cap, li havia pres la galta, i es van sentir uns cruixits quan va començar a cruspir-se la dentadura al descobert d'en Tom.

Em vaig girar, vaig posar l'esquena contra la cabina i em vaig deixar anar lliscant fins que vaig sentir el terra sota meu i vaig veure la humitat freda que se'm filtrava pels pantalons.

Capítol 2

Seia en una cadira al passadís de la comissaria. Era tard, passada l'hora d'anar a dormir, per dir-ho així. A l'altra punta del passadís vaig veure el xèrif. Tenia els ulls petits i el nas arromangat —se li veien les fosses nasals i això em va fer pensar automàticament en un porc—. Es passava el polze i l'índex pel bigoti, que li baixava pels costats de les comissures dels llavis. Parlava amb en Frank i la Jenny. Els hi dic així, hauria sigut estrany dir-los oncle i tia quan no els has vist mai abans del dia que et venen a buscar i et diuen que d'ara endavant viuràs amb ells. Se m'havien quedat mirant quan vaig irrompre a casa i els vaig explicar què li acabava de passar a en Tom. Llavors en Frank va trucar al xèrif, que va trucar als pares d'en Tom i després ens va demanar que anéssim cap a la comissaria. Vaig haver de contestar un munt de preguntes i en acabat em vaig quedar assegut esperant mentre el xèrif enviava la seva gent a la cabina telefònica i posava en marxa una operació de recerca. Després vaig haver de contestar encara més preguntes.

Semblava que en Frank i la Jenny debatien alguna cosa amb el xèrif, i de tant en tant miraven en la meva direcció. Ara, però, era evident que s'havien posat d'acord, perquè en Frank i la Jenny van venir on era jo, tots dos amb cara seriosa.

—Ens en podem anar —va dir en Frank, i es va dirigir cap a la sortida, mentre la Jenny em posava la mà a l'espatlla com si em volgués reconfortar.

Vam pujar al seu petit cotxe japonès, jo al seient del darrere, i vam circular en silenci. Sabia, però, que de seguida es posarien a fer-me preguntes. En Frank es va escurar el coll. Primer una vegada. Després una altra.

En Frank i la Jenny eren bones persones. Massa bones, dirien alguns. Com l'estiu passat, quan tot just acabava d'arribar i vaig calar foc a l'herba alta i seca del camp de davant de la serradora abandonada. Si l'oncle i cinc veïns no haguessin arribat de seguida, ves a saber com hauria anat la cosa. Per descomptat, allò va resultar molt vergonyós per a en Frank, ja que era el cap del parc de bombers. Malgrat això, no em van renyar ni em van castigar. Al contrari, em van consolar; segons sembla, creien que estava fora de mi a causa del que havia passat. I llavors, després de sopar, la mateixa acció d'escurar-se el coll que ara, seguida d'unes advertències vagues de no jugar amb mistos. Bé, doncs, en Frank era el cap de bombers, mentre que la Jenny feia de mestra de secundària, i no sé com eren capaços de mantenir la disciplina. Si és que ho aconseguien, és clar. En Frank es va tornar a escurar el coll, clarament sense saber ben bé per on començar. Llavors vaig decidir facilitar-li les coses.

—No menteixo —vaig dir—. El telèfon s'ha menjat en Tom.

Silenci. En Frank va mirar la Jenny amb cara de frustració, com si li volgués passar la pilota.

—Rei —va fer la Jenny amb una veueta suau—, allà no hi havia cap rastre.

—Sí que n'hi havia! Han trobat les marques de frenada dels meus talons a terra.

—D'en Tom —va dir en Frank—. No res.

—El telèfon s'ho ha cruspit tot.

Per descomptat, ja m'adonava que allò semblava una bogeria. Però què havia de dir? Que el telèfon no s'havia menjat en Tom?

—Què us ha dit el xèrif? —vaig preguntar.

La Jenny i en Frank es van tornar a mirar.

—Creu que estàs en xoc —va dir en Frank.

No hi tenia res a dir, segurament estava en xoc: tenia el cos embalbit, la boca seca i la gola inflamada. Com si tingués ganes de plorar però hi hagués un tap en algun lloc que barrés el pas a les llàgrimes.

Vam arribar al turó on hi havia la cabina telefònica. M'esperava veure un munt de llums i equips de recerca, però allò era a les fosques i estava desert, com de costum.

—Però el xèrif ha promès que buscarien en Tom! —vaig exclamar.

—I el busquen —va dir en Frank—. Allà baix, al riu.

—Al riu? Com és això?

Altre cop aquell intercanvi de mirades als seients del davant.

—Perquè algú us ha vist a tu i en Tom entrant al bosc, en direcció al pont. El xèrif ens ha dit que quan t'ha preguntat si havíeu estat al riu, li has contestat que no. Per què l'hi has dit, això?

Vaig serrar les dents i vaig mirar per la finestra. Vaig veure que la cabina desapareixia enmig de la foscor nocturna darrere nostre. El xèrif no m'havia explicat que algú ens havia vist. Potser no se n'havia assabentat fins després d'haver parlat amb mi. Fos com fos, la conversa no havia sigut cap interrogatori —això ho havia recalcat el xèrif—. I jo havia pensat que no calia explicar-ho tot fil per randa; si més no, el que no tingués res a veure amb el cas, com allò de la figureta pispada d'en Luke o que en Tom havia fet una cosa que els pares no li permetien. No delates els amics. Però resultava que ara ens havien descobert.

—Només ens hem quedat una estoneta al pont —vaig dir.

En Frank va posar l'intermitent i es va desviar cap al costat de la carretera. Va apagar el motor i els llums. Es va girar cap a mi. Amb prou feines li veia la cara a les fosques, però m'adonava que ara allò era seriós. Per a mi, en qualsevol cas, perquè a en Tom ja se l'havien menjat del tot.

—Richard?

—Sí, Frank?

Detestava que fes servir el seu nom, però de tant en tant, com ara, no me'n podia estar.

—Hem hagut de recordar al xèrif McClelland que ets menor d'edat i l'hem hagut d'amenaçar amb un advocat perquè et deixés anar. Volia interrogar-te tota la nit. Creu que ha passat alguna cosa al riu. Que per això menteixes.

Em disposava a negar-ho, a dir que deia la veritat, però vaig caure que ja havien descobert que mentia.

—Què ha passat al riu, doncs? —va preguntar en Frank.

—No res —vaig dir—. Miràvem l'aigua.

—Des del pont?

—Sí.

—He sentit a dir que al jovent li agrada fer equilibris a la barana.

—Ostres —vaig dir—. Bé, per aquí no hi ha gaire més a fer.

Vaig continuar mirant la foscor. Era això, el que m'havia colpit quan va arribar la tardor, com de fosc es feia. A la ciutat sempre hi havia llum, però aquí et podies quedar mirant una negra nit on no hi havia res en absolut. Més ben dit, hi havia alguna cosa, és clar, però t'havies d'imaginar què era el que ocultava aquesta substància fosca i estranya.

—Richard —va dir la Jenny, amb una veu molt i molt suau—. Que ha caigut a l'aigua, en Tom?

—No, Jenny —vaig contestar, imitant-li aquella veueta—. En Tom no ha caigut a l'aigua. Podem anar a casa? Demà tinc classe.

En Frank va alçar les espatlles i les va deixar caure. Se li notava que s'estava armant de valor.

—El xèrif McClelland opina que pots haver empès en Tom per accident, que et sembla que és culpa teva, que per això menteixes.

Vaig sospirar fort, em vaig colpejar el clatell contra el seient i vaig tancar els ulls. Llavors, però, tan sols veia l'auricular del telèfon menjant-se la galta d'en Tom, així que els vaig tornar a obrir.

—No menteixo —vaig dir—. He mentit sobre això del riu perquè a en Tom no l'hi deixen anar.

—Segons en McClelland, es pot demostrar que també menteixes sobre una altra cosa —va dir en Frank.

—Eh? Sobre què?

En Frank ho va dir.

—És ell qui menteix! —vaig fer—. Recula, que ho puc demostrar!

Quan en Frank es va desviar de la carretera, la llum dels fars va escombrar la cabina telefònica i els arbres del llindar del bosc, i semblava que hi havia unes ombres fantasmagòriques corrent per davant dels troncs. El cotxe amb prou feines s'havia aturat quan vaig baixar d'un salt i vaig anar corrent cap a la cabina.

—Ves amb compte! —va exclamar la Jenny. No és que em pensi que es creia la meva història, però la seva consigna a la vida semblava ser que tota precaució era poca.

Vaig obrir la porta i em vaig quedar mirant l'auricular del telèfon, que era al seu suport al costat de la caixa metàl·lica. Algú —segurament la gent del xèrif— el devia haver posat al seu lloc, perquè quan me'n vaig anar penjava cap a terra i en Tom havia desaparegut, no en quedaven ni tan sols els cordons de les sabates.

Vaig fer un pas cautelós cap a l'interior, vaig agafar la guia telefònica groga d'una estrebada i vaig retrocedir cap a fora. Sota la llum dels fars del cotxe vaig fullejar l'apartat de Ballantyne, vaig trobar la J i vaig passar el dit per la mateixa pàgina que havia consultat aquella tarda.

Johansen. Johnsen. Jones. Juvik.

Vaig notar un fred glacial al pit i vaig tornar a començar. Amb el mateix resultat. Que m'havia equivocat de pàgina?

No, reconeixia aquells noms i l'anunci de les segadores.

Així i tot, en Frank tenia raó sobre el que havia dit el xèrif.

M'ho vaig mirar més de prop per veure si algú podia haver esborrat el nom, però no hi havia espai per a res entre *Johnsen* i *Jones*.

Ja no hi havia cap Jonasson, Imu a la guia telefònica.

Capítol 3

—Algú va canviar la guia —vaig dir—. És l'única explicació que tinc.

La Karen seia amb l'esquena repenjada contra el roure i em mirava.

Era l'hora del pati i davant nostre els nois jugaven a futbol, mentre que les noies saltaven a la xarranca. El curs vinent havíem de començar l'institut, però això només volia dir que ens traslladaríem a l'edifici de l'altra banda del pati de l'escola, on hi havia un cobert per a fumadors on estava força segur que acabaria aterrant jo. Entre els rebels. Entre els fracassats. En aquest sentit, la Karen era una excepció. Rebel, però de cap manera fracassada.

—Com és la sensació que no et cregui ningú? —em va preguntar, apartant-se el serrell ros *à la garçonne* de la cara pigada. La Karen era la noia esbojarrada de la classe. I la més llesta. Tenia energia, riures i efervescència per donar i per vendre. No podia evitar ballar quan caminava i duia roba estranya cosida a casa que hauria sigut objecte de burla si l'hagués dut qualsevol tret d'ella. Replicava als mestres impertinents amb el mateix grau d'impertinència i reia quan no li podien seguir el ritme. I és que la Karen s'havia estudiat la lliçó i una mica més, així que de tant en tant et feia la sensació que en sabia més que els mestres. Era la millor en anglès i la millor en educació física i en totes les matèries entremig. I tenia fetge. Ja me n'havia adonat el primer dia a la nova escola: jo no li feia por, tan sols estava encuriosida. Parlava amb tothom, també amb nosaltres, els de la casta de les piranyes. Jo veia que l'Oscar Rossi júnior —que estic força segur que estava enamorat de la Karen— se la quedava mirant amb cara de sorpresa durant l'hora del pati, quan en comptes de passar l'estona amb ell i la gent popular, s'encaminava cap on érem nosaltres, amb aquelles cames llargues i primes. A la primera hora del pati del primer dia, es va posar davant de mi amb les mans als costats, somrient amb la boca torta, va decantar el cap i em va dir: «Quina merda, això de ser el nou, oi?».

Era així amb tots els que érem a l'estrat inferior. Ens feia preguntes. Ens escoltava. I a mi em semblava que estava interessada de debò, perquè si no, no li veia la gràcia a dedicar energia a caure bé a personatges com nosaltres. Al contrari, l'únic que rebia a canvi era que ens fèiem apegalosos, que volíem que ens parés més atenció. Llavors, però, també era d'allò més simpàtica i deixava anar coses d'una manera tan seva, tan de la Karen, que ningú s'ofenia: «Ja hem parlat prou per avui, Tom. Que vagi bé!».

Per descomptat, vaig fer tots els possibles perquè no sospités que volia que em parés atenció.

El problema era que jo sospitava que se n'adonava.

No m'ho va dir mai. Tan sols em mirava amb aquell mig somriure gairebé comprensiu quan ens havíem dit unes poques paraules i jo m'assegurava de marxar abans que marxés ella. No era gaire fàcil, perquè a diferència d'ella, jo no tenia enlloc més on anar. Així i tot, potser allò funcionava, potser l'encuriosia aquell noi de ciutat que intentava resistir-se als seus encants. Si més no, s'anava atansant a mi més i més sovint.

—Saps què? —vaig dir—. Tant se me'n fot, el que creguin, que se'n vagin a cagar. Vaig ser allà, vaig veure què va passar. Es va menjar en Tom i el nom Imu Jonasson sortia en aquella guia dels collons.

—Quin munt de renecs en tres frases —va dir la Karen

somrient amb la boca torta, amb el cap decantat—. Com és que estàs tan emprenyat?

—No estic emprenyat.

—No?

—Estic emprenyat perquè... —vaig callar.

Es va esperar.

—Perquè són tots uns idiotes —vaig dir.

—Hmm —va fer, i va mirar els altres al pati de l'escola. Segons semblava, els nois de la nostra classe volien jugar a futbol contra el curs de sota nostre, i ara cridaven l'Oscar júnior, que encara que només era el tercer o quart millor jugador, era el capità de l'equip. L'Oscar, però, els va fer un gest amb la mà per dir-los que no. Seia en un banc amb en Henrik, el geni de les matemàtiques de la classe, que li explicava alguna cosa mentre apuntava amb el dit al llibre d'àlgebra de l'Oscar. I malgrat això, pel llenguatge corporal, semblava que era l'Oscar qui li estava fent un favor a en Henrik, no al revés. Era evident que l'Oscar s'estava intentant concentrar: es va tirar cap enrere el serrell fosc i espès, i va abaixar la mirada cap al llibre amb aquells ulls marrons tan bonics, gairebé femenins, que atreien fins i tot algunes de les noies que anaven a l'institut, que travessaven el pati de l'escola per examinar-lo més de prop. A intervals regulars, però, l'Oscar júnior alçava els ulls del llibre d'àlgebra i dirigia la mirada cap a la Karen i jo.

—No m'has explicat res dels teus pares —va dir la Karen, i va passar una mà llarga i esvelta per una de les arrels que sobresortien del tronc com si fossin vasos sanguinis enormes abans de tornar-se a enfonsar a la terra.

—No hi ha gran cosa a dir —vaig fer, sense apartar els ulls del banc on eren l'Oscar júnior i en Henrik—. Van morir en un incendi i gairebé no els recordo.

L'Oscar va tornar a alçar la vista i es va trobar amb els meus ulls. Uns ulls freds, blaus. L'Oscar júnior era un xaval sempre molt amable, efusiu i encantador, però d'una manera que, segons semblava, només m'irritava a mi. Per tant, ara que li veia un indici d'hostilitat a la mirada, d'entrada em vaig pensar que era una reacció automàtica a haver vist el mateix als meus ulls. Fins que no se'm va acudir que, malgrat tot, l'Oscar —que era més o menys el tercer o quart més llest de la classe, però a anys lluny de la Karen— devia haver deduït que era jo qui li havia pispat en Luke Skywalker. Llavors em vaig adonar que no, que tampoc era això. Estava —i la idea em va alegrar— gelós i prou. Gelós perquè la Karen seia aquí escoltant-me en comptes de passar l'estona amb el mascle alfa. De cop i volta, em van venir ganes de posar-li un braç al voltant de l'espatlla a la Karen, només per veure l'Oscar mort d'enveja. Per descomptat, però, ella m'hauria apartat el braç d'una manotada i no tenia la intenció de donar-li aquesta satisfacció. Vaig sentir la veu calmada i agradable de la Karen:

—Vols dir que no recordes res dels teus pares?

—Em sap greu, és que tinc molt mala memòria. Per això em surten tan malament els exàmens. A més que soc curtet, és clar.

—No ets curtet, Richard.

—Era broma.

—Ja ho sé. Però de vegades, a còpia de repetir-les ben fort, les mentides s'acaben fent una mica certes.

Va sonar el timbre i vaig sentir que el cor se m'enfonsava al pit. No perquè haguéssim d'entrar a sentir com la senyoreta Refilet parlava de geografia —qualsevol cosa que pogués allunyar els meus pensaments de Ballantyne era bona—, sinó perquè volia que allò —ara i aquí— durés una mica més. Quan la Karen es va aixecar, li van caure dos llibres de la bossa.

—Ei! —vaig fer, inclinant-me per collir-los. Vaig mirar les cobertes. L'una, amb el nom William Golding i el títol *El senyor de les mosques*, tenia un cap de porc decapitat en una estaca. L'altra, *La metamorfosi*, de Franz Kafka, un insecte grotesc, potser una panerola.

—Quina pinta. D'on els has tret?

—De la senyora Zimmer, de la biblioteca —va dir la Karen.

—Ostres, no sabia que allà hi tenien coses tan sinistres.

—Ui, la senyora Zimmer té coses més sinistres que aquestes. Has sentit a parlar de la màgia verbal blanca i negra?

—Sí. O... Eh, no. Què és això?

—Paraules màgiques que poden destruir les persones o tornar-les a arreglar.

—I la senyora de la biblioteca té llibres d'això?

—Això diuen —va dir la Karen—. Llegeixes, tu?

—No, soc més de cine. I tu? —Li vaig allargar els llibres.— T'agrada anar al cine, a tu?

—M'encanta —va dir amb un sospir—. Però no hi he pogut anar gaire.

—Com és que no?

—Per una banda, hi ha una hora i mitja fins a Hume, i per l'altra, la gent que conec només vol veure pel·lis d'acció o comèdies.

—Si hi hagués un cine aquí, què hi voldries anar a veure?

Hi va rumiar.

—De tot, tret de pel·lis d'acció i comèdies. M'agraden les antigues, les que encara fan per la tele. Sé que semblo una espècie de iaia, però la meva mare té raó. Si una pel·lícula no cau en l'oblit, és probable que sigui bona.

—Hi estic d'acord. Com *La nit dels morts vivents*.

Va decantar el cap.

—Quina mena de pel·lícula és aquesta?

—Una vella pel·lícula de zombis. Segons el pare, va ser la primera. Quan jo tenia deu anys, ell i jo vam anar d'excursió a pescar i llavors em va explicar tota la pel·lícula, escena a escena. Aquell mateix hivern la van passar per la tele i vaig insistir a veure-la amb el pare. Després vaig tenir malsons durant setmanes, tot i que sabia què passaria en cada escena. Potser van ser els millors noranta-sis minuts de la meva vida.

La Karen va riure.

—I et va ensenyar alguna cosa?

Hi vaig rumiar.

—Sí. Si vols matar algú de debò, l'has de matar dos cops. Li has de destruir el cervell, per exemple, cremant-lo. Si no, torna.

—Era la conclusió de la pel·lícula?

—Va ser la conclusió del pare.

Va continuar rient.

—Entesos. És gaire sinistra?

—Sí i no. És l'atmosfera. Em sembla que no té límit d'edat, però.

—Interessant. L'hauré de veure algun dia.

—La posen en cineclubs i llocs així. Puc...

Vaig callar. Vaig fer veure que havia de tossir, amb l'esperança que no s'hagués adonat que havia estat a punt d'invitar-la al cine. A Hume. Jo, que ni tenia cotxe ni permís de conduir. I encara que n'hagués tingut, ella hauria rebutjat la invitació igualment, és clar. De manera educada i amb una bona excusa, però no per això m'hauria dolgut menys.

La Karen feia cara d'haver-se adonat de la meva quasi ficada de pota i em va ensenyar aquells dos llibres en una maniobra de distracció.

—Però això també és bon cinema.

Vaig assentir amb el cap i em vaig agafar amb avidesa a la taula de salvació.

—També semblen de terror, oi?

—Sí i no —va dir, imitant-me—. Són com les pel·lícules que m'agraden. Antics, però no caiguts en l'oblit.

—I estan bé?

—Sí. Has de llegir el bo i millor si vols ser escriptora.

—Seràs això?

—Ho intentaré. Si no me'n surto, almenys em casaré amb un. —Va fer aquell riure desenfrenat i esbojarrat, i llavors se'n va anar ballant, com si hagués perdut el control, com si hagués perdut el rumb i es pogués estavellar en qualsevol moment. Per descomptat, no era més que un miratge, perquè la Karen sempre ho tenia tot controlat, era com un gat. La podries llançar des d'un terrat i tot i així saber que —al contrari que la gent com jo— sempre acabaria caient de potes.

Capítol 4

Quan vaig sortir de l'escola, en desviar-me per la drecera que travessa el bosc, vaig sentir uns cruixits a la grava darrere meu. Em vaig girar i em vaig trobar tres nois amb bicicletes. A dos d'ells ja els havia vist aquell mateix dia. Anaven a l'institut i durant una de les hores del pati havien vingut a la nostra zona, com si volguessin saber de quin peu calçava jo. Ara els acompanyava un noi corpulent que no havia vist mai, semblava el germà gran d'algú i que podia haver dut un ciclomotor en lloc d'anar pedalejant amb una bici Apache infantil. Es van aturar un tros més endavant, de manera que em barraven el pas pel corriol de grava. El que no havia vist mai va baixar de la bici i un dels altres la va aguantar mentre ell venia cap a mi. Duia una d'aquelles jaquetes de llenyataire de quadres que els agrada portar als adults de per aquí. Intuïa de què es tractava.

—On és en Tom? —va dir sense contemplacions.

—Desaparegut —vaig contestar.

—Va, confessa. Què vas fer amb ell?

Es va posar amb les cames una mica separades, va doblegar una mica els genolls i es va gronxar una mica cap endavant, com per demostrar que estava preparat per llançar-se a l'atac.

—Me'l vaig menjar —vaig dir—. Amb sal i pebre. Sobretot amb pebre.

Durant un moment, aquell paio semblava desconcertat. Els dos xavals em miraven amb uns ulls com unes taronges. Ell devia notar les seves mirades a l'esquena, perquè va fer un pas eixarrancat cap a mi. Amb compte, però. I els seus ulls van seguir la meva mà mentre me la ficava a la butxaca.

—Tres contra un —vaig dir—. Què passa? Que teniu por?

—Buida el pap, urbanita de merda —va dir, però ara amb la veu més crispada.

Vaig escopir a terra davant seu.

—Au, aquí ho tens —vaig fer—. Va, llepa-ho.

No sé si s'havia adonat que no duia res a la butxaca o que l'únic que tenia de gran era la boca, però en qualsevol cas va fer un pas ràpid cap a mi i llavors em va pegar. Primer un cop i després —quan va veure que no el contraatacava—, un altre i després un tercer. Tot seguit em va agafar per la cintura, em va tirar a terra i se'm va asseure damunt del pit.

—Estàs plorant —va dir.

—No —vaig fer, però notava que em regalimaven llàgrimes calentes de la cua dels ulls, temples avall.

—On és en Tom?

—Pregunta-l'hi al telèfon.

—Acabaràs a la presó, si menteixes a la policia —va dir, i em vaig adonar que ara tot Ballantyne coneixia la meva història. No el que havia vist, sinó la meva història. Segur que hi havia diverses teories sobre el que havia passat de debò, però una cosa era certa: en totes, jo era culpable d'alguna cosa.

Ara els altres dos s'havien atrevit a atansar-se una mica més.

—Afanyeu-vos —vaig xiuxiuejar—. No ens veu ningú.

—Eh? —va fer el paio que seia damunt meu.

—Porteu-me al bosc i tortureu-me fins que us digui la veritat —vaig dir ben fluixet—. En acabat, podeu escanyar-me o pegar-me un cop de pedra al cap. Però després no us oblideu de comprovar que no respiri, perquè si sobrevisc us delataré. És que soc un bocamoll, sabeu?

El de la jaqueta de llenyataire em va mirar amb una cara com si jo fos una merda de gos sota la seva sabata. Llavors es va girar cap als altres dos.

—No m'havíeu dit que estava sonat.

—Crec que sí que t'ho vam dir... —va contestar un d'ells dubtant.

—Sí, però no que no hi toca gens ni mica —va dir emprenyat el de la jaqueta de llenyataire, i es va aixecar.

Al cap d'uns segons, ells i les seves bicis havien desaparegut.

Vaig baixar al riu al punt on feia un revolt per sota del pontet i hi havia un rabeig. Em vaig rentar la sang que m'havia rajat del nas i la grava que se m'havia quedat enganxada, i vaig intentar comprovar com tenia els morros a l'aigua. Era massa tèrbola per fer-me una idea de l'abast dels danys, però les fiblades que sentia dalt de l'ull m'indicaven que, si més no, m'estava sortint un bony.

En arribar a casa, vaig passar furtivament per davant la sala d'estar, on en Frank seia amb el diari. Havia fet el torn de nit al parc de bombers i ara tenia festa. Li vaig sentir la veu mentre era al lavabo confirmant que m'havia sortit un bony descomunal dalt de l'ull esquerre.

—Com ha anat l'escola, avui?

—Bé —vaig contestar cridant a través de la porta oberta.

—Bé?

—Sí —vaig dir—. No m'han fet sortir a la pissarra.

Per descomptat, sabia que no volia que li expliqués acudits sense gràcia, però amb el que volia saber ben poca cosa hi podia fer. Jo tampoc no volia que hi fes res, perquè qui vol semblar el típic paio que apallissen, oi? Un autèntic membre de la casta dels piranyes apallissa els altres.

Es va obrir la porta principal. Era la Jenny, i tot d'una es va plantar fora del bany amb bosses de compra a les mans.

—Hola —va dir—. Com va?

—De categoria —vaig murmurar, i vaig atansar la cara al mirall perquè no hi veiés res, fent veure que em petava un gra.

—Hi haurà lasanya per sopar —va dir amb to expectant, ja que en un moment o altre, probablement per complaure-la, li havia dit que la seva lasanya era la millor.

—Quines ganes —vaig fer, amb la veu apagada.

Quan vaig sentir que estava traginant a la cuina, vaig tornar dissimuladament al rebedor per on havia vingut i em vaig tornar a posar les sabates.

—On vas? —va preguntar en Frank, que devia parar més atenció que no semblava des de darrere d'aquell diari.

—Al cine —vaig dir, i vaig tancar la porta principal en sortir.

Capítol 5

La biblioteca era a la punta del carrer major. Mentre que la majoria dels edificis comercials del centre de dos-cents metres de llarg de Ballantyne estaven junts en illes de cases de dues plantes, la biblioteca era un edifici de fusta prim amb quatre plantes separat dels edificis de maons per uns carrerons estrets als dos costats de la façana. Era com si la biblioteca pública de Ballantyne no es volgués barrejar amb els veïns inferiors.

Ja havia estat a la biblioteca, quan la Jenny i en Frank els van demanar que m'expedissin el carnet, però no l'havia fet servir mai, és clar.

Quan la porta es va tancar al meu darrere i em vaig quedar quiet a la penombra, d'entrada em vaig preguntar si potser ja no era oberta. Potser no és estrany que no se senti res en una biblioteca, però no hi havia ni sorolls ni persones, només lloms de llibres que omplien els prestatges que s'estenien fins al sostre. Alguns dels llibres tenien sobrecoberta, d'altres no; alguns eren nous i lluents, d'altres tan vells que semblava que estaven a punt de polvoritzar-se. En una placa hi deia que un tal Robert Willingstad havia donat l'edifici i el fons bibliogràfic al municipi de Ballantyne el 1920. Feia més de mig segle, així que no era d'estranyar que alguns dels llibres estiguessin corcats.

Es va sentir un esternut de més endins del local. I un altre. Per tant, almenys hi havia algú. Vaig veure que els llibres estaven en ordre alfabètic, vaig començar a buscar per la K i vaig haver d'agafar una de les escales petites per arribar als prestatges superiors. Vaig trigar una mica, però al final vaig trobar el que volia. Almenys n'estava força segur. Em vaig dirigir cap a dins, passant per davant de més files de prestatgeries, fins on creia recordar que hi havia el taulell.

I hi era.

—Et surt sang del nas, fill —va xiuxiuejar la senyora de cabells blancs de darrere el taulell. Duia una placa d'identificació enganxada al pit del vestit on hi deia «Senyora Zimmer, bibliotecària», tot i que allà no semblava que hi hagués ningú amb qui se la pogués confondre. La senyora Zimmer va arrencar un tros del rotllo de paper que tenia al davant i me'l va allargar abans no em fregués el nas amb la màniga de la jaqueta.

Llavors va esternudar fort i va arrencar un tros per a ella.

—La pols dels llibres —va dir, i es va eixugar el nas i va abaixar els ulls per mirar els dos llibres que havia deixat al taulell—. I per a qui els vols agafar, fill?

—Per a qui?

—Dispensa, només és curiositat. No hi ha gaire gent a Ballantyne que llegeixi literatura de debò.

—Doncs són per a mi.

—Tu... —va dir, mirant-me de fit a fit per sobre d'unes ulleres de llegir estretes agafades amb un cordill— llegiràs *La metamorfosi* de Franz Kafka i *El senyor de les mosques* de William Golding?

—He sentit a dir que són bons —vaig aventurar.

La senyora Zimmer va somriure.

—I tant que són bons, fill. Però no són fàcils, per dir-ho així. Ni tan sols per als adults.

—Suposo que no cal que tot sigui fàcil —vaig dir.

El somriure li va arribar als ulls, semblava que estava a punt de posar-se a riure.

—Em fa l'efecte que arribaràs lluny, perquè això és una veritat com un temple.

Em va caure bé. Crec. Potser només perquè m'havia dit una cosa amable.

Va obrir un calaix que tenia al davant i vaig veure files de fitxes en capses de fusta oblongues.

—Com et dius, fill?

—Richard Elauved.

Tot i que tenia el cap cot i fullejava les fitxes, vaig veure que la cara se li tensava. Pel que semblava, no calia gaire per fer-se famós a Ballantyne. Tan sols un telèfon carnívor.

Va segellar dues fitxes per a cada llibre: una que va desar a la capsa de fusta i una altra que va ficar en una butxaca de paper als llibres.

—Ai, ai —va fer amb un sospir—. Quina història més trista, quan desapareixen nens.

La vaig mirar inquisitivament. Va picar amb el dit índex damunt *El senyor de les mosques* i em vaig adonar que parlava de l'argument del llibre. Bé, això crec.

Entre les llibreries hi havia tant de silenci quan me n'anava com quan havia arribat. Però quan estava a punt de passar per davant de la placa amb el nom d'en Willingstad, vaig reparar en una escala recolzada contra els prestatges de la paret. Com és que no l'havia vist en entrar? No era una escala normal, sinó de metall, amb un passamà a cada costat, com una escala de bombers. Sí, era exactament això, una escala de bombers; n'havia vist una igual quan en Frank m'ensenyava el parc de bombers. La meva mirada va seguir l'escala prestatges amunt fins que van deixar enrere els llums que penjaven del sostre. Més enllà dels llums era tan fosc que l'escala i els llibres gairebé desapareixien.

Només es veia una fila de lloms de llibre grocs brillants.

Vaig dubtar. M'equivocava o feia poc que havia vist un llom de llibre com aquells?

Vaig toquejar l'escala per veure si era estable.

Prou estable. Vaig sentir un esternut llunyà. Quin mal hi havia a comprovar-ho?

Vaig posar el peu al primer esglaó, vaig agafar aire i vaig emprendre l'ascens.

Em fan por les altures. Em fa por la foscor. Em fa por l'aigua. Em fan por els incendis. I em fan por els telèfons. Però sobretot em fa por tenir por. Més ben dit, no em fa por tenir una por així així, com quan estava arraulit amb el pare veient una pel·lícula de zombis. Però sí que em fa por tenir molta por que es torci alguna cosa, que la clau es trenqui al pany, que el passadís entre el dormitori i la porta principal sigui envaït per les flames; em fa por quedar-me atrapat en la por i no sortir-ne mai.

Així i tot, vaig continuar enfilant-me, esglaó a esglaó, sense mirar cap avall. Quan vaig haver superat els llums i vaig arribar als lloms de llibre grocs, vaig veure que eren el que sospitava.

Guies telefòniques.

Hi havia una guia per a cada any, d'esquerra a dreta, dotze en total. Vaig agafar la més antiga i vaig baixar de pressa, i ara ni tan sols em va passar pel cap que allò era alt. Em vaig asseure al terra de parquet fosc amb les cames encreuades i vaig consultar la J. Vaig anar baixant el dit.

Johansen. Johnsen. Jonasson...

Se'm va aturar el cor. Llavors es va tornar a posar a bategar, de pressa i fort, mentre dirigia el dit cap a la dreta.

Imu. Camí del Bosc del Mirall, 1. Ballantyne. 290-3386.

Capítol 6

Quan em vaig adreçar a la senyora del taulell de la comissaria, em va avisar que el xèrif McClelland estava enfeinat a la sala de reunions, però que podia seure i esperar. Mentre seia a la cadira, sentia unes veus i veia unes figures que es bellugaven darrere de les parets de vidre granulat on jo mateix havia tingut la conversa amb el xèrif el dia abans. Vaig mirar per una finestra i vaig veure que a l'aparcament entre la comissaria i el parc de bombers hi havia el tros de cotxe en què m'havia fixat en arribar, la mena de *muscle car* antiquat que surt a les fotos de les revistes de cotxes d'en Frank. Potser era allà on l'havia vist, perquè aquell cotxe em resultava estranyament familiar. La senyora del taulell va entrar a la sala de reunions, i just després ella i el xèrif McClelland en van sortir disparats.

—Ai, ets aquí! —va dir en McClelland amb un somriure d'orella a orella, com si la meva visita fos grata i no del tot inesperada—. Te'ns has avançat, Richard, estava a punt de convocar-te a una xerradeta. Vine.

Vaig poder donar un cop d'ull ràpid a dins de la sala de reunions i hi vaig veure l'esquena d'un home dret, amb pantalons i americana negres i cabells encara més negres, mirant per la finestra. Llavors em vaig afanyar a seguir en McClelland al seu despatx.

Va moure una cadira de la paret a un escriptori ple de muntanyes de papers i em va demanar que m'hi assegués.

—Una xocolata desfeta, Richard?

Vaig fer que no amb el cap.

—Segur? La Margareth en prepara una...

—Segur —vaig dir.

—Entesos. —En McClelland em va mirar amb atenció.— Anem directament al gra i enllestim-ho.

Va seure darrere l'escriptori. Tot i que jo seia molt més avall que ell, manteníem el contacte visual entre aquelles muntanyes de papers.

—Què et preocupa, Richard? —Feia una veu d'allò més melosa.

Vaig treure la guia telefònica que duia sota la jaqueta i l'hi vaig posar al davant.

En McClelland no la va mirar, sinó que va continuar mantenint els ulls fixos en mi. Semblava decebut.

—On hi ha la punta doblegada —vaig dir, assenyalant-ho amb el dit—. Jonasson.

Va obrir la guia per aquell full.

—Imu Jonasson —va llegir.

—Ho veu?

En McClelland em va mirar.

—I què? L'Imu Jonasson és història d'aquest poble, tan vella com aquesta guia, i no té res a veure amb la desaparició d'en Tom. —La melositat ja no hi era, ara la veu semblava de metall.

—I tant que sí. Ja li vaig dir que...

—Recordo el que em vas dir, Richard. Però els auriculars dels telèfons no es mengen les persones, d'acord? —Va apuntar finestra enfora.— Tenim equips de recerca que han passat tota la nit buscant-lo, i el que jo i els pares d'en Tom i tothom de Ballantyne necessitem ara és que ens expliquis el que saps del que li va passar a en Tom.

—Ja els hi he explicat, de debò.

En McClelland va respirar fondo i va mirar per la finestra.

—Tenia l'esperança que havies vingut a dir-nos la veritat, però com que no hi ha manera, no tinc altre remei que donar per fet que, d'una manera o altra, ets culpable. Com que tens catorze anys, hi ha lleis que et protegeixen, i n'ets conscient, és clar. Bé, ni tan sols et podem interrogar, com hauríem volgut. Però... —En McClelland es va inclinar cap a mi entre els munts de paper. La cara rodona se li havia posat tan vermella que aquell bigoti ros es distingia molt més i em feia pensar en el Pare Noel. La veu li va baixar a un xiuxiueig ronc:— Soc el xèrif de Ballantyne, soc amic de la família d'en Tom i m'encarregaré personalment que tu, Richard Elauved, acabis tancat en un lloc molt fosc i apartat on ningú no et trobarà mai si no localitzem en Tom. Si et penses que hi ha una sola ànima a Ballantyne que es preocuparà de què li va passar al mocós de ciutat cregut que ens va prendre en Tom, t'equivoques. I hi incloc en Frank i la Jenny.

En McClelland es va reclinar a la cadira.

Me'l vaig quedar mirant.

Llavors em vaig aixecar, vaig agafar la guia telefònica i me'n vaig anar.

De camí cap a casa em vaig aturar davant de l'aparador de l'Oscar's. Allà hi havia un munt de joguines, però la que em va cridar l'atenció va ser la figureta de Frankenstein. Més ben dit, la figureta era del monstre, és clar. El pare m'havia explicat que Frankenstein era el doctor que va donar corrent elèctric al monstre perquè cobrés vida. Mentre mirava la figureta, vaig advertir una cosa al reflex de l'aparador: un cotxe vermell a l'altra banda del carrer. Potser no m'hi hauria fixat si no fos perquè era el mateix que havia vist a l'aparcament de fora de la comissaria. I quan vaig continuar el trajecte cap a casa i en una de les cruïlles vaig mirar discretament cap enrere, el vaig tornar a veure, tot i que és cert que molt lluny.

Quan arribava a casa, en Frank estava traient el cotxe del garatge. Es va aturar i va abaixar la finestreta, i per la roba que duia, em vaig adonar que li tocava un altre torn de nit. També tenia una expressió severa.

—On eres? La Jenny estava amoïnada.

—Però tu no?

Va arrufar el front i em va mirar desconcertat.

—Entra, que t'escalfarà el sopar.

Quan vaig passar al rebedor, va sortir la Jenny, que sobretot semblava que tingués ganes d'abraçar-me, així que vaig dedicar més temps del normal a treure'm les sabates per escapolir-me'n. Vaig dir sense faltar a la veritat que havia estat a la biblioteca, que havia d'arreglar una cosa.

La lasanya tenia el gust que havia de tenir i no vaig haver de contestar més preguntes. Tret de les que em feia a mi mateix, és clar. Qui era l'Imu Jonasson? Qui era el conductor del cotxe vermell? I: en qui podia confiar de debò?

Aquella nit vaig dormir malament i vaig tenir malsons d'estar tancat en un lloc fosc i desolat. De Frankenstein i de zombis.

Capítol 7

—Així que el xèrif no et va creure, tot i que li vas ensenyar la guia amb el nom Imu Jonasson? —va preguntar la Karen. Era la pausa del dinar i ella i jo estàvem sols al terrat pla de l'edifici de l'escola, mentre la Karen agitava una canya de pescar llarga i flexible de manera que el fil onejava amunt i avall i la mosca artificial de la punta ballava en l'aire. S'entrenava per derrotar el seu pare, que havia guanyat el concurs local de pesca amb mosca quatre anys consecutius.

—No és això que vam trucar a un paio que es diu Imu Jonasson, el que no es creu —vaig dir mentre seguia la trajectòria de la mosca, que ara semblava que s'havia aturat suspesa en l'aire just a dalt del forat de la xemeneia de maons, a deu metres de nosaltres—, sinó això que l'auricular del telèfon es cruspís en Tom.

La Karen i jo acostumàvem a pujar allà dalt almenys un cop a la setmana, però no em va voler explicar mai com havia aconseguit la clau de la porta de l'escala del terrat, només que tenia la intenció de conservar-la mentre no ho descobrissin ni el conserge ni algun dels mestres. No sé per què era jo l'elegit que s'enduia allà dalt, però crec que era perquè comptava que seria l'únic que no ho xerraria i que no em feia por ficar-me en problemes.

Em vaig abocar amb compte per la vora, coberta de llauna, per mirar el pati de l'escola, que quedava sis plantes per sota. Em va estranyar, però quan era allà dalt amb la Karen no em feien gaire por les altures. Al contrari, tan sols sentia una mica de pessigolles a l'estómac. I des d'allà, aquells xavalets de merda encara semblaven més petits i tot. Vaig veure que en Fatso corria darrere d'algú que li havia pispat la gorra i que ara la llançava a la capçada del roure. La gorra es va quedar enganxada a les branques a damunt seu. En Fatso es va quedar palplantat sol amb els braços penjant mentre arrufava els ulls cap a la gorra, però estava enlluernat pel sol i no em podia veure a dalt del terrat.

La Karen va fer una ganyota mentre deixava caure la mosca lentament pel forat de la xemeneia.

—De debò que se'l va menjar?

—Bé, potser xuclava més que no mastegava. Com els insectes que injecten una substància a la seva presa que la dissol en una espècie de batut.

—Ecs! —va fer la Karen tota esgarrifada, i va cobrar la llinya amb la mosca.

—El pitjor és que em pregunto quina mena de batut és. No és lleig, això? Preguntar-te de què té gust el teu amic?

—Sí —va dir la Karen, que va bufar sutge de la mosca i la va enganxar a la punta de la canya—. És força lleig.

Em vaig estirar amb les mans darrere el cap i vaig mirar al cel. Petits núvols blancs flotaven pel meu camp visual.

—A què creus que s'assemblen? —va preguntar la Karen, mentre deixava la canya i fullejava una llibreta que sempre duia a sobre. Llavors va treure el clip dels cabells rosa que feia servir de punt de llibre i es va posar a guixar. Suposava que dibuixava alguna cosa. O potser feia l'intent de ser escriptora. Fos com fos, no em volia ensenyar mai què hi havia en aquelles pàgines.

—Vols dir els núvols? —vaig preguntar.

—Sí.

—A núvols.

—No et desperten cap associació?

Sabia què volia dir aquella paraula: imatges que s'assemblaven. Però a diferència de la Karen, jo no podia dir termes com aquell com si fos la cosa més natural del món. Devia ser per tanta lectura. El vespre abans havia trobat unes quantes paraules en aquell llibre de Kafka seu que no entenia i, a més, era tan avorrit que vaig començar a llegir el del cap de porc a la coberta. Tractava d'uns nens que arriben a una illa deserta després d'un accident aeri i allò era més del meu pal.

—Què hi veus, tu? —vaig preguntar.

—Hi veig en Chewbacca.

—Vols dir que aquell núvol s'assembla al paio pelut de *La guerra de les galàxies*?

—No és cap paio, és un wookiee. Però tu no hi veus ni això ni res?

—Hauria de veure alguna cosa per força?

—Què vols que et digui —va fer la Karen—. Si més no, és el que fan els escriptors, segons el meu pare. Creen històries a partir dels núvols.

—Així, si només hi veig núvols, no podré ser escriptor?

—No ho sé. Però intenta veure-hi alguna cosa.

Vaig entretancar una mica els ulls, concentrant-me. El problema era que els núvols eren molt petits i tènues al vent, i canviaven de forma tan de pressa que no aconseguia que se m'acudís què representaven. Va sonar el timbre per entrar a classe.

—Ja ho farem a la propera —va dir la Karen, i va tancar la llibreta. Ens vam aixecar, ens vam assegurar que no ens veiés ningú en colar-nos per la porta i vam baixar l'escala de puntetes.

—Havia pensat demanar-te un favor —vaig dir quan vam haver baixat a un passadís que era com un formiguer de gent.

—Sí?

—Que m'ajudessis a trobar aquest tal Imu.

Tot i que no la vaig mirar, per la manera com dubtava i respirava fondo vaig saber que em diria que no.

—Però llavors m'he adonat que potser això no és cosa de noies —em vaig afanyar a afegir.

—Què vols dir, que no és «cosa de noies»?

—Perdona, no volia...

—Ui, no sabia que tenies aquesta paraula al teu vocabulari.

—Quina?

—«Perdona». De totes maneres, m'encantaria ajudar-te, Richard, ja ho saps. Però en aquest cas concret crec que la millor ajuda és deixar que ho esbrinis tu mateix.

Vam sortir al pati de l'escola, que ara era buit, tret d'en Fatso, que seia sol en un banc amb el cap entre les mans.

—Fins després —va dir la Karen, i em va deixar. Va anar on era en Fatso i li va posar una mà a l'espatlla. Ell va alçar els ulls, però amb prou feines devia veure res de res, perquè tenia les ulleres entelades; probablement havia tornat a plorar. Però quan va sentir la veu de la Karen se li va il·luminar la cara. I és que som així de simples: si algú ens parla amb amabilitat, ens posem contents.

«I», vaig pensar, «fem exactament el que ens demanen».

Vaig entrar a l'aula, vaig seure i vaig mirar per la finestra cap al pati, on la Karen i en Fatso estaven drets davant del roure. La Karen va agitar la canya de pescar per dalt del cap i la mosca es va apropar a la gorra dalt de l'arbre, semblava que hi aterraria a sobre. I llavors, d'una petita estrebada, amb un moviment ràpid, va desenganxar la gorra, que va caure a poc a poc cap a terra, com la fullaraca a principi de tardor sota la llum del sol, mentre en Fatso aplaudia entusiasmat amb aquelles manetes rodanxones.

Capítol 8

—D'acord —va dir en Fatso—. M'hi apunto.

Em vaig sorprendre i alhora no. Per una banda, en Fatso era un gallina aficionat a les coses de noies, es disfressava de noia així que un carnaval o una obra de teatre escolar li'n donaven l'oportunitat, i en general s'ajuntava amb noies. Per tant, havia pensat que s'acovardiria tan bon punt sentís que es tractava d'una cosa que exigia una mica de coratge masculí. Per altra banda, en Fatso era de la casta dels piranyes i no li sobraven les ofertes per passar l'estona en companyia d'altres nois. L'havia vist voletejar en va al voltant de l'Oscar Rossi sense que li fes ni cas. No és que fos l'únic que es pensava que molava passar l'estona amb el capitost, però amb en Fatso semblava que hi havia alguna cosa més. Hi havia alguna cosa com suplicant i submisa en la manera com mirava l'Oscar, com un quisso ben educat que se't queda mirant amb una desesperació silenciosa, amb l'esperança que li donis una o dues engrunes. Parlant de menjar, havia ensucrat la meva proposta convidant en Fatso a sopar a casa en acabat. No ho sé, m'imagino que vaig pensar que allò seria un al·licient més atractiu per a una persona grassa. I em vaig penedir d'haver-l'hi demanat quan em vaig adonar que per a ell hauria sigut més que suficient preguntar-li si volia passar l'estona amb un altre noi, fins i tot amb un com jo.

Per tant, després d'acabar-se l'última classe, en Fatso i jo vam emprendre el camí cap al bosc del Mirall. Aquell dia havia fet calor, com un auguri del que acabaria passant. La Karen m'havia advertit que aquí l'estiu era tan abrasador com gèlid era l'hivern. Però ara mateix, de cop i volta, una boira espessa blanca s'havia infiltrat sobre el paisatge i en desdibuixava els contorns.

—Com és que et deixen en pau? —va preguntar en Fatso mentre caminàvem pel centre de Ballantyne.

—Què vols dir?

—El xèrif i aquella gent. Com és que no t'estan interrogant tota l'estona? És que tothom es pensa que eres amb en Tom i que saps què va passar.

—I potser ho sé.

—De debò? L'hi has dit, al xèrif?

—Sí, però estic obligat a guardar el secret professional —vaig respondre.

En Fatso em va mirar una bona estona. No semblava que em comprés aquella resposta així sense més ni més, però tampoc no va dir res.

Per descomptat, jo m'havia preguntat el mateix: per què el xèrif McClelland m'havia deixat en llibertat. I crec que ho havia entès.

No em calia girar-me per saber que aquell cotxe vermell encara hi era, el que estava aparcat a l'altre costat del carrer quan vam sortir de l'escola. Ara també en sabia la marca, era un Pontiac LeMans, l'havia trobat en una de les revistes de cotxes d'en Frank. En veure la foto, també vaig recordar on l'havia vist abans: a *La nit dels morts vivents*.

—Entrem aquí —vaig dir.

—A la biblioteca? —va dir en Fatso—. Necessitem llibres?

—No, però hem de fer marrada.

Vaig empènyer la porta i hi vam entrar. Vaig recolzar l'esquena contra la porta mentre es tancava. Vaig mirar per una finestra que hi havia a la vora.

El Pontiac havia aparcat al costat de la vorera una mica carrer amunt.

—Vine —vaig dir, i em vaig obrir pas cap a l'interior, entre les llibreries. La biblioteca semblava tan buida com l'última vegada, només els llibres estaven posats en fila, com si estiguessin esperant que algú els hi parés atenció. Com orfes en un hospici que somien ser adoptats.

La senyora Zimmer seia darrere el taulell, ordenant el que vaig suposar que eren carnets de préstec.

—Ja tornes a ser aquí? —va dir, i va esternudar—. Bé, és fàcil agafar gust als llibres.

—Sí que ho és, senyora Zimmer —vaig dir—. Però ara em preguntava una altra cosa.

—Quina?

—Si ens podria deixar sortir per la part del darrere.

—Per què?

Vaig fer un gest amb el cap en direcció al carrer major.

—Hi ha una colla de l'escola que ens empaita amb bicis Apache. Els agrada apallissar les rates de biblioteca com nosaltres, sap?

La senyora Zimmer va alçar la cella i em va mirar amb atenció. Després va mirar en Fatso i el va observar una bona estona. I després em va tornar a mirar.

—Sabeu què? —va dir, i va tornar a esternudar i va agafar un tros de paper d'una estrebada—. Ja sé el pa que s'hi dona. Veniu.

La senyora Zimmer ens va fer senyals perquè passéssim darrere el taulell i la vam seguir a través d'una cuineta i un traster amb material d'oficina divers fins a una porta que donava a una escala de ferro a la part del darrere de la biblioteca.

—Atxim! —va fer—. Que tingueu sort. Comenceu a practicar boxa i llegiu poesia.

En Fatso i jo vam recórrer uns quants carrers secundaris fins que vam tornar a sortir al carrer principal, just a tocar del bosc del Mirall. En tombar a la sendera que duia a l'interior del bosc, vaig mirar per dalt de l'espatlla per comprovar que en Fatso encara em seguia i no intentava tocar el dos. Venia trotant darrere meu i em va somriure. Era estrany, però semblava que no l'amoïnava gens ni mica la idea d'endinsar-se al mateix bosc amb el mateix paio que tothom creia que tenia força a veure amb la desaparició d'en Tom. Tampoc no havia dit res de si li feia por la possibilitat de trobar-se amb el tal Imu Jonasson. És clar que en Fatso no havia vist com devoraven en Tom.

La boira semblava espessir-se i la tarda enfosquir-se com més ens endinsàvem al bosc.

En Fatso caminava amb passets curts, amb els braços rectes als costats d'aquell cos rodó, però amb les mans doblegades enfora, com si hagués de fer equilibris. Exactament com quan feia de Campaneta al muntatge de classe de *Peter Pan*. Els adults entre el públic intentaven amagar el riure mentre aquell nen grassonet trescava per l'escenari amb faldilla i ales de fada. Però feia l'efecte que en Fatso no se n'adonava, estava ficat del tot en el paper i semblava que li encantava.

Vam arribar a una clariana des d'on vèiem el riu i el pont, però vam continuar pujant per un pendís fangós.

—Segur que és aquí? —va preguntar en Fatso.

—Sí —vaig fer, categòric. I per què no? Havia memoritzat el mapa de Ballantyne que hi havia al final de la guia telefònica i allò no tenia pèrdua. Un cop al capdamunt d'aquest pendís només era qüestió de continuar tot recte fins al final d'un camí sense sortida que passava per davant del número 1 del camí del Bosc del Mirall, uns quants centenars de metres més endavant. Vaig relliscar pel fang unes quantes vegades, però en Fatso es mantenia dret sense esforç.

A dalt de tot del pendís vaig trobar una sendera que semblava anar en la bona direcció.

Es va sentir un so fondo i buit procedent de l'interior del bosc emboirat i vaig fer un bot. Crec que fins i tot és possible que agafés la mà d'en Fatso, però en tal cas la vaig deixar anar de seguida.

—No és més que una òliba —va dir en Fatso.

Vam continuar caminant, però ara en Fatso anava al davant.

—Has vist *El llac dels cignes*? —va preguntar.

—Que hi ha un llac aquí? —vaig respondre, i vaig topar directament amb una branca que ell devia haver esquivat ajupint-se.

—No —va dir en Fatso, rient—. Però el llac dels cignes és en un bosc com aquest. Un llac ple de llàgrimes. És un ballet.

—Dansa? Em sap greu, però a mi em cal una història. Bé, com al cine i...

—Ui, sí que té una història.

—De debò?

—Un jove caçador arriba a un llac on veu un cigne, i quan està a punt de disparar-li, es transforma en una persona bellíssima, l'Odette.

—Una noia?

Vaig veure que en Fatso arronsava les espatlles.

—És que, amb la claror del dia, l'Odette ha de ser un cigne i nedar en un llac de llàgrimes. Només pot ser humana de nit.

—Doncs quina llàstima. —Vaig estar a punt d'ensopegar amb una arrel. Prefereixo les voreres i les escales.— Hi ha final feliç?

—Sí i no. Hi ha dues versions. A la que m'agrada, el caçador s'enamora de l'Odette i s'enfronten a tots els que els volen destruir. Al final es poden casar i l'Odette pot ser humana sempre.

—I a l'altra?

—Aquesta no l'he vist. Però la mare diu que és trista.

Em vaig sentir xisclar. Alguna cosa m'havia anat a parar a la cara. No era una branca, sinó alguna cosa viva que s'arrossegava. Em vaig bufetejar, primer la galta, després el nas, després el front, però evidentment no vaig encertar, perquè allò continuava arrossegant-se i reptant.

—Estigues quiet —vaig sentir que deia en Fatso.

Li vaig fer cas i em va passar la mà per la cara mentre jo tancava els ulls. Quan els vaig tornar a obrir, la tenia estesa al meu davant. Al dors hi havia un insecte amb els ulls vermells i ales transparents.

—Ecs! —vaig fer amb una esgarrifança—. Què és això?

—No ho sé —va dir en Fatso—. Però l'he vist al llibre d'entomologia de la mare.

—Ento-què?

—El llibre dels insectes. Col·lecciona insectes. Morts, s'entén.

—Ecs —vaig repetir.

—No, no, molts són bonics, de debò. Com aquest, no trobes?

—No.

En Fatso va riure. Entenc que se sentís una mica superior ara que evidentment veia que em sentia una mica intimidat, però no riuria gaire abans de guanyar-se una bona plantofada, la qual cosa sospesava d'advertir-li. Aquell minimonstre de sis potes semblava estar d'allò més a gust a la mà d'en Fatso i, mentre ell l'estudiava des de totes bandes, vaig notar que alguna cosa m'anava a parar als cabells. Me'ls vaig espolsar com un boig i en van caure dos minimonstres d'ulls vermells.

—N'hi ha més! —vaig dir, esbufegant—. Fugim d'aquí!

No em vaig esperar. Em vaig posar a córrer i vaig sentir que en Fatso em seguia rient.

I llavors, de cop i volta, ja érem allà, al final d'un camí de grava que s'aturava enmig del bosc. Vaig continuar caminant de pressa, tenia la sensació que aquell dia es faria fosc d'hora. El revolt del camí s'anava redreçant gradualment, els arbres eren menys espessos i entre la boira anava apareixent una cosa alta i negra.

Una tanca de ferro forjat negre, d'almenys tres metres d'alçària.

Em vaig atansar al reixat. Els barrots del mig formaven les inicials BA i a sota hi havia un rètol on hi deia «Bosc del Mirall, 1». I a sota: «Avís. La tanca està electrificada».

Vaig donar una ullada entre els barrots. Era com si la tanca que envoltava la propietat barrés el pas fins i tot a la boira; tan sols hi havia una boirina sobre la silueta clara i nítida d'un edifici. Era alt al mig, amb una ala més baixa a costat i costat. Semblava que la part alta tingués banyes; potser això em va fer pensar en un bou o un drac. L'ala esquerra tenia una mena de protuberància, com un bolet gegant, a la teulada.

—Això... —va xiuxiuejar en Fatso darrere meu— és una casa ben tètrica. Alto! —M'havia agafat el braç quan estava a punt d'agafar la maneta de la porta del reixat.— Diu que aquí hi ha corrent elèctric!

—Idiota. No és més que la mena de rètol que es posa perquè la gent no s'hi acosti.

Vaig aixecar el peu i vaig donar una puntada al reixat amb la sola de la vamba. Es va obrir amb un esgarip prolongat i gemegós.

—Què t'havia dit? —vaig fer amb aire triomfal.

—Les soles de goma no condueixen l'electricitat —va dir en Fatso.

Vaig expressar el que opinava amb un esbufec ben dirigit i vaig entrar.

—Vens? —vaig cridar.

—No —va dir en Fatso.

Em vaig girar. Encara era a l'altra banda del reixat.

—Ets un covard?

—Sí —es va limitar a dir.

—Vols dir que no t'atreveixes a anar a la porta d'una casa normal i corrent?

—Això no és una casa normal i corrent, Richard.

—Té adreça i parets i teulada. Més normal i corrent, impossible. I saps què, Fatso? Si no vens amb mi fins allà, explicaré a tothom de l'escola quina mena de gallina ets.

—Perfecte, crec que ja ho sap tothom. I per cert, no em dic Fatso, sinó Jack.

El vaig mirar. Em vaig adonar que m'havia ficat en un carreró sense sortida. Si no anava a la casa sol, ell ho explicaria a l'escola i a diferència d'ell, jo sí que tenia una reputació a perdre.

—Doncs queda't aquí i vigila el no-res, Fat Jack. Compte amb la tanca. —Em vaig girar i vaig enfilar el caminet de grava. A mesura que m'hi acostava, vaig reparar en una remor que pujava i baixava, procedent de la casa. Ara també veia que no era de fusta, com totes les cases de Ballantyne, sinó que tenia les parets de maó vermell cobertes de molsa, amb uns quants maons despresos. El carener de la teulada era el que formava les dues banyes de dimoni. El més estrany, però, era que ara veia que el que s'assemblava a un bolet des de la distància era la capçada d'un roure gran. Pel que es veia, era dins de l'ala esquerra i havia travessat la teulada en créixer. Com era possible? Un roure així no surt del terra i travessa la teulada de la nit al dia, calen més de cent anys perquè es faci tan gran.

Alguna cosa em va encertar la galta. M'ho vaig espolsar i en abaixar la vista vaig veure un insecte d'ulls vermells reptant pel caminet de grava. Alguna cosa se m'arrossegava templa avall i m'intentava entrar a l'orella, però vaig sacsejar el cap i va desaparèixer.

Ho vaig començar a entendre. La remor... Vaig alçar els ulls cap a allò que m'havia pensat que era una boirina dalt de l'edifici. La remor venia d'allà. Més ben dit, la bonior. La bonior d'un eixam viu, volador.

Me'l vaig quedar mirant.

L'eixam era tan gran i espès que tapava el cel, era com si el crepuscle hagués caigut abans d'hora. Em vaig aturar i vaig mirar enrere. Que hi estava parant atenció, en Fatso, o podia tocar el dos ara i dir que havia tocat el timbre i que no hi havia ningú a casa? I és que era impossible que hi hagués ningú, no es veia cap llum darrere d'aquells vidres foscos, i qui viu en una casa amb un arbre que creix travessant-la? No hi viuria ni algú que es digui Imu, oi?

Alguna cosa em pujava reptant pel panxell sota el camal dels pantalons i vaig abaixar els ulls. Més insectes, semblava que sortissin directament de la terra, com morts vivents de la tomba, arrossegant-se sobre potes d'insecte primes i amb uns ulls que brillaven de vermell. Em vaig posar a peu coix i em vaig colpejar el panxell amb la mà, quan es va encendre un llum al finestral que hi havia al mig de la casa, a la segona i última planta. La llum queia sobre el terra de davant de la casa. Unes arrels robustes sortien dels fonaments i desapareixien sota la superfície, com si la casa mateixa fos un arbre. Sota aquella llum, semblava que les arrels es belluguessin, com si fossin músculs enormes o boes constrictores. Em vaig entrebancar, em vaig colpejar el panxell i vaig caure. Sobre una catifa d'insectes, que de cop i volta eren pertot, a la cara, a l'escot, a la boca. Vaig xisclar. Em vaig aixecar, escopint i colpejant-me el coll i el front. Alguna cosa es movia al finestral. Vaig alçar els ulls. Una cara. Pàl·lida. Una cara inexpressiva d'home, immòbil com un quadre. Una cara que no havia vist mai, però així i tot, em feia l'estranya sensació d'estar mirant-me en un mirall.

Vaig sentir un cruixit sota el palmell de la mà, a la fi havia acabat amb almenys una d'aquelles bestioles! Alhora, com si fos fet expressament, la bonior es va aturar del tot.

Vaig alçar els ulls.

I hi vaig caure. Que l'insecte que acabava d'aixafar, de qui tenia les entranyes regalimant-me pel coll, era el primer que havia mort.

Un cel estelat d'ulls vermells em mirava. Un banc de piranyes amb ales. Llavors va tornar a començar la bonior. Ara més forta. I l'eixam es va reagrupar, es va fer més petit, va esdevenir un núvol negre. Llavors va començar a fer-se més gran. No, no es feia més gran, tan sols s'havia acostat, venia cap a mi.

Em vaig girar i em vaig posar a córrer cap al reixat. Darrere meu, entre aquella bonior creixent, sorgia un soroll penetrant i vibrant.

Ja veia el reixat obert i en Fatso, que era allà enfavat mirant cap amunt, més enllà de mi.

—Corre! —vaig cridar—. Corre!

En Fatso, però, no es va bellugar. El vaig passar de llarg. Vaig baixar corrent el camí en direcció al riu i al pont. Al cap d'una estona, em vaig adonar que la bonior havia minvat, i em vaig aturar i em vaig girar. I allà, encara quiet a la vora del reixat, hi havia en Fatso.

S'havia quedat amb els braços estesos cap als costats i la cara somrient mirant cap al cel, com un pagès que finalment veu ploure.

Al seu voltant i a dalt seu, l'eixam s'arremolinava girant com un tornado.

Jo esperava que comencés, que se'l mengessin igual que el telèfon s'havia menjat en Tom.

Però no va passar.

El remolí d'insectes ascendia a poc a poc cap al cel mentre en Fatso allargava les mans cap a ells, com si els supliqués que tornessin. Llavors va deixar caure els braços als costats i va venir cap a mi trotant pel camí amb un somriure d'orella a orella.

—Què era això? —vaig preguntar.

—Això —va dir en Fatso— es diu *Magicicada.*

CAPÍTOL 9

—Aquest insecte es diu *Magicicada* —va repetir en Fatso mentre es cruspia amb deler la lasanya de la Jenny—. És del tot inofensiu. El que passa és que n'hi ha moltíssims molt de sobte. Però haurien d'haver vist com s'ha espantat en Richard!

La Jenny, en Frank i en Fatso reien mentre jo notava el rubor cremant-me les galtes. Em vaig quedar mirant en Fatso, però no se'n va adonar i va continuar balbejant.

—No he entès que eren *Magicicada* fins que no he vist l'eixam i he recordat que la setmana vinent faré tretze anys.

—Deu ser el que nosaltres anomenem cigales —va dir en Frank, abocant més aigua al got d'en Fatso—. No n'he vist mai, només n'he sentit a parlar. Però què hi té a veure, el teu aniversari?

—La mare em va explicar que les *Magicicada* van eixamenar quan jo vaig néixer. I eixamenen cada tretze anys. —En Fatso va fer un somriure triomfal, semblava d'allò més cofoi assegut a la nostra taula sent el centre d'atenció.

—De debò? —va dir la Jenny, servint més lasanya al plat d'en Fatso—. I què fan, mentrestant?

—Viuen sota terra. Ningú sap com saben tan exactament quan han de pujar, però pugen, totes a l'una. Milions. I estan contentíssimes, perquè per fi els han sortit ales! —Estava radiant mentre recorria la taula amb els ulls, com per comprovar que tothom li seguia el fil.— Així que ho festegen. Fan criatures i ponen ous durant un parell de setmanes. Sap què, senyora Appleby? Aquesta és la millor lasanya que he tastat mai.

—Gràcies, Jack. —Va riure, però es notava que aquelles paraules falagueres li havien arribat a l'ànima.— D'això, en dic bona educació.

—Ho dic de debò! —va fer amb una cara de sinceritat idiota.

—Més bona educació, encara —va renillar en Frank, donant-me una empenteta. Com per indicar-me que en podia aprendre alguna cosa.

—Que potser també saps què fan les cigales després de la festa, doncs? —va dir la Jenny, repenjant el colze a la taula i la barbeta a la mà, i mirant en Fatso com si aquell malparit li pogués explicar tot el que ella no sabia.

—Llavors es moren —va dir en Fatso.

—Ja m'ho ensumava —va dir en Frank—. Però no es deuen morir totes, oi?

—Sí —va dir en Fatso—. Totes.

—Bah —vaig fer.

Els altres tres em van mirar inquisitivament. Però què volien que digués, si no? En sabia ben poca cosa, de les *Magicicada*. L'únic que sabia era que resultava força empipador que en Frank i la Jenny s'empassessin sense més ni més les històries insípides d'un estrany, mentre que era evident que no es creien ni una paraula quan jo els parlava, per exemple, de telèfons carnívors. I a més, tampoc no m'havia espantat tant.

—Bé —va fer la Jenny, i va tornar als fogons—. Tots ens hem de morir, així que deu estar bé morir-se mentre t'ho passes bé.

Jo no hi estava d'acord, havia de ser millor morir-se mentre t'avorries. Però no vaig dir res.

—Per cert, què fèieu a prop d'aquella casa? —va preguntar la Jenny.

—Passàvem per allà i prou —vaig dir, mentre en Fatso endrapava les últimes restes de lasanya. Vaig veure com la seva mandíbula treballava, com triturava el menjar a trossets encara més petits. Semblava tan afamat com al principi del sopar. I per acabar va escurar el plat amb la forquilla fins a deixar-lo ben net i va xarrupar les últimes restes de la salsa com, bé, com un telèfon.

En Frank va riure entre dents.

—Postres, nois?

M'esperava un «Sí!» eufòric d'en Fatso, però en canvi va fer cara de tristesa.

—La mare no em deixa. A la nostra família tenim tendència a guanyar pes, així que només puc menjar coses dolces els dissabtes.

—Ho entenem —va dir la Jenny, decantant el cap i mirant en Fatso amb aquell somriure de «pobrissó meu»—. Bé, doncs, ja us en podeu anar a jugar al quarto d'en Richard.

—Moltes gràcies pel sopar, senyor i senyora Appleby.

Vaig imitar les frases de cortesia enganxifoses d'en Fatso representant-les amb mímica darrere de la seva esquena, però la Jenny i en Frank van fer veure que no se n'adonaven.

—A què juguem? —va preguntar en Fatso quan vam haver pujat al meu quarto. Es va asseure en una de les cadires de mida infantil davant de la caixa de les joguines. Ja eren aquí quan vaig arribar. La Jenny i en Frank no m'havien explicat mai per què es pensaven que un adolescent necessitava mobles infantils o li venia de gust jugar amb blocs de fusta, i per algun motiu em vaig estar de preguntar-los-hi. I ara ell seia allà com si fos l'amo del quarto, com si fos ell i no jo qui havien adoptat en Frank i la Jenny.

—Jugarem que ara te n'has d'anar a casa —vaig dir.

Al silenci que es va fer tot seguit em va semblar sentir el so llunyà de l'eixam festiu en algun lloc fora de la finestra oberta; semblava el brogit fluixet d'una subestació elèctrica. O potser la bonior només la tenia al cap, causada per una ira que no recordava haver sentit mai. I que l'expressió bocabadada d'en Fatso no feia sinó amplificar.

—I una altra cosa. No diràs ni piu a ningú d'això que estava espantat. Ni a l'escola ni enlloc. Si ho fas, t'aixafaré com un coi de panerola. Perquè no estava espantat. És mentida! Ho entens?

No em va contestar, però vaig veure que s'empassava la saliva i aquella bonior al meu cap es va fer més i més forta. La meva veu també.

—Ho entens, Jack la Panerola?

Llavors va ser com si en Fatso es refés de la sorpresa. Va remenar el cap, gairebé amb indulgència, com un adult que ha de tractar amb un xitxarel·lo que no es comporta. Que no té educació.

—Però, Richard, no t'ha de fer gens de vergonya, això. Un milió d'insectes...

—Si ho fas —vaig dir amb tanta fredor com vaig poder—, explicaré a tothom que estàs enamorat de l'Oscar júnior.

Amb això, per fi, va semblar dolgut de debò.

Em podria haver aturat aleshores. Sabia que m'hauria hagut d'aturar aleshores, bé, que en realitat m'hauria d'haver aturat molt abans. Però en vaig ser incapaç, aquella ira era com una bola de neu que havia començat a rodar i de la qual havia perdut el control.

—Ho sents, Jack la Panerola? —vaig continuar—. Ets un fastigós de merda, per això ningú vol jugar amb tu. Jack la Panerola. Jack la Panerola.

Se li va obrir la boca, però si és que ho va intentar, no va aconseguir protestar.

—Jack la Panerola! Jack la Panerola! Jack la Panerola!

En canvi, se li van tornar a començar a entelar les ulleres. Així que vaig continuar recitant el seu nou malnom, mentre ell era allà assegut, entaforat entre els braços d'aquella microcadira. Tenia les mans davant el cap i de les ulleres com per protegir-se d'aquelles paraules, així que em vaig inclinar més a prop. Es va posar a sanglotar fluixet i per sota les mans brollaven unes llagrimotes que li regalimaven per les galtes rodones.

A la meva veu també li passava alguna cosa, com si tingués la maquinària bruta. Era estrany, semblava que jo també plorava. Però la veu se m'anava estabilitzant a mesura que cridava més fort:

—Jack la Panerola! Jack la Panerola!

Llavors va passar una cosa estranya.

De l'esquena encorbada d'en Fatso va sorgir alguna cosa.

No ho puc explicar d'una altra manera. A través del jersei es desplegava una pel·lícula fina, com el paper film o el material de què estan fets els paraigües transparents. Mentre allò s'obria com el sostre d'un descapotable, se li va començar a formar una crosta negra i brillant al voltant del cos, com la closca d'una avellana. O d'un insecte. I és que ara veia que el que li havia sortit a l'esquena eren unes ales.

—Jack? —vaig dir.

Es va apartar les mans de la cara i va alçar els ulls per mirar-me.

Vaig recular. Volia xisclar, però tenia la boca massa seca. Les ulleres ja no eren unes ulleres, sinó dos ulls compostos sortints i refulgents de color vermell que em miraven fixament.

Vaig retrocedir cap a la porta mentre s'aixecava de la cadira amb rigidesa, gairebé xerricant. Vaig estirar la mà per agafar la maneta i fugir. Però em vaig aturar. I és que en Fatso s'havia fet petit. Sí, mentre me'l mirava, minvava i ja no era tan i tan amenaçador. Tret d'un parell d'antenes que li sortien del cap i un parell extra de potes negres i dentades a banda i banda de la panxa. Ja era tan petit que semblava que la cadira era de la mida adequada.

—Fatso, ja n'hi ha prou —vaig xiuxiuejar, incapaç de parlar més fort—. Ja n'hi ha prou, em sents?

Va emetre un soroll, un espetec estrident, com si estigués provant de contestar-me amb codi Morse. Ara era més baixet que la cadira, no més gran que l'osset de peluix que hi havia dins la caixa de les joguines. La closca negra se li estava tancant al voltant del cap, però el que encara se li veia de la cara expressava espant i em vaig adonar que allò no era una cosa que estigués fent ell, sinó una cosa que li estava passant.

—Fatso? —vaig xiuxiuejar—. Jack?

Ara no era més gran que un insecte. O per ser més exactes, era un insecte. Una *Magicicada* que em mirava amb ulls vermells.

Em vaig humitejar la boca per cridar en Frank. Però no en va sortir cap so. Potser no podia. Potser no volia. Perquè se m'havia acudit una cosa sense voler. Que era jo qui havia fet allò. No sé com, però potser no hauria hagut de repetir tantes vegades allò de la panerola. Bé, potser no ho hauria d'haver dit ni un sol cop.

Vaig abaixar els ulls i em vaig quedar mirant aquell insecte. Per descomptat, em sabia greu per en Fatso, però se li havia acabat el bròquil: fos com fos, moriria en el termini d'una setmana, si el que havia explicat de les *Magicicada* al sopar era veritat. Tota la ira havia desaparegut, substituïda per un pànic incipient. Si allò era culpa meva i es descobria, probablement en McClelland no sols em voldria tancar en un lloc fosc. Voldria que em pengessin a la forca, el meu cos s'acabaria gronxant al sostre d'una cel·la en algun lloc. M'imaginava la corda, el ganxo del llum on estava lligada, la cadira a sota meu que estava a punt de tombar-se d'una puntada de peu.

El cor m'anava a cent i només tenia lloc per a un pensament al cap:

M'havia de desfer de la prova!

Vaig aixecar el peu i vaig intentar aixafar aquella bestiola.

Però no, es va escapolir a la velocitat del llamp i es va amagar sota la cadira. Vaig agafar el llibre de Kafka, que era a sobre de la tauleta de nit, i vaig anar de genollons fins a la cadira. Però en aixecar el llibre per esclafar la *Magicicada*, va desplegar les ales i es va enlairar. Va volar directament cap a la finestra oberta i llavors em vaig aixecar, però era massa tard. Quan hi vaig arribar havia desaparegut, submergida en la foscor del vespre. Vaig mirar enfora. Em va semblar veure la resplendor d'un parell d'ulls vermells, però en Fatso havia desaparegut. Em vaig quedar una estona escoltant la bonior fluixeta procedent del bosc del Mirall. Potser per fi havien convidat en Fatso a unir-se a aquella festa a la qual la gent com nosaltres no estava mai convidada. Em vaig quedar allà fins que se'm va alentir el batec del cor. Llavors vaig tancar la finestra i vaig baixar amb la Jenny i en Frank.

Capítol 10

El xèrif McClelland estava dret davant la finestra de la sala de reunions, mirant enfora. Al tauler del fons de la sala hi havia penjat un mapa de la zona on havien encerclat certs llocs, amb alguns que ja estaven ratllats. Em vaig adonar que eren els llocs on havien buscat en Tom.

El sol lluïa a l'aparcament de l'exterior. A l'altra punta, al costat del parc de bombers, hi havia una talaia alta que segurament era el punt més elevat en desenes de quilòmetres al voltant. En Frank m'hi havia fet pujar amb ell pocs dies després d'arribar aquí, potser perquè tenia l'esperança que quedaria impressionat. Era la torre del cap de bombers, com si diguéssim. No em vaig veure amb cor d'explicar-li que l'edifici on havia viscut a la ciutat era el doble d'alt. Em va explicar que a l'estiu la talaia estava atesa nit i dia per vigilar si hi havia incendis forestals. Eren habituals i caríssims per a una petita comunitat que vivia del bosc, segons em va dir. I això sí que ho tenia Ballantyne, hi havia un munt de bosc. Ben poca cosa més, però. Com gent, per exemple. Ara mateix, segur que la meitat de la població havia sortit a buscar en Fatso i en Tom, mentre jo seia aquí en una cadira entre en Frank i la Jenny.

—Així que en Jack Ruud va marxar de casa vostra a les vuit en punt —va dir en McClelland—. I se n'anava a casa seva.

—Sí —va fer en Frank.

En McClelland es va passar el polze i l'índex pel bigoti i va fer un gest amb el cap a l'agent que seia a taula prenent notes.

De moment, jo no havia dit gaire cosa. Era en Frank qui m'havia advertit que ell es faria càrrec de la conversa, que jo m'havia de limitar a respondre amb la màxima brevetat possible les preguntes que em fessin directament. I que, en qualsevol cas, no havia de dir res de cap canal.

Quan vaig baixar a la sala d'estar després que en Fatso —o el que una vegada havia sigut en Fatso— hagués sortit volant per la finestra, havia mentit i els havia explicat que se n'havia anat a casa, que s'havia despenjat per la canal de fora del meu quarto. Es van quedar una mica sorpresos, perquè en Fatso no els devia semblar un acròbata, precisament. Tot i així em van creure; al cap i a la fi, m'havien enxampat grimpant pel baixant unes quantes vegades, encara que m'havien dit que allò estava totalment prohibit, no només perquè era perillós per a mi, sinó perquè les canals eren objectes delicats que costaven diners. I quan més tard els pares d'en Fatso van telefonar per preguntar on s'havia ficat, la Jenny va contestar que se n'havia anat a les vuit en punt i no va mencionar res de cap baixant. Ara que per fi havia portat un amic a casa, no volia que semblèssim una família irresponsable. Per tant, ella i en Frank es van aferrar a aquesta història quan la policia va trucar al timbre poc després de mitjanit. Per descomptat, però, en Frank i la Jenny devien pensar que era la segona vegada en poc temps que un dels meus companys de joc havia desaparegut sense deixar rastre, així que potser el millor era no deixar marge per al dubte, sinó confirmar que sí, que havien vist amb els seus propis ulls que en Jack Ruud havia sortit per la porta.

—Un noi educat —va dir la Jenny—. Una bellíssima persona.

Només he estat en dos enterraments, però sabia que allò era de la mena de coses que només es diuen de la gent que no coneixes gaire bé quan es mor. No obstant, no semblava que en McClelland hi reaccionés. Tampoc no hi havia cap motiu perquè la Jenny cregués que en Fatso era mort, oi? Fins on tothom sabia, tan sols estava una mica... desaparegut.

—Molt bé —va dir en McClelland, girant-se cap a nosaltres i fixant la mirada en mi. Malgrat els ullets de porc i el bigoti fi, la veritat és que semblava força amable. Potser ho era, potser només feia la seva feina tan bé com podia. Ara mateix, aquella feina era observar-me, comprovar si tenia visió de raigs X per poder esbrinar què em passava pel cap. Que en aquell precís moment era molt.

—Gràcies, ja us en podeu anar —va dir, encara amb els ulls clavats en mi—. Ja anirem parlant.

Capítol 11

—Això és encara més fort que la història del telèfon. Ho saps, oi? —La Karen estava dreta a la vora del terrat, mirant el pati de l'escola. L'hi havia explicat tot, de la casa, de l'eixam i de la metamorfosi d'en Fatso.

—Ja ho sé —vaig murmurar—. Per això no l'hi puc explicar a ningú. Es pensaran que soc el pitjor mentider del món i no es creuran ni una paraula.

Es va girar cap a mi.

—I per què et penses que jo sí que et crec?

—Perquè tu... —Vaig vacil·lar.— Que no em creus?

La Karen va arronsar les espatlles.

—Crec que tu t'ho creus.

—Què significa això?

La Karen va sospirar.

—A Ballantyne no desapareix mai ningú, Richard. Aquesta és la segona desaparició en pocs dies i en tots dos casos ets l'últim amb qui han estat. I això és estranyíssim, perquè tothom sap que la veritat és que tu no tens amics.

—Et tinc a tu.

—He dit amics. En plural.

—Però en tinc proves, de debò! —Em vaig adonar que parlava fort.— La guia telefònica vella!

—Ja sé que dius que hi vas trobar el nom de l'Imu Jonasson, però això no vol dir...

—Què no vol dir? Que estigui dient la veritat? No m'hauria pogut inventar un nom com aquest si no l'hagués sentit o vist mai! —Em vaig fregar les temples, em començava a fer mal el cap.

—Només t'estic dient que el xèrif creu que t'has empescat aquest nom perquè és conegut, és... com en va dir?

—Història d'aquest poble. D'acord, tu has sentit a parlar de l'Imu Jonasson?

—No.

—Ho veus? I has viscut aquí tota la vida. —Vaig esbufegar.— No sé què és, però això de l'Imu Jonasson i en Tom i en Fatso està relacionat, fins i tot tu te'n deus adonar.

Va decantar el cap i es va posar les mans als costats.

—Fins i tot jo?

—Perdona, no volia dir... És que... Em sap greu. —Vaig obrir els braços.— És que ara mateix estic molt estressat, molt.

La seva mirada va tornar a la indulgència típica de la Karen.

—Ja ho veig, Richard. Una altra cosa... —Es va aturar i es va posar el dit índex al llavi inferior.

—Sí? —vaig fer, impacient.

—Si això que diu el xèrif de la història del poble és correcte, hauríem de trobar alguna cosa de l'Imu Jonasson a les cròniques locals.

—Les cròniques locals?

—És clar. Es publiquen cada any. Història familiar i petites i grans coses que han passat a Ballantyne.

—On les trobarem?

—Són a la C —va dir la senyora Zimmer, apuntant amb el dit cap a les prestatgeries del fons de la biblioteca—. Quaranta-vuit volums. Què busqueu?

—Alguna cosa d'un tal Imu Jonasson —va dir la Karen, encara panteixant després d'haver vingut corrent des de l'escola.

La senyora Zimmer va esternudar fort dues vegades.

—Allà no hi trobareu res de cap Imu Jonasson —va dir amb veu nasal, i va arrencar un tros de paper del rotllo que tenia al seu davant, a sobre del taulell.

—Ah, no? —va fer la Karen—. Com ho sap?

—Perquè conec Ballantyne —va dir la senyora Zimmer—. Tal com conec la meva biblioteca. Sé, per exemple, que tu ets la Karen Taylor, filla d'en Nils i l'Astrid.

La Karen va assentir amb el cap i la senyora Zimmer va continuar amb la mirada fixa en mi.

—I sé que ens falta una guia telefònica.

Vaig notar que em posava vermell.

—Bé... Eh... Només la vaig agafar en préstec. La tornaré aquesta tarda.

—Ja m'ho imaginava. Com vas poder agafar la guia d'allà dalt?

—Hi havia una escala alta, com una escala de bombers.

—Bestieses!

—Bestieses?

—Sí, aquí no tenim cap escala alta. Sigui com vulgui, no deixem les guies telefòniques en préstec. Ni els llibres de les cròniques locals. Són obres de referència que s'han de llegir aquí. Però, com ja us he dit, allà no hi diu res de cap Imu Jonasson.

Em vaig girar cap a la Karen, que remenava el cap tota trista.

—Gràcies igualment —va dir la Karen sospirant, i ens vam encaminar cap a la porta de sortida.

La senyora Zimmer es va escurar el coll darrere nostre.

—No hi diu res perquè es considera indigne publicar xafarderies del poble a les cròniques locals.

Ens vam aturar i ens vam girar.

—Sap qui és l'Imu Jonasson? —vaig preguntar.

—És clar.

—Com és que és clar?

—Perquè és el fill adoptiu d'en Robert Willingstad, que va

donar aquesta biblioteca a Ballantyne el 1920. Vivien a la Casa de la Nit.

—La Casa de la Nit? —va preguntar la Karen.

—La gent l'anomenava així. La mansió gran que hi ha al bosc del Mirall.

—Però ha dit «vivien» —vaig dir—. Que ja no viu allà, l'Imu?

—Que jo sàpiga, l'Imu Jonasson no ha viscut a Ballantyne des que el van enviar a una institució. I fa més de quaranta anys, d'això.

—Que va fer res dolent?

—Ui, sí, però no fins després que li fessin coses dolentes a ell.

—Com ara què? —va preguntar la Karen, que semblava tan tensa com jo.

—Ai, l'Imu era una mica diferent i els altres nens l'assetjaven. Llavors, la nit de Halloween, quan tothom havia sortit a demanar llaminadures, el van envoltar, el van despullar i el van lligar a la tanca del terreny on pasturaven les vaques de la granja Geberhardt. Després, un d'ells va entrar d'amagat a la pallissa i va engegar el corrent elèctric. Quan van trobar l'Imu, no era... No era el mateix d'abans, per dir-ho així.

—I com era abans? —va preguntar la Karen.

—Era un noi amable i considerat. Una mica solitari, passava molta estona aquí, a la biblioteca. Deia que seria un escriptor famós.

—I després?

—Es va tornar dolent.

—En quin sentit?

La senyora Zimmer va agafar aire tres vegades seguides, però no va esternudar.

—Es dedicava a assetjar els altres nens —va dir—. Segurament ho feia per venjar-se, però no sols assetjava els que l'havien lligat a la tanca electrificada. Un dia va robar la bicicleta que havien regalat al fill dels veïns pel seu aniversari i la va tirar al riu. Però el que més li agradava era espantar-los. Una vegada es va disfressar del pare mort d'una noia i es va posar sota la claror de la lluna fora de la finestra del seu dormitori. Quan el xèrif el va detenir pel robatori de la bicicleta i li va preguntar si ho havia fet per venjança, l'Imu li va contestar que no recordava qui l'havia lligat a la tanca electrificada, així que es venjava de tothom.

—No se n'enrecordava? —va preguntar la Karen.

La senyora Zimmer va arronsar les espatlles.

—Diuen que una descàrrega elèctrica pot tenir aquest efecte en la memòria. Però crec que també li va fer altres coses al cervell.

—Com ara què? —vaig preguntar.

—Es va tornar estrany. Anava amb roba espellifada i es passava els dies sol al bosc del Mirall, on segons sembla caçava animals. Un home afirmava que havia vist el noi ajupit menjant-se una rata, que la rata encara es movia i que quan el noi havia alçat la vista, li regalimava sang de les comissures dels llavis.

—Ai, no —va dir la Karen, tapant-se les orelles amb les mans, tot i que no del tot.

—Ai, sí —va fer la senyora Zimmer—. Un altre deia que havia vist el noi menjant insectes, que els collia de terra i els mastegava com si fossin crispetes. A més, l'Imu es va començar a interessar per coses estranyes. Un dia em va venir a veure, es va plantar on sou ara i em va preguntar si tenia llibres de màgia verbal negra. —Va abaixar la veu.— Tenia els ulls foscos del tot, la mirada ferotge, la roba bruta i feia pudor. Pobre noi! No m'estranya gaire que es veiessin obligats a enviar-lo a una institució.

—En té? —vaig preguntar—. De llibres de màgia verbal negra?

La senyora Zimmer em va mirar, però no em va contestar.

Ens vam quedar callats i potser eren imaginacions meves, però em va semblar sentir un soroll llunyà. Com si el vent bufés en un tronc buit. O el crit d'advertència d'una òliba.

—On? —va preguntar la Karen.

—Com he dit abans —va xiuxiuejar la senyora Zimmer, que tot d'una semblava inquieta—, no tenim cap escala que arribi tan amunt.

—Però... —vaig començar.

—I ara us n'heu d'anar. —Va mirar cap a dins de la sala, cap al lloc d'on m'havia semblat que procedia aquell soroll.—Tanquem.

—Ara? —va dir la Karen—. Però si són...

—No t'has de refiar mai del rellotge, Karen Taylor. Vinga, de pressa, fora d'aquí!

Vaig veure el cotxe vermell tan bon punt vam sortir de la biblioteca. I és que ara no estava aparcat a certa distància, sinó que era just a la porta. Segons semblava, s'havia acabat allò de jugar a fet i amagar.

—Què hi ha? —va preguntar la Karen en veure que m'aturava.

—Un Pontiac LeMans —vaig dir—. Model del 1968.

—Vull dir que què passa?

—Em sembla que ho sabrem de seguida —vaig dir, perquè la porta es va obrir i va sortir un home alt amb pantalons i americana negres, corbata estreta negra i cabells negres amb la ratlla al costat, tan llustrosos i espessos que semblaven de porcellana, una mica com els de Superman. No vaig dubtar ni un instant que era el mateix home a qui li havia vist l'esquena a la sala de reunions de la comissaria.

—Richard Elauved —va dir, ensenyant-me una cartera de cuir amb una estrella de metall—. Soc l'agent Dale, de la policia federal.

Capítol 12

Un home amb bata blanca de metge em rondava mentre m'enganxava cables al tors nu. Quan l'agent Dale i jo vam arribar a la comissaria en aquell cotxe vermell, m'havia conduït al soterrani, a dins d'un quartet. Semblava que s'havia fet servir d'estudi de gravació de discos; si més no, tenia les parets encoixinades, una única finestra gran a la paret entre les habitacions i micròfons a tots dos costats. És clar, però, que també es podia haver fet servir de cambra de tortura.

—No t'has d'inquietar per res, Richard —va dir l'agent Dale. Estava dret amb els braços encreuats, recolzat contra la paret de l'altre costat de la taula. M'havia explicat que era investigador especial en casos de desaparició. Que ell i l'home de la bata de metge havien vingut a Ballantyne per esbrinar què sabia d'en Tom i en Jack.

El de la bata de metge tenia les mans fredes i apegaloses, i em burxaven el pit, el coll, l'esquena i els canells mentre enganxaven amb cinta adhesiva uns cables vermells, blaus i taronja que anaven a un aparell gran que brunzia damunt la taula. Ja m'havien explicat que era un detector de mentides, que podia determinar si deia la veritat o si mentia. I que el que més em convenia era dir la veritat. Si no, hi podia haver conseqüències. No em van dir res de quines conseqüències, però em van donar entenent que no serien trivials.

—Ja està —va dir el de la bata de metge, i es va asseure en una cadira a l'altre costat de la taula, es va posar bé les ulleres i es va quedar mirant una pantalla que tenia al davant.

L'agent Dale es va atansar i va seure davant meu.

—Tens cap pregunta abans que comencem, Richard?

—Sí —vaig dir—. Van acordar amb el xèrif deixar-me en llibertat perquè vostè em pogués espiar per veure si revelava alguna cosa?

L'agent Dale em va mirar una bona estona abans de contestar.

—Tens cap altra pregunta?

—No.

—Molt bé —va dir, i va posar les mans damunt la taula entre nosaltres—. La meva primera pregunta és sobre en Tom. Tenim la teoria que va acabar al riu del bosc del Mirall. S'ha escorcollat el riu sense resultats, així que pensem que el corrent l'ha arrossegat fins al riu Gran i que després ha seguit cap al sud, cap al llac de la Cornella. Vam parlar amb algú que era allà a l'època en què encara es traslladaven troncs pel riu Gran. Ens va indicar el lloc per on els pobres raiers que s'ofegaven sota els troncs acostumaven a prendre terra. Hi vam anar i no hi vam trobar en Tom. Però vam trobar això a la riba.

En Dale va deixar alguna cosa dura a la taula. Era en Luke Skywalker. La figureta de plàstic em mirava amb els seus ulls blaus.

—Hem parlat amb els pares d'en Tom, que diuen que no és seu. Però en preguntar-l'hi a l'amo de la botiga de joguines de la zona que ven aquestes figuretes, ens ha explicat que feia poc al seu fill li havien robat un nino com aquest durant una festa de classe a on va assistir en Tom. Per tant, creiem que en Tom el duia a sobre quan va acabar al riu. En saps res, d'això?

—No —vaig fer.

L'home de la bata blanca va remenar el cap sense dir res.

—El detector diu que menteixes, Richard.

—D'acord —vaig dir, empassant-me la saliva—. Doncs llavors dic que en Tom va robar la figureta i va acabar al riu. Ara què diu la màquina?

L'home de la bata va tornar a remenar el cap.

En Dale va arrufar el front.

—I si proves de dir alguna cosa que sigui veritat, Richard? Com et dius?

—Richard Elauved.

El de la bata va assentir amb el cap.

—I alguna cosa més?

—Un telèfon es va menjar en Tom.

L'home de la bata va mirar la pantalla i va alçar la vista cap a en Dale. Va assentir amb el cap.

Vaig veure que a en Dale se li tensaven els músculs de la mandíbula i que estrenyia el puny amb tanta força que els artells se li van tornar blancs.

—I a en Jack, què li va passar?

—Es va fer tard i se'n va haver d'anar volant.

—I ho vas veure, això?

—Sí.

—Se n'anava a casa?

—A casa dels seus, suposo, sí.

El cap de dalt de la bata blanca assentia i assentia.

—Tens idea de si pot haver fet marrada?

—Què vol que li digui. A en Fats... A en Jack li encantaven els insectes, així que pot haver agafat el camí de la casa del bosc del Mirall, és clar. Ara hi eixamenen les *Magicicada*, sobretot al voltant de la casa.

—De debò?

—Si fos vostès, investigaria l'home que viu allà, potser sap alguna cosa.

—Qui és?

—Crec que es diu... —Em vaig empassar la saliva.— Imu Jonasson.

L'home de la bata va fer que no amb el cap.

—Sé que es diu Imu Jonasson —vaig rectificar, i l'home de la bata va assentir amb el cap.

Capítol 13

—O sigui, que d'això la gent en diu la Casa de la Nit? —va dir en Dale, mirant entre els barrots del reixat cap a la casa ruïnosa amb el roure emergint a través de la teulada.

—Això diu la senyora Zimmer de la biblioteca —vaig contestar, i en McClelland va assentir amb el cap per confirmar-ho.

—Sembla força abandonada —va dir en Dale—. Però segons tu, aquí hi viu algú?

Vaig arronsar les espatlles i vaig estar a punt de fer un crit d'advertència quan el xèrif McClelland va agafar la maneta de la porta del reixat. Però no va passar res, la va obrir i tots tres ens vam encaminar pel terreny moll cap a la casa. Havia d'admetre que ara que estava banyada per la claror de la lluna i no hi havia boira semblava molt menys sinistra que l'altra vegada. Tampoc no hi havia ni rastre de les *Magicicada*, devien haver acabat de celebrar la festa i s'havien tornat a arrossegar sota terra, o bé s'havien endut la festa a un altre lloc. Els gablets punxeguts ja no recordaven les banyes d'un dimoni i les arrels que sortien de les grans esquerdes dels fonaments ja no em feien pensar en boes constrictores. En McClelland, que era corpulent, va trepitjar temptejant els graons corcats abans de pujar fins a la porta. No hi va tustar, sinó que va estirar directament la maneta.

—Està tancada amb clau? —va preguntar en Dale.

—Inflada —va dir en McClelland, que va posar les dues mans a la maneta, va fer palanca amb les cames i va estirar fort.

La porta es va deslliurar del marc amb un gemec fondo i desganat, i ens vam quedar mirant la foscor al seu darrere. A l'interior, l'aire era humit i se sentien sorolls de degoteig procedents de diversos llocs.

Vam entrar en el que era un vestíbul enorme.

Tot d'un plegat em va tornar la mateixa sensació de terror que quan era a l'exterior de la casa l'altra vegada.

Semblava que allà dins algú s'havia dedicat a destrossar-ho tot.

Enmig del vestíbul, al capdamunt d'una pila de mobles tombats i d'un piano de cua partit pel mig, hi havia un quadre gran. El marc daurat estava badat per diversos llocs, el llenç estava moll i la pintura, coberta de teranyines i de brutícia, així que era impossible veure què devia representar. A les parets, el paper pintat estampat tenia bombolles o estava mig estripat, i a l'escala ampla que pujava a la galeria que envoltava el vestíbul li mancaven uns quants esglaons.

En Dale es va atansar al piano de cua, mentre que en McClelland va anar a una de les portes, va encendre la llanterna i va mirar a dins.

—Aquí és impossible que hi visqui ningú —va dir en Dale, prement dues de les tecles esgrogueïdes. La seva veu i l'acord desafinat, esquerdat i tallant del piano van fer un eco com si fóssim en una cova.

—I tant que és possible —va dir en McClelland, fluixet—. De fet, això és la llar perfecta.

En Dale va entretancar els ulls, es va obrir l'americana i —com a les pel·lícules— va treure una pistola lluent. Amb el cor desbocat, el vaig seguir de puntetes. A camades, amb un parell de passos silenciosos, es va posar just darrere d'en McClelland i va mirar per sobre de la seva espatlla. Jo em vaig ajupir del tot, de manera que també podia veure l'interior de l'habitació. Al principi només hi vaig veure les restes d'un llit que s'havia quedat fet esberles, però després vaig aixecar els ulls cap al que il·luminava el xèrif. Allà, en una biga sota el sostre, semblava que hi havia uns quants calçotets negres una mica esllenegats, penjats per eixugar-se.

—La llar perfecta si ets una ratapinyada —va dir en McClelland.

En aquell moment, un dels calçotets es va afluixar. En Dale va xisclar quan es va dirigir cap a nosaltres. Llavors, quan els calçotets voletejaven per sobre dels nostres caps, es va sentir com un tret. Vaig tardar un instant a adonar-me que de fet allò havia sigut un tret. Ens vam girar i vam seguir els calçotets, que van fer un parell de voltes gens elegants a batzegades per la sala abans de desaparèixer a dins d'una de les habitacions del pis de dalt.

En Dale es va escurar el coll.

—No havia sentit que deies ratapinyada.

—Llavors com saps que ho he dit? —va preguntar en McClelland.

—Deducció —va dir en Dale, i la pistola va tornar a desaparèixer sota l'americana.

Vam entrar a la sala del costat i ens vam quedar mirant el roure gran i gruixut.

—Increïble —va fer en Dale—. Créixer així travessant el terra i la teulada. De debò que la natura no es deixa aturar un cop s'ha decidit. Quants anys té aquesta casa?

—Només fa deu anys que vaig arribar aquí i no hi tinc família, així que no conec tota la història de la zona —va dir en McClelland—. Però cap de les persones amb qui he parlat tampoc ho sap, així que la casa és antiga, això segur.

—Una altra cosa segura és que aquí no hi ha cap Imu Jonasson —va dir en Dale, girant-se cap a mi—. Ni aquí ni a la guia telefònica.

Vaig arronsar les espatlles.

—El vaig veure. Aquí i a la guia telefònica.

—El xaval menteix! —va grunyir en McClelland.

Havíem tornat amb el cotxe a la comissaria, on m'havien deixat al quarto encoixinat mentre enraonaven a l'habitació de l'altra banda de la finestra. Com que estava insonoritzada, al principi no sentia res, tan sols veia en McClelland anant amunt i avall a gambades, parlant amb cara d'empipat, mentre en Dale seia tranquil·lament en una cadira. Llavors, però, vaig prémer alguns dels botons d'un panell que hi havia a la taula i de cop i volta el so de les seves veus va sortir pels altaveus de la paret.

—Tothom diu que és un brètol —va continuar en McClelland, colpejant-se el palmell amb el puny—. I ara tinc quatre pares desesperats i un poble sencer preguntant-se com és que no arribem enlloc. Tot perquè aquest canalla no ens vol dir la veritat. Però què volen que faci? És massa petit per enviar-lo a presó, que és el que hauria de fer, i la tortura és... Bé, aquí no la practiquem.

—El detector de mentides ens ha indicat que diu la veritat sobre aquest tal Imu Jonasson —va dir en Dale—. O més ben dit: ell es creu que diu la veritat. Si no és que...

—Si no és que què?

—Si no és que amb en Richard Elauved ens trobem davant d'un psicòpata de pura sang. —Tots dos es van girar cap a mi i em vaig haver de concentrar per no immutar-me, perquè no es descobrís que sentia tot el que deien.— Els psicòpates poden enganyar fins i tot el detector de mentides més avançat —va dir en Dale.

En McClelland va assentir amb el cap a poc a poc.

—Al meu entendre, ens trobem davant d'un jove dur de pelar i sense escrúpols de la pitjor mena, Dale. De la mena contra la qual s'ha de protegir la nostra societat.

—Pot ser —va fer en Dale, acariciant-se la barbeta—. Parla'm una mica d'aquest tal Jonasson, sisplau.

—De l'Imu Jonasson? Només n'he sentit històries. Sé que

els seus pares van morir en un incendi, que en aquell lloc hi havia alguna cosa dolenta i que el noi va portar aquella maldat fins aquí.

—No va ser ell qui la va portar! —vaig exclamar, però era evident que no sentien res, des de l'altre costat.

—El van enviar a un reformatori —va continuar en McClelland—. Després d'allò, que jo sàpiga, aquí ningú n'ha sabut res més ni l'ha vist mai més. El nostre problema no és el tal Imu Jonasson, sinó aquesta mala bèstia d'en Richard Elauved. Tens cap suggeriment de què n'hem de fer, Dale?

—Envieu-lo a un lloc on tingui temps per pensar i penedir-se. Unes quantes setmanes, potser mesos, haurien de fer el fet.

—On l'hauríem d'enviar?

—Tu mateix ho acabes de dir.

—De debò? —En McClelland va arrufar el front. Llavors se li va il·luminar la cara.— Ahà!

Jo encara era allà assegut parant l'orella mentre en McClelland trucava a la Jenny i en Frank i els informava de la mesura de xoc, com la van anomenar, i els demanava que portessin roba, necesser i altres coses que jo pogués necessitar per a una estada més aviat curta o més aviat llarga en un reformatori.

El paisatge que anava desfilant per fora de la finestreta del cotxe consistia en ermassos plans, pantans i arbres. Sobretot arbres. Boscos sencers, de fet. En Frank conduïa i la Jenny anava al seient del darrere. No m'havien dit per què m'havien promogut al seient del davant, però era força clar. Quan portes el teu fill d'acollida amb el cotxe a una institució ben lluny de casa, enmig del no-res, el deixes seure on vulgui, més o menys com passa quan es deixa als condemnats a mort triar el menú de l'últim àpat. Dúiem tres hores al cotxe i ens en quedaven tres, segons la Jenny.

En Frank taral·lejava la música del radiocasset.

Take me home, country roads, to the place I belong.

Com si fos aquest el cas, que l'indret cap a on ens dirigíem era el meu lloc.

«No és cap presó», els havia assegurat en McClelland a en Frank i la Jenny.

«I tant que és una presó!», havia exclamat la Karen quan li vaig explicar on anava.

«Un any passa de seguida», m'havia consolat la Jenny.

«És tota una vida!», havia bramat la Karen. «I tu no has fet res!».

M'havia promès que em visitaria, fins i tot m'havia fet una abraçada al pati de l'escola mentre l'Oscar júnior i els altres s'ho miraven. I tot i que havien estat a punt de saltar-me les llàgrimes, havia aconseguit contenir-les i no donar-los aquesta satisfacció. Ningú de la classe, ni tan sols la senyoreta Refilet, havia tingut res a dir-me, i a mi ja m'estava bé perquè probablement no haurien sigut paraules amables. Estaven alleujats per desfer-se de mi, ho duien clarament escrit en aquelles cares bocabadades. Perquè ara em tenien por de debò. Almenys això sí que ho tenia.

—Què és la deducció? —vaig preguntar.

—La deducció... —va dir en Frank, i va dedicar una bona estona a pensar-hi. Una estrofa sencera de la cançó, de fet. No passava res, teníem temps. Massa—. La deducció és una mena de lògica. Per trobar la resposta, has d'anar descartant tot el que és impossible. Llavors, el que et queda és el que és possible. I si només et queda una cosa, ja tens la resposta. Ho entens?

—Sí —vaig dir, mirant per la finestreta. Em vaig adonar que consistia a descartar la possibilitat que algú hagués sigut devorat per un telèfon o que s'hagués transformat en un insecte. En acabat, el que et queda és un mentider que probablement és culpable de la desaparició de dos nois. És lògic. Tan lògic que jo hauria pensat el mateix. Bé, si no hagués vist amb els meus propis ulls que l'impossible és possible.

La Jenny va encertar l'hora d'arribada estimada amb exactitud, potser perquè la carretera —que en general discorria com un cordill recte i monòton a través del paisatge— tenia poc trànsit, poques cruïlles i pocs canvis de límit de velocitat.

—És aquí? —vaig preguntar amb incredulitat.

Ens havíem aturat enmig d'un camp.

—Això sembla —va dir en Frank.

Vam baixar del cotxe. S'havia ennuvolat i el vent venia a ratxes fortes i fredes.

—Ai, sí —va fer la Jenny, estremint-se amb els braços plegats, mirant l'edifici blanc, que s'assemblava a una fortalesa, darrere de la tanca de filferro espinós. No hi vèiem ni sentíem altres persones. Només hi havia el paisatge desolat, l'edifici estèril i les ratxes de vent, que feien que se sentís un grinyol quan el rètol de dalt del reixat es movia endavant i endarrere a les cadenes. Algunes de les lletres estaven descolorides o esborrades pel temps i pel vent, però jo sabia què hi deia.

Casa de correcció per a joves Llarim.

Capítol 14

En McClelland havia dit la veritat, la Casa de correcció per a joves Llarim no era una presó. I és que aquí els que vigilaven que les portes estiguessin tancades amb clau no eren guardians, sinó «responsables de seguretat» i els que ens vigilaven a nosaltres eren «mestres», «capatassos», «monitors» o el «director». No es deia «complir una pena», sinó «ser interceptat per la xarxa de seguretat de la societat», de la qual cosa ens deien que ens havíem d'alegrar moltíssim. Si incomplies una de les nombroses regles internes, no et castigaven, sinó que et «corregien» o et «treien els privilegis», com ara passar unes hores a l'aire lliure o no quedar-te tancat sol. Que jo sàpiga, no pegaven a ningú ni hi havia cap altre càstig físic, però sí que s'ocupaven dels que es tornaven rabiosos —i amb tants joves corromputs aplegats en un mateix lloc això passava constantment, per descomptat—. El reglament no permetia l'ús de manilles, però et podien lligar a alguna cosa, una cadira o el teu llit per la teva pròpia seguretat, segons deien. Quan me n'anava a dormir, sovint em quedava despert sentint els crits procedents d'una de les altres habitacions i em preguntava si jo també em tornaria així si em quedava aquí prou temps.

Quan els pares o altres familiars venien de visita, el director els acostumava a ensenyar les aules, els tallers per als que no s'aclarien amb la teoria i el gimnàs on ens desfogàvem per desfer-nos de la pitjor agressivitat. No hi veien ni barrots ni armes ni uniformes. A més, nosaltres —els «residents», que no reclusos— anàvem vestits amb la nostra roba. Els edificis de Llarim eren tan àrids com el paisatge que els envoltava, però estaven nets i sempre acabats de pintar de blanc, ja que la neteja i la pintura eren dues de les nostres activitats principals. Vist des de fora, Llarim devia semblar un internat per a joves qualsevol, però els que vivíem aquí sabíem el pa que s'hi donava.

Els nois i les noies dormien estrictament separats en dos pavellons. Amb una excepció, els bessons Victor i Vanessa Blumenberg. Ningú ens en va explicar mai el motiu, però era força evident. Si els separaven més d'una hora, es posaven fets una fúria. No els aturaven ni els correctius ni la pèrdua de privilegis, i eren forts i robustos, així que allò perjudicava tant el mobiliari com el personal. Tant, que el director va arribar a la conclusió que l'única solució era la llei del mínim esforç: que se'ls deixés compartir habitació. Ja estava bé, això, perquè ningú volia compartir habitació amb ells, ja que es rumorejava que el germà petit dels Blumenberg —que els bessons creien que rebia massa atenció— havia sigut asfixiat amb un coixí mentre dormia.

Hi havia rumors de moltes menes, però.

Per exemple, hi havia qui deia que la Vanessa i en Victor no només s'havien format a partir d'un sol òvul, sinó a partir de la meitat del mateix òvul. Que havien sigut massa prematurs, i que en néixer estaven units pels malucs i que per això coixejaven, l'un de la cama dreta, l'altre de l'esquerra. Que compartien un sol cervell i que per això es quedaven tan sovint asseguts amb la mirada perduda i apàtica i la boca mig oberta. No parlaven gaire, tampoc entre ells, però algú em va dir que no els calia, que es podien comunicar per telepatia.

Segurament tot això eren bestieses, però.

Si més no, esperava que fossin bestieses.

Perquè em van posar a compartir habitació amb els bessons. Només a mi. A les altres habitacions vivien de quatre en quatre. A la nostra eren dos contra un. Les primeres setmanes no em parlaven ni em miraven, era com si fos transparent. I ja em semblava bé. Tenia el son lleuger i no perdia de vista els coixins.

Jo pertanyia als residents que rebien ensenyament. Sèiem en una aula on el mestre s'havia rendit abans de començar. Semblava que es donava per satisfet si podia concloure una jornada escolar sense que ningú tingués una enrabiada, prengués mal o es tornés encara més estúpid que quan havia arribat. En acabat, dinàvem a la cantina i després sortíem a fer un passeig per prendre l'aire. Semblava que feia sempre el mateix temps, gris i amenaçador, però no queia mai pluja d'aquells núvols grisos com l'acer. Al vespre, els altres jugaven a tennis de taula o seien a la sala de televisió; jo passava l'estona sol o anava a fer un tomb a la biblioteca. La Karen m'havia encomanat el gust pels llibres, l'hi havia de reconèixer. Els dies eren tan llargs i monòtons com la carretera des de Ballantyne, així que va ser tot un canvi quan vaig tenir l'habitació per a mi sol durant una setmana. En Victor li havia fet un tall a la cara al cuiner amb la tallanta de la carn després que el cuiner l'hagués acusat d'haver-li robat la cartera (cosa que evidentment havia fet). Mentre el cuiner era al terra de la cuina sagnant, la Vanessa li havia clavat puntades de peu, probablement en una mena d'acte de solidaritat. Fos com fos, van tancar els bessons cadascun en una habitació petita (no es deia «cel·la») on havien de passar tot el dia sols (es deia «estar sol», no «estar incomunicat») i sentíem els seus crits tota la nit. Quan van tornar a la nostra habitació, estaven canviats. Semblaven vençuts, miraven a terra i jo havia deixat de ser transparent; de fet, s'apartaven quan entrava o sortia de l'habitació. Un vespre, la Vanessa em va preguntar què llegia al llit. Em va sorprendre tant que em parlés, que d'entrada em vaig pensar que l'havia sentit malament, però quan vaig alçar la vista del llibre, vaig veure que mirava cap avall des de dalt de tot de la nostra llitera de tres pisos. Li vaig explicar que era un llibre que es deia *Papillon* i que tractava d'un home que es fugava d'una illa presó. Vaig sentir el grunyit d'en Victor des del llit d'entre nosaltres.

—Fugir.

A partir d'aquell dia vam començar a mantenir converses senzilles. Més ben dit, una conversa, perquè sempre girava entorn del mateix. Fugir. En Victor i la Vanessa volien sortir d'allà. Havien de sortir d'allà, deien. Allà dins es moririen. Quan els vaig preguntar on esperaven fugir, si estaven del tot segurs que allà fora hi havia res millor, es van limitar a mirar-me amb els ulls envidriats i incomprensius, i ho vaig interpretar com que o bé els semblava una pregunta idiota o bé ni hi havien pensat. Al final va ser la Vanessa qui em va contestar:

—Almenys allà fora no ens poden separar.

—Ens has d'ajudar —va dir en Victor.

—Jo?

La Vanessa va assentir amb el cap.

—Què us fa pensar que us puc ajudar?

—Pots llegir coses de com fugir —va dir en Victor.

—Però vosaltres també podeu...

—No —em va tallar en Victor—. No podem. Ajuda'ns. Si no... —Per primer cop, li vaig veure alguna cosa a la mirada que no era una buidor immensa. Alguna cosa dura i desagradable.

Em vaig empassar la saliva.

—Si no?

—Et matarem —va dir la Vanessa—. Això sí que sabem com es fa.

—Ah, sí? —vaig fer—. El cuiner va sobreviure.

—Perquè l'hi vam permetre —va dir en Victor, fluixet—. Tens fins diumenge.

—Diumenge? Només queden quatre dies.

En Victor va mig aclucar els ulls tot concentrant-se i vaig veure que es mirava els dits mentre se li movien els llavis.

—Correcte —va dir.

No és que fos impossible fugir de Llarim. Sortir a l'exterior de la tanca ni tan sols seria especialment difícil. El problema era anar més enllà. Si tinguessis algú conegut que pogués estar a punt amb un cotxe per fugir, potser. Si no, hi havia cinquanta quilòmetres de terreny pla al ras fins a la població més pròxima i ningú fa pujar al cotxe adolescents que fan autoestop a prop de la Casa de correcció per a joves Llarim. Donen la veu d'alarma.

Per tant, m'havia d'empescar un pla que resolgués d'una tirada el problema de sortir i el de continuar avançant.

La resposta era el camió de les escombraries.

Venia cada divendres, així que dos dies després que els bessons m'haguessin donat el seu ultimàtum era com per casualitat al pati del darrere de la cuina quan el camió de les escombraries hi va entrar fent marxa enrere. Vaig observar els dos paios del camió mentre feien rodar els nou contenidors d'escombraries verds fins al vehicle i els posaven per torns en un muntacàrregues. Un d'aquells paios va prémer un botó al costat del muntacàrregues i l'altre es va quedar mirant amb les mans als malucs com el contenidor s'aixecava enlaire, es capgirava i es buidava a la plataforma de càrrega, acompanyat d'una remor hidràulica. Els contenidors feien un metre per un metre i els arribaven a l'altura del pit.

M'hi vaig atansar i els vaig fer unes quantes preguntes, com si simplement tingués curiositat, i ells les van contestar de bon grat. Aquell mateix vespre vaig explicar el pla als bessons mentre jèiem a la llitera.

—Ficar-nos cadascun en una bossa d'escombraries dins d'un contenidor —va repetir en Victor.

—Sí —vaig respondre—. Entrarem dos dels contenidors a la cuina i en traurem les escombraries per fer-vos lloc. Us haureu de ficar dins d'una bossa d'escombraries i jo les tornaré a lligar i tornaré a portar els contenidors al seu lloc. Faré uns quants forats a les bosses perquè pugueu respirar. I és important que no feu soroll quan aterreu a la plataforma de càrrega, que aquells paios es queden allà mirant-s'ho.

El grinyol dels llits em va indicar que tots dos assentien amb el cap.

—El camió de les escombraries va a l'abocador d'Evans —vaig dir—. Evans és a trenta quilòmetres d'aquí, així que és probable que ningú sospiti que veniu de Llarim. Per tant, podreu fer autoestop o agafar l'autobús per continuar tranquil·lament.

Al cap d'una estona vaig sentir més grinyols.

Llavors, després d'una pausa llarga, la veu d'en Victor.

—Queden set dies.

—Correcte.

—Te'n vam donar quatre.

—Per preparar un pla, no per fugir.

—Quatre. Set dies és molt.

—Bé, si em mateu no tindreu ningú que us lligui les bosses de les escombraries.

Una altra pausa llarga. Després, un soroll estrany que no havia sentit mai. Venia de les dues lliteres de dalt alhora, una barreja d'esbufecs, respiració feixuga i una cosa que sonava com unes frontisses sense lubricar. Al cap d'una estona, vaig entendre que els bessons reien.

Aquell diumenge vaig rebre una visita inesperada. Era la Karen.

Ens van deixar seure a la cantina, ella amb la mateixa llibreta al davant. Com de costum, preferia preguntar-me coses de mi que no explicar coses seves. De com m'anava i com feia passar el dia, de la gent de Llarim, del menjar, els llits, els llibres que llegia. Apuntava les meves respostes de com era estar tancat allà, què somiava a la nit, per què em pensava que no em creia ningú. Si encara recordava el que havia passat de la mateixa manera, és a dir, que a en Tom se'l va menjar un telèfon i que en Fatso es va transformar en insecte.

—Com és que ho apuntes? —vaig preguntar.

La Karen va mirar al voltant, com si algú ens pogués estar escoltant d'amagat en aquella cantina buida, i després es va inclinar cap endavant i va xiuxiuejar:

—Vull intentar resoldre el misteri Imu Jonasson.

—Per què?

Em va mirar sorpresa un moment abans de respondre.

—Perquè serà bo per a tu si el trobem, Richard. I per a mi. Sí, serà bo per a tots nosaltres.

—Per a tots?

—Sí.

—Per què?

—Perquè crec que pot arribar a ser perillós, si no hi fem res.

—Què vols dir?

La Karen encara va abaixar més la veu.

—Hi havia una cosa que la senyora Zimmer no ens va explicar de l'Imu Jonasson.

—Quina?

—No el van enviar a la institució per beure sang de rata, fer pudor ni robar una bicicleta. Va calar foc a la casa dels seus pares.

—Què?

—Van morir cremats tots dos.

—És veritat, això?

La Karen va assentir amb el cap, va enganxar el clip rosa a la pàgina de la llibreta i la va tancar.

—Ho vaig llegir a les cròniques locals. Bé, no hi deien res de l'Imu, només que hi havia hagut un incendi i qui eren els dos morts. I ara crec que ha tornat a Ballantyne.

—Ja ho vaig dir, jo! —vaig exclamar, i vaig abaixar la veu quan vaig veure que el «monitor» ens mirava—: Vaig dir que vaig veure un home a la casa del bosc del Mirall.

—No pots saber si era l'Imu Jonasson, Richard.

—Sí, és que... —No sabia ben bé com explicar-l'hi, però l'hi vaig dir igualment:— El vaig reconèixer.

La Karen em va mirar amb uns ulls com unes taronges.

—D'on?

—No ho sé. —Em vaig posar la mà al front, semblava febril.— Només sé que he vist aquesta cara en algun lloc —vaig xiuxiuejar.

—Estàs malalt? —La Karen em mirava amb cara de preocupació.

—No, és que ara mateix estan passant un munt de coses.

Va sonar un clàxon a fora.

—A mi em passa el mateix —va dir la Karen—. Sembla que algú m'espera.

—Qui? —La visita m'havia sorprès tant que ni tan sols havia pensant en com havia arribat fins allà.

—L'Oscar —va dir, i va somriure de pressa mentre guardava la llibreta a la bossa.

—L'Oscar? No té setze anys, no pot conduir.

—Això no és la ciutat, no som tan remirats amb aquestes coses, Richard. L'Oscar ja ha fet quinze anys i té el permís per fer pràctiques.

—Ja. I també t'ha portat a Hume, llavors?

—A Hume?

—Al cine. A veure una d'aquestes pel·lícules antigues que t'agraden. —Em podria haver mossegat la llengua, però era massa tard. De totes maneres, vaig sentir un cert alleujament quan va remenar el cap. Em preguntava com havia aconseguit persuadir l'Oscar d'ajudar-la a venir a visitar-me. D'acord, potser l'Oscar havia pensat que si ella havia de venir igualment, valia més que l'acompanyés i la vigilés. Es va aixecar.

Vaig seguir la Karen a fora fins a la tanca on un «responsable de seguretat» ens observava mentre aguantava la porta del reixat oberta. A la plaça que hi havia a l'exterior hi havia un Ford Granada aparcat. Vaig fer un pas endavant i vaig veure que la Karen s'adonava que tenia la intenció de fer-li una abraçada. Se'm va avançar i em va estendre la mà.

—Cuida't, Richard.

Em vaig quedar a la banda de dins de la tanca i vaig veure un núvol de pols aixecant-se darrere del cotxe quan se'n van anar. Era estiu, feia vent i la mateixa capa de núvols grisos cobria aquell paisatge monòton i incolor, de manera que no feia ni fred ni calor i no hi havia ni llum ni foscor.

Capítol 15

Els dies després de la visita de la Karen avançaven a pas de tortuga. Jo encara estava més capficat que de costum i la fugida imminent dels bessons no em feia il·lusió ni m'emocionava.

Una nit vaig somiar que era al capdamunt de la talaia del parc de bombers. Era fosc i l'únic que veia a l'aparcament sota meu era la llum blava giratòria al sostre del camió de bombers. A les persones que hi havia allà baix amb prou feines les distingia, però les sentia bé. Eren moltes i cridaven compassadament totes a l'una:

«Salta, salta, salta!».

Els volia fer cas, però com podia estar segur que aquelles veus em desitjaven res de bo?

«Salta, salta, salta!».

Potser tan sols volien viure l'emoció de veure algú caient des de tan amunt. Potser estaven afamats i se'm volien menjar. O tenien raó? Havia de saltar per salvar-me? Potser no tenia alternativa. Però és difícil saltar, és difícil confiar en algú. Just quan em decidia, em vaig despertar. Al llarg del dia no vaig donar gaires voltes al somni, però quan me'n vaig anar a dormir encara sentia aquelles veus, eren com una melodia i jo la taral·lejava, «Salta, salta, salta!», fins que em vaig adonar que era una melodia trista i vaig parar.

Llavors, dimecres, dos dies abans de la data escollida per a la fugida, vaig rebre una carta que em va capgirar l'estat d'ànim.

En Lucas era l'única persona de Llarim amb qui parlava més del que era imprescindible. Feia quaranta anys que hi treballava i era una barreja de conserge i bibliotecari. Per regla general parlàvem de llibres. Va tirar la carta sobre la taula davant meu a la sala de lectura.

—Lletra de noia —es va limitar a dir, i se'n va anar.

Era de la Karen.

Estimat Richard,

He trobat la pista de l'Imu Jonasson! Crec que sé on s'està, però m'has d'ajudar, només tu saps quin aspecte té ara. Creus que hi ha cap possibilitat que et donin permís per sortir un parell de dies i venir aquí?

Afectuosament,

Karen

PD: Soc conscient que el comiat va semblar una mica fred, però sé que l'Oscar estava parant atenció. Resulta que se li ha ficat al cap que ell i jo ens farem nòvios i no em veia capaç de suportar el mal ambient tot el llarg camí de tornada a casa. No és que una abraçada hagués volgut dir que tu i jo fóssim nòvios, però ja saps com de gelosos es posen els manaires de mena com l'Oscar.

Vaig llegir la carta unes quantes vegades més. En concret, dotze. I em vaig empescar l'anàlisi provisional següent:

1. La Karen havia optat per començar amb «Estimat Richard» en lloc de fer servir «Hola, Richard», que és el que probablement hauria fet jo si li hagués escrit a ella. «Hola, Karen», vull dir.
2. La Karen havia volgut abraçar-me de debò.
3. La Karen opina que no soc un mascle alfa.

4. La Karen troba que hi ha motiu per subratllar que una eventual abraçada hauria sigut amistosa, tal com hauria fet jo mateix. En el meu cas, però, hauria sigut perquè m'horroritzava no que ho pogués malinterpretar, sinó que ho interpretés bé.
5. La Karen subratlla que per part seva no vol ser nòvia de l'Oscar. Que ho diu perquè es pensa que estic gelós perquè van venir junts amb cotxe? Com és que té en compte els meus sentiments?
6. La Karen no vol que l'Oscar es posi gelós. Com és que té en compte els seus sentiments?

Vaig recolzar el cap a les mans. Redeu, quin desordre hi havia allà dins.

Llavors vaig llegir la carta un cop més. I vaig decidir que el més important era que la Karen volia que anés a Ballantyne.

—Bones notícies? —En Lucas em va somriure amb picardia i em va passar l'escombra, i això significava que hauria de netejar el terra d'aquella petita biblioteca abans de l'hora de tancar.

—És una amiga de Ballantyne —vaig dir—. Vol que la vagi a veure.

—Tens ganes d'anar-la a veure?

—Moltes.

—Bé, doncs —va dir en Lucas, agafant-me l'escombra—. Llavors et caldrà un permís per sortir.

—Es pot aconseguir?

—Si redactes una sol·licitud perquè et deixin visitar la família. Si t'has portat més o menys bé, gairebé sempre concedeixen permisos de cap de setmana. Seu, que et portaré boli i paper.

Dit i fet.

Mentre en Lucas escombrava el terra, vaig escriure una sol·licitud breu.

Per al director. Amb aquesta nota sol·licito permís per anar a Ballantyne el cap de setmana vinent a visitar els meus pares d'acollida. Manifesto que no tinc cap apunt per mal comportament. Salutacions,

Richard Elauved

—Molt bé —va fer en Lucas, que es recolzava a l'escombra—. El que has de fer és lliurar-la a l'oficina de l'administració i jo ja hi faria una recomanació si calgués, tot i que em sembla que no caldrà.

Vaig sortir corrent, lleuger de peus, i vaig travessar la plaça fins a l'edifici de l'administració. Vaig veure que el responsable de seguretat del reixat em seguia amb els ulls i el responsable de seguretat de dalt de la torre del rellotge, amb uns prismàtics; no estaven acostumats a veure ningú corrent per allà. Vaig tocar el timbre de l'entrada d'aquell edifici d'oficines oblong de dues plantes i em va contestar la veu metàl·lica de la senyora Monroe. Li vaig explicar per què era allà i al cap d'uns segons va sortir a obrir-me la porta. La senyora Monroe era una dona rondinaire i graciosa, amb sobrepès i un xiclet a la boca, de temperament violent. Afirmava que l'únic privilegi que tenien les dones en un món dominat pels homes era poder repartir galtades impunement als nois pocavergonyes. Li vaig allargar el full, el va mirar de pressa i va assenyalar l'escala amb el dit. La vaig mirar inquisitivament.

—De pressa, de pressa, que jo ja corro prou —va dir, esbufegant—. El despatx del director és el de la porta vermella. No facis bajanades. Et dono vint segons.

Vaig pujar corrent i vaig trucar a la porta. Sentia la veu del director a dins, semblava que parlava per telèfon. Tenia la veu suau, com sempre, sobretot quan estava emprenyat. Vaig tornar a trucar a la porta. Mentre m'esperava, em vaig mirar les fotografies emmarcades que hi havia més a prop, que estaven penjades en fila per la paret del passadís. Tenien l'any i s'assemblaven d'una manera que resultava desconcertant: quaranta o cinquanta persones en fila a les escales de davant de l'edifici principal, evidentment, els residents i els empleats que eren a Llarim aquell any. Vaig sentir que el director deia «Sí» i «Vaja» al telèfon mentre uns passos s'acostaven a la porta. En aquell mateix moment, els ulls se'm van aturar en una de les cares de la fotografia més pròxima a la porta. Més ben dit, si no hagués sigut perquè era una fotografia, hauria jurat que era la cara, la que m'havia clissat a mi.

En veure-la, vaig ser conscient que no m'hauria d'haver sorprès, però així i tot va ser com si algú em clavés un caramell a l'estómac.

Aquella cara pàl·lida mirava directament a l'objectiu de la càmera i a mi. Igual que m'havia mirat fixament enquadrada pel marc d'una finestra al bosc del Mirall. La porta carmesí davant meu es va obrir de sobte i hi va aparèixer el director.

Era alt i prim i tenia aquella expressió indulgent que, d'entrada, enganyava tothom.

—Entenc la seva preocupació, senyora Larsson —va dir el director. Vaig veure el cable en espiral de l'auricular del telèfon que sortia tens i tremolant de l'aparell de sobre l'escriptori, en aquell despatx sorprenentment petit que no havia vist mai. El director va donar un cop d'ull al full que li vaig allargar, em va mirar ràpidament, va assentir amb el cap sense treure's l'auricular de l'orella i va tornar a tancar la porta. Vaig tornar a mirar la fotografia de la paret. Era ell. Llavors vaig córrer escales avall.

—Vint-i-cinc segons —va dir malhumorada la senyora Monroe, que bloquejava la porta amb aquell cos enorme—. Has robat o trencat res?

—Avui no —vaig dir.

La senyora Monroe va alçar una cella i vaig veure que preparava el palmell dret mentre el llavi superior pintat de vermell se li aixecava fent una ganyota. Llavors, però, li va començar a tremolar la carn del cos i tot d'una els llavis van formar un somriure burleta. Es va fer a un costat.

En Lucas encara escombrava el terra quan vaig entrar corrent a la biblioteca.

—Aquí a Llarim hi ha hagut mai un noi que es digui Imu Jonasson? —vaig preguntar panteixant.

En Lucas va alçar la vista.

—Per què m'ho preguntes?

—L'acabo de veure en una foto a l'edifici de l'administració.

—Doncs llavors ja ho saps, així que per què m'ho preguntes?

—Perquè jo només l'he vist d'adult. I les persones canvien.

—N'estàs segur?

—Tu no?

En Lucas va sospirar fort.

—Bé, treballo aquí perquè espero que sigui així, que almenys els joves puguin millorar. Però els dies dolents ho pots posar en dubte, és clar.

—Recordes l'Imu Jonasson?

—Oh, i tant.

—Què se'n va fer?

—Ves a saber. Diria que aquí no ho sap ningú.

—Què vols dir?

En Lucas va deixar anar un sospir encara més fort que em va fer pensar en el degoteig de dins de la casa del bosc del Mirall. Va deixar l'escombra contra la paret.

—Vols una tassa de te?

Capítol 16

—Per aquí han passat molts joves al llarg dels quaranta anys que fa que hi soc —va dir en Lucas, que encara no havia tocat la seva tassa de te—. Un vellet com jo no se'n pot enrecordar de tots, però un noi com l'Imu Jonasson no és gaire fàcil d'oblidar. La primera vegada que el vaig veure va ser quan va venir aquí preguntant per un llibre de màgia.

—Màgia verbal negra?

En Lucas va alçar els ulls per mirar-me.

—Sí, de fet. Però aquí no en tenim, d'aquesta mena de llibres.

—Quina mena de llibres?

—Llibres que poden donar... idees als joves. Llavors no sabia que feia molt de temps que aquell noi tenia idees que jo ni tan sols em podia imaginar.

—Què vols dir?

—L'Imu Jonasson no era només un noi esguerrat, Richard. Era malvat. Ho entens? Malvat. —En Lucas em va mirar com si volgués assegurar-se que captava tota la gravetat d'aquella paraula.— La seva maldat encara perdura a les parets d'aquest lloc. Quan va fugir, tothom va respirar alleujat. Ningú va dir res, però tothom sap que el director que hi havia en aquella època es va esperar dos dies a donar la veu d'alarma perquè el noi es pogués escapar de debò, de manera que no el retornessin.

—I es va escapar?

—Oh, i tant.

Vaig fer un glopet de te.

—Quina cosa tan i tan dolenta va fer?

En Lucas va plegar els braços, prenent-me les mides amb la mirada, com si estigués sospesant alguna cosa.

Va fer girar la clau al pany rovellat i va empènyer la porta per obrir-la. L'aire del soterrani que ens envoltava era fred i humit. Una teranyina se'm va enganxar a la cara quan vam entrar en una mena de traster de dos metres per dos metres. L'únic moble era un llit estret.

—Teníem l'Imu Jonasson tancat aquí baix, era una espècie de... —En Lucas va buscar una altra paraula, però es va donar per vençut:— D'aïllament. Per als que es posaven violents. Però després que fugís, aquest quarto només es va fer servir tres cops abans que la direcció decidís clausurar-lo del tot.

—Per què?

—Perquè els tres que el van ocupar després de l'Imu Jonasson van intentar treure's la vida, i només hi havien estat un dia. Als dos primers els van veure repetint paraules i frases simples mentre esmorzaven, i el mateix dia un es va intentar penjar a la seva habitació i l'altre va saltar des del terrat, però va sobreviure.

Em vaig estremir. Treure's la vida? Aquell quarto era molt fosc, no tenia finestres, la pintura s'escrostonava i les ratllades a la paret indicaven que algú s'havia avorrit molt allà dins i que tenia un ganivet a mà. De totes maneres, un cert vandalisme i unes quantes pintades no eren res d'extraordinari a Llarim.

—Creiem que les paraules que repetien estaven tretes del que l'Imu Jonasson havia gravat a les parets d'aquí, com veus —va dir en Lucas—. Val més no mirar-s'ho gaire estona ni gaire de prop...

No va ser fins que els ulls per fi se'm van acostumar a la foscor que no vaig veure que aquelles ratllades eren paraules i números. Estaven molt atapeïts i anaven del terra al sostre. Bé, fins i tot n'hi havia d'escrits al sostre. Vaig apuntar amb el dit cap amunt inquisitivament.

—No en tenim ni la més petita idea —va dir en Lucas—. Aquí no tenia res on es pogués enfilar per arribar dalt de tot. Tampoc no tenia res punxegut. L'única opció és que fes servir les ungles.

—Les ungles? —vaig dir amb incredulitat.

—Què vols que et digui —va fer en Lucas.

M'havia posat a llegir automàticament, era una paraula que començava per P-A-K-S, però vaig apartar els ulls de seguida.

—Què li va passar al tercer que es va estar aquí?

—Vam pintar les parets perquè no es veiessin les paraules. Però quan vam venir l'endemà havia raspat la pintura amb les dents i les ungles i s'havia intentat estampar el cap contra la paret. Com si no pogués suportar el que hi tenia a dins. La sang... Pobre noi. Si la paret hagués sigut de maons... —En Lucas va remenar el cap.

—Però ara heu tornat a pintar les parets?

—Només una capa, com veus. Vam fer venir pintors professionals, però després de la primera capa se'n van anar i es van negar a tornar. Així que el tenim tancat amb clau i... —En Lucas va fer un bot com si hagués sentit un soroll que jo no havia sentit.

—No m'has explicat com va fugir.

—Perquè no en tenim ni la més petita idea —va dir en Lucas mentre buscava amb la vista pel passadís del soterrani, cap a la foscor on la llum de la bombeta pelada que hi havia dalt nostre no abastava—. Quan vam arribar aquí al matí, la porta estava tancada amb clau, però l'Imu Jonasson havia desaparegut. Ningú va admetre haver-lo deixat sortir. Els responsables de seguretat d'aquella nit juraven que havien estat desperts i que no havien vist ni sentit ni una ànima abandonant aquest lloc. Tret d'una garsa que havien vist volant a la llum de la lluna, des de l'edifici principal i per dalt de la tanca. No és que les garses tinguin ànima, però ho devien esmentar perquè per aquí no en tenim, de garses.

—Potser el mateix director el va deixar sortir per desfer-se d'ell?

—Potser. —Semblava que en Lucas forçava la vista, com si cregués haver vist alguna cosa en la foscor del fons del passadís.— Escolta, Richard, tornem a pujar. Estaria bé que no expliquessis a ningú que t'he ensenyat aquest quarto —va dir mentre tancava amb clau la porta de l'escala del soterrani—. No és que no m'ho permetin, però és que preferiria no escampar la por en un lloc amb tantes ànimes volubles.

—És clar —vaig dir, renunciant a fer la pregunta òbvia. Si no volia espantar la gent com jo, com és que m'havia ensenyat aquell quarto?

Aquella nit em vaig quedar despert al llit pensant en la Karen. En quina era la pista que havia trobat. En la fotografia amb aquella cara que semblava que em mirava. I al final, just abans d'adormir-me, en una garsa que cridava en un bosc. Em vaig tornar a despertar —si més no, creia que estava despert— perquè sonava el telèfon del passadís. Em vaig quedar estirat al llit escoltant aquell soroll i la respiració calmada d'en Victor i la Vanessa. Havia de despertar algun dels dos? No, se n'havien anat a dormir d'hora per estar ben descansats per a la fugida de l'endemà després de dinar, la qual cosa gairebé havia oblidat després de tot el que havia passat aquell dia. Em vaig esperar fins que s'aturessin les timbrades, però no es van aturar. Després d'allò d'en Tom m'havia mantingut ben lluny dels telèfons, però les timbrades eren tan molestes i insistents que em va fer la impressió que si no s'aturaven o algú no despenjava el telèfon perdria el senderi. Al final, vaig treure les cames del llit, vaig posar les plantes dels peus descalços al terra fred i vaig sortir de puntetes al passadís.

El telèfon estava penjat a la paret entre el lavabo i la sortida d'emergència. Només es podia fer servir per rebre trucades passades des de l'oficina de l'administració. Les persones que trucaven acostumaven a ser els pares, els amics o les parelles de la gent que en tenia. En Frank i la Jenny m'havien trucat unes quantes vegades, però sempre havia trobat una excusa per no agafar les telefonades i els havia fet saber que podíem parlar la següent vegada que em vinguessin a veure, la qual cosa feien una vegada al mes. No se'm va acudir pensar que era estrany que el telèfon sonés a altes hores de la nit, quan no hi havia ningú a l'oficina de l'administració, tal com no t'atures a pensar per què pots volar o per què el cel és verd quan somies. Tot i així, a mesura que m'acostava a aquell aparell negre que sonava de manera tan estrident, vaig notar que se m'eriçaven els pèls i que el cos es resistia.

Em vaig aturar just davant del telèfon, indecís.

La mà es negava a aixecar-se, però els peus no volien tornar a l'habitació i al llit calent.

El so del timbre s'anava fent més i més fort amb cada truc. Com podia ser que no sortís ningú més al passadís? Em vaig quedar mirant el plàstic dur, que vibrava.

Després vaig despenjar el telèfon. M'aguantava la respiració mentre m'acostava amb compte l'auricular a l'orella, però no prou perquè hi entrés en contacte.

—Digui? —vaig fer, i vaig notar que em tremolava la veu.

Vaig sentir algú que agafava aire. Era una veu clara i suau, i al principi era difícil determinar si era d'home o de dona.

—Només estic dient la veritat.

—Digui? —vaig repetir.

—Vull entrar. —Era un home.— I tu em vols obrir la porta. Perquè ets meu. Només t'estic dient la veritat.

—Però...

—És això el que no suporten. La veritat. Deixar-la entrar.

—He de penjar —vaig dir, i em disposava a fer-ho quan vaig sentir que aquella veu deia el seu nom.

—Què? —vaig fer, tot i que havia sigut prou clar.

—Karen —va repetir la veu.

—Què li passa, a la Karen?

—Creu que em trobarà. Però la trobaré jo.

—Què vols dir? Qui ets?

—Ho saps. Cremarà. La que estimes cremarà. No hi pots fer res. Perquè ets petit i feble i covard. Ets porqueria. Em sents? Ets porqueria. I em deixaràs entrar.

Vaig penjar. Em tremolava tot el cos, com si estigués malalt i tingués molta febre. Hi havia una paraula gravada a la paret, dalt del telèfon, però vaig reconèixer la lletra i vaig serrar els ulls abans d'arribar a llegir res. Em vaig quedar escoltant-me la respiració dificultosa. Havia de tornar a l'habitació. Amb les puntes dels dits lliscant al llarg de la paret i els ulls encara tancats, em vaig moure passadís enllà mentre el cor em palpitava al pit i les paraules em dringaven a les orelles. Porqueria. Cremar. Porqueria. Cremar. No ho miris, no ho llegeixis. La temperatura havia baixat i l'aire era humit i enganxifós quan les puntes dels dits finalment van lliscar per un badall, pel material que van reconèixer com una porta i després per la maneta. La vaig prémer avall i la vaig estirar cap a mi.

La porta estava tancada amb clau.

Vaig obrir els ulls. No era la porta del dormitori. Vaig mirar al voltant. Havia tornat a fer cap al soterrani i allò era la porta del quarto on havien tancat l'Imu. Hi havia una clau al pany. Porqueria. Cremar. Porqueria. Vaig agafar la clau amb l'índex i el polze, la vaig fer girar i vaig obrir la porta. Vaig mirar la foscor. No ho veia, però sentia que algú respirava allà dins. Llavors vaig deixar anar la maneta i vaig córrer. I córrer. Però semblava que tenia les cames encallades en alguna cosa. En porqueria. Em vaig enfonsar en la porqueria.

Em vaig despertar d'un sobresalt. A l'habitació hi havia alguna cosa diferent. La llum. La que entrava per la finestra. Em vaig incorporar a la llitera, vaig mirar enfora i vaig constatar que, per primer cop des que vaig arribar a Llarim, brillava el sol. En Victor i la Vanessa seien amb les cames penjant a dalt meu.

—Heu sentit el telèfon que sonava aquesta nit? —vaig preguntar mentre em fregava els ulls per treure'm la son.

Em van mirar i van fer que no amb el cap.

—Perfecte, només volia estar segur que era un somni —vaig dir, i em vaig aixecar i em vaig començar a vestir.

—Recorda que t'has d'esperar a venir a la cuina fins a vint minuts després que s'hagi acabat el dinar —va dir la Vanessa—. Llavors el cuiner ja se n'haurà anat a fer la migdiada.

Vaig assentir amb el cap. Havia repassat aquell pla de fugida relativament senzill amb els bessons almenys vint vegades, i ara havien començat a repetir-ne els detalls i a donar-me ordres com si se'ls hagués acudit a ells.

Durant l'esmorzar vaig preguntar a alguns dels que vivien al nostre passadís si havien sentit el telèfon durant la nit, i com que també em van contestar que no, tot plegat m'ho vaig treure del cap.

Només vaig captar a mitges les classes fins a l'hora de dinar mentre tornava a repassar mentalment la carta de la Karen, paraula per paraula. Pensava en com arribaria a Ballantyne quan em concedissin el permís. Aquí no havia vist mai cap autobús, però en devien passar per la carretera general, oi? Potser podria demanar a en Lucas que m'hi portés amb cotxe. De cop i volta, se'm va acudir una cosa. Que si es descobria la meva participació en la fugida dels bessons, seguríssim que no em concedirien cap permís. Vaig mirar el rellotge, encara quedava una hora per dinar. Per un moment, vaig sospesar la possibilitat de delatar la fugida al director, dir que no havia tingut mai la intenció d'ajudar-los, però que ho havia fet veure per por de la meva seguretat. Però ho vaig descartar de seguida. Era moltes coses, però no un bocamoll. Bé, potser més aviat va ser que havia vist el que els passava als bocamolls. Hauria d'arriscar-me i esperar que tot anés com havia d'anar.

Capítol 17

Durant el dinar, en Victor, la Vanessa i jo ens miràvem cada cop que ells dos entraven coixejant per la porta batent de la cuina. En comptes de davantals, el personal de la cuina de Llarim duia llargues bates de color blanc i barrets de cuiner alts i punxeguts que em feien pensar en el Ku Klux Klan. Hi treballaven dos cuiners més els bessons, que portaven al taulell plates de metall amb peix, patates i verdura bullida i s'enduien les safates dels plats bruts a mesura que s'omplien. Cada cop que els nostres ulls es trobaven, assentien amb el cap, tot estava controlat. Vaig mirar el rellotge de dalt de la porta batent; faltava una hora perquè arribés el camió de les escombraries.

Quan havia acabat de menjar i deixava el plat i els coberts a la safata dels plats bruts, a la portella de la cuina, se'm va atansar en Lucas.

—El director vol parlar amb tu.

El cor em va fer un bot al pit. La sol·licitud de permís.

Vaig tornar a mirar el rellotge. Encara quedaven tres quarts per a l'arribada del camió de les escombraries, no calia estressar-se. Vaig travessar la plaça fins a l'edifici de l'administració encara més de pressa que l'altra vegada. El responsable de seguretat del reixat i el de la torre del rellotge em van veure, però semblaven menys interessats que l'altra vegada. Un cotxe verd d'un model que ja havia vist abans estava aparcat a la plaça de fora de la tanca de filferro espinós.

Aquesta vegada no em va obrir la senyora Monroe, sinó el director en persona.

—Segueix-me —va dir amb aquella veu suau tan inquietant.

Vam pujar en silenci per l'escala al pis de dalt. Se'm va acudir que allò no era el procediment habitual per concedir un miserable permís. Que passava res? Que havia trucat a en Frank i la Jenny, que no sabien res de cap sol·licitud de permís? O —encara pitjor— que potser els bessons havien parlat de la fugida amb algú que ho havia xerrat?

El director em va aguantar la porta vermella i hi vaig entrar. I em vaig aturar en sec quan vaig veure la cara de l'home que hi havia rere l'escriptori. Seia amb les mans plegades darrere el cap i va fer un gest al director sense dir res. Quan vaig haver entrat, la porta es va tancar de cop i em vaig adonar que jo i l'home de l'escriptori estàvem sols.

El cotxe de fora la tanca. El mateix model, un altre color.

Era l'agent Dale.

—M'han dit que has demanat un permís —va dir—. Que ja n'has tingut prou, de Llarim, per una temporadeta?

No li vaig contestar.

—També m'han dit que has tingut un comportament exemplar. Com que a la majoria de la gent que hi ha aquí els concedeixen permís malgrat tenir un comportament molt pitjor que el teu, seria raonable que te'l donessin. Bé, de fet estem disposats a donar-te un permís molt més llarg. Què me'n dius?

No en vaig dir res, tan sols em vaig empassar la saliva.

—Sí, potser podràs sortir d'aquí per sempre i tot. No et sembla temptador, Richard?

—Sí —vaig aconseguir dir.

—Perfecte! —Es va treure les mans de darrere el cap i va picar de mans.— Doncs ho arreglarem. Només amb una condició.

Vaig esperar la torna.

—Que ens expliquis què els va passar de debò a en Tom i a en Jack.

Vaig acotar el cap i em vaig quedar mirant les vambes. Em vaig tornar a empassar la saliva.

—Ho vaig fer —vaig dir fluixet.

A en Dale se li va il·luminar la cara i va treure alguna cosa de sota la jaqueta. Aquest cop no era una pistola, sinó una petita gravadora de cassets amb una coberta de cuir negre perforat. La va deixar damunt de l'escriptori, entre nosaltres.

—Què vas fer? Els vas empènyer al riu?

—No. —Vaig alçar els ulls i vaig mirar en Dale.— Ho vaig fer. És a dir, que ja vaig explicar què va passar. De debò. Ja m'entén... el telèfon i dallò.

En Dale em va mirar una bona estona. Llavors va sospirar fondo, va ajuntar els dits i va remenar el cap a poc a poc.

—Richard, Richard, fes-me el favor de no dir-me que he fet tants quilòmetres amb el cotxe debades.

No em donarien cap permís. Se'm va fer un nus a la gola.

—M'ha de donar permís per anar a Ballantyne, agent Dale. Només dos dies. Doni'm dos dies per descobrir què els va passar a en Tom i a en Jack, sisplau.

En Dale em va mirar inquisitivament.

—Saps? Crec que encara ets més insensible ara que quan et vaig conèixer, Richard. Ara has après a mentir de manera que tot un agent de la policia federal gairebé et creu. Això és el que us ensenyen aquí a Llarim?

Per un moment, vaig estar temptat de donar-li el que volia i dir-li que és clar que havia mort en Tom i en Jack. Però dubtava que allò el fes concedir-me el permís.

—Sisplau... —vaig xiuxiuejar, notant que m'estaven a punt de saltar les llàgrimes.

Veia que en Dale vacil·lava.

—Com va per aquí? —No havia sentit entrar el director, però ara era a la porta, al meu darrere.

En Dale es va aixecar amb tant d'ímpetu que les molles de la cadira d'oficina del director van xerricar. Semblava emprenyat i desesperat alhora.

—Endavant, director, tot seu. No el perdi de vista, sisplau. S'acabarà rendint.

Vaig prendre la decisió mentre travessava la plaça cap a l'edifici principal. No va ser difícil.

Em vaig dirigir directament a l'habitació i vaig ficar la mà darrere del meu armari, on havia amagat els pocs bitllets que els bessons encara no havien trobat.

Després vaig sortir de l'habitació per la que esperava que fos l'última vegada.

Va ser llavors —mentre sortia— que em vaig adonar que l'auricular del telèfon no era al seu suport, sinó que penjava del cable cap a terra. Se sentia un soroll procedent de l'auricular, oi?

M'hi vaig apropar, però em vaig aturar en sec. Vaig notar que se'm posaven tots els pèls de punta.

El soroll. Era de xarrupada. Era el mateix soroll que quan en Tom va ser devorat.

Llavors, com si la veu m'hagués sentit venir, la xarrupada es va aturar. En canvi, es va posar a parlar.

—Ets porqueria. Ella cremarà. Ets porqueria...

Em vaig girar i vaig caminar de pressa cap a la sortida. La veu darrere meu va començar a xisclar, de manera que el so es va distorsionar.

—Cremarà. Ets...

Em vaig tapar les orelles amb les mans i vaig sortir corrent a la claror del sol.

—Us acompanyo —vaig dir quan en Victor i la Vanessa van veure que havia entrat no dos, sinó tres contenidors d'escombraries del pati del darrere a la cuina.

Em van mirar, es van mirar i llavors es van limitar a fer que sí amb el cap. Perfecte, doncs.

Com de costum, els dos cuiners se n'havien anat a fer la migdiada després del servei del dinar i havien deixat els bessons rentant plats. No tornarien fins a gairebé l'hora de sopar i el camió de les escombraries encara tardaria una estona a arribar.

Vam treure prou deixalles per fer-nos lloc dins dels contenidors. En Victor i la Vanessa es van deixar posats els vestits del Klan per no embrutar-se la roba que duien a sota, i llavors van entrar als contenidors respectius i es van posar una bossa d'escombraries pel cap. Vaig fer una dotzena de forats al plàstic negre abans que s'aclofessin i vaig lligar l'obertura.

Vaig retornar els tres contenidors al seu lloc al pati del darrere. Sabia que no ens podien veure des del reixat ni des de la torre del rellotge, però vaig mirar al voltant per assegurar-me que no ens veiés ningú altre. Llavors vaig entrar al contenidor buit, vaig tancar la tapa sobre el cap i em vaig ficar dins de la bossa d'escombraries que havia deixat allà. Era més difícil lligar-se la pròpia bossa, però d'alguna manera ho vaig aconseguir. Ara només calia esperar.

Hi havia molta quietud. Tanta, que era incapaç d'abstreure'm de les paraules de l'auricular del telèfon.

Finalment, vaig sentir el camió. Després, passos. Vaig perdre l'equilibri tan bon punt el contenidor va començar a bellugar-se. Sentia el so de les rodes contra l'asfalt. El so del mecanisme hidràulic. Sabia que m'aixecaven enlaire i sentia pessigolles a l'estómac. La caiguda arribaria de seguida. Quan va arribar, va passar tan de pressa que no vaig tenir temps de pensar, tan sols vaig detectar que havia aterrat amb una suavitat sorprenent. I a més, la veu que tenia al cap havia emmudit.

Amb tot, la veu va començar de nou quan el camió va haver

arrencat i al cap de deu o quinze minuts em vaig haver quedat ensopit pel bressoleig d'una banda a l'altra. Per abstreure'm, em vaig posar a cantar fluixet.

It's a long way to Tipperary. It's a long way to go. It's a long way to Tipperary. But my heart's right there.

Vaig repetir l'estrofa una vegada i una altra, intentant pensar en una altra cosa. En la Karen i jo estirats al terrat de l'escola mirant els núvols al cel. En baixar un riu nedant d'esquena. En prendre terra en una illa dels Mars del Sud on hi ha altres joves que es faran amics meus.

El sol brillava, la temperatura pujava i es començava a dipositar humitat a dins de la bossa d'escombraries. Amb la calor també va arribar una forta pudor de merda. Bolquers. Calculava que eren una mica lluny, perquè la ferum anava i venia, però algú —probablement en Victor— devia ser més a prop, perquè poc després vaig sentir el so inconfusible d'algú que vomitava. El simple fet de pensar que estava vomitant dins de la bossa va fer que jo també estigués a punt de vomitar. I és que el pacte que havíem fet era clar: ningú sortiria de les bosses abans no ens buidessin a l'abocador, i llavors encara havíem de comptar fins a cent abans d'esquinçar-les. Si en descobrien un, ens descobririen a tots.

Al cap d'una estona, en Victor es va posar a cridar alguna cosa i em va fer por que els escombriaires ens sentissin des de la cabina. Llavors, però, vaig sentir la veu de la Vanessa, que deia alguna cosa fluixet que no vaig entendre, i en Victor es va calmar.

No podia veure les busques del rellotge, però crec que havia passat una hora més o menys quan el camió va alentir la velocitat, va fer un tomb brusc a l'esquerra i va canviar a una marxa més baixa. Alhora vaig ensumar una olor nova. Em vaig posar en tensió.

Fum.

No ho havia preguntat perquè no se m'havia acudit. Que

l'abocador pogués ser una planta incineradora. Que al final del recorregut, la plataforma de càrrega es bolcaria i el contingut s'abocaria en un forn perquè el consumís el foc. I tot i així —tot i així— era com si m'haguessin donat la resposta a una pregunta que no havia plantejat, com si s'estigués a punt de complir una profecia que havia oblidat.

No era la Karen qui cremaria, sinó jo.

El cor em bategava més i més de pressa, però no em vaig moure. No sé si era apatia, si ja no podia més o si alguna cosa a dins meu acceptava que aquell era el meu destí. El camió va frenar i es va aturar del tot, es va sentir el cruixit d'una caixa de canvis, vam fer marxa enrere i tot seguit vaig notar que estava en moviment, que lliscava a poc a poc i després més ràpid. Llavors tornava a estar en caiguda lliure.

I de nou, vaig aterrar damunt d'alguna cosa tova.

L'olor de fum s'havia fet més intensa, però no se sentia brogit de flames. En canvi, vaig sentir que el camió tornava a arrencar, que les rodes cruixien contra la grava i que s'allunyava a poc a poc. Quan va caure el silenci, vaig sentir un murmuri fluixet just al meu costat.

—Vint-i-dos, vint-i-tres, vint-i-quatre...

Em vaig quedar ajagut parant l'orella per si sentia altres sorolls que em poguessin dir alguna cosa de la situació.

No res.

Vaig ficar un dit per un dels forats de ventilació de la bossa i hi vaig posar l'ull. L'únic que es veia era un mar onejant d'escombraries multicolor i una columna prima de fum que s'aixecava darrere d'una de les crestes de les ones.

—Trenta-sis, trenta-set...

De sobte vaig notar un pes damunt de la meva bossa d'escombraries i una cosa esmolada, com una urpa, va tallar el plàstic i em va agafar l'espatlla. Vaig xisclar automàticament i me'n vaig deslliurar. Un crit fred va respondre al meu crit, i tot seguit l'atacant havia desaparegut.

Vaig mirar per l'esquinç que havia deixat i vaig veure una gavina enorme allunyant-se, batent les ales. Com que ja estava al descobert, em vaig posar de genolls i vaig recórrer amb la mirada l'horitzó continu d'escombraries, només interromput per la rampa des d'on el camió havia buidat la seva càrrega. Fins que no em vaig aixecar del tot no vaig veure la carretera de grava que serpentejava a través d'un paisatge pantanós sense arbres fins a la carretera general, per on passava silenciosament un camió que transportava troncs. A l'altra punta de l'abocador, a poc més de cent metres de nosaltres, vaig veure un cotxe desballestat. Una barraca de fusta amb una xemeneia prima i rovellada. Una columna de fum blanc que s'aixecava cap al cel. I un home.

Em vaig ajupir, però sabia que era massa tard. Aquell home, que seia en una cadira de càmping davant la barraca, em devia haver vist. Vaig anar de quatre grapes fins a la bossa d'escombraries que ja havia comptat fins a quaranta-cinc i la vaig obrir. La Vanessa va deixar de comptar i va alçar la vista per mirar-me.

—Hem de tocar el dos, ens han descobert —vaig xiuxiuejar—. On és en Victor?

La Vanessa va assenyalar tota decidida una bossa d'escombraries una mica cap a la nostra dreta. Com que totes les bosses que hi havia allà eren iguals, no tenia ni la més petita idea de com podia saber que era justament dins d'aquella, però no tenia cap intenció de preguntar-l'hi.

Quan tots tres havíem sortit de les bosses i jo encara no havia sentit res procedent de la barraca de fusta, em vaig aixecar ràpidament i em vaig tornar a ajupir. Aquell home duia alguna cosa al cap, semblava un barret de copa alta.

—Segueix assegut allà —vaig xiuxiuejar—. Potser no ens ha descobert, malgrat tot. Potser podem reptar en direcció a la carretera general sense que ens vegi.

La Vanessa va arrufar el nas.

—Vols dir que ens hem d'arrossegar entre les escombraries?

No sé quan s'havia tornat tan fina, la Vanessa, potser era la idea que hi hagués més bolquers.

—Rates —va dir com a resposta als meus pensaments.

—Com saps que...? —vaig començar.

—Tots els abocadors tenen rates —va dir simplement—. Són grosses i mosseguen.

Alguna cosa em deia que parlava per experiència pròpia, així que em vaig quedar callat mentre intentava pensar en altres opcions de retirada.

Darrere nostre vaig sentir que en Victor deia alguna cosa, i no xiuxiuejava. Em vaig girar i vaig tenir un ensurt en veure que estava dret i era del tot visible.

—Ajup-te! —vaig xiuxiuejar.

En Victor, però, es va quedar dret. I per si no fos prou, es va posar a agitar els braços per dalt del cap.

Vaig agafar la bata de cuiner d'en Victor i vaig provar d'estirar-lo cap avall.

—Què fas? —vaig xiuxiuejar.

—És cec —va dir en Victor.

—Que és què?

—Cec. No hi veu.

—Ja sé què... —Em vaig aixecar i vaig mirar cap a l'home. Seia immòbil. Però com podia saber en Victor que era cec?

—Té raó! —El crit procedia de l'home de la cadira de càmping i va ressonar per l'abocador.— No hi veig gota!

Capítol 18

—Un cec, dos coixos i un poruc —va dir l'home de la cadira de càmping, i es va engegar a riure.

La Vanessa, en Victor i jo érem en fila al seu davant. Cap de nosaltres havia dit res, encara; tan sols l'observàvem. Duia uns pantalons i una americana que li anaven una mica balders, amb una camisa blanca a sota, barret de copa alta i guants blancs. La cara sota el barret de copa alta era negra, però la barba i el somriure eren blancs. Els ulls tenien un tel que em recordava l'estanyol del bosc del Mirall, on la superfície estava coberta de manats d'ous de granota a què havia tirat pedres per veure si m'agafava mala consciència. Me n'havia agafat. I els havia tirat una altra pedra.

La Vanessa, en Victor i jo ens vam mirar inquisitivament.

—Aquestes —va dir l'home, apuntant al parell d'orelles més gran que he vist mai a la vida, semblaven platets—. Vosaltres dos camineu amb pas feixuc i tu... —apuntava en la meva direcció amb un bastó negre que tenia el mànec rodó de llautó llustrós i brillant— respires de pressa i superficialment. Relaxa't. Aquí no hi ha res a témer. Heu vingut amb les escombraries?

—No —va dir la Vanessa de seguida.

—Era una pregunta retòrica, filleta. Això significa que sé que heu vingut amb les escombraries. Ningú ha obert cap porta del camió, i heu arribat fins aquí passant a gual entre la brossa, no per la carretera de grava. —Es va tornar a assenyalar aquelles orelles gegants.— Ningú aconsegueix agafar per sorpresa el vell Feihta. On voleu anar?

—Cap al sud —vaig dir—. O cap al nord. Depèn. Com se surt d'aquí?

—Com que no teniu cotxe, haurà de ser amb l'autobús.

—I quan passa?

—Un cop al dia. El d'avui ha passat fa dues hores, per desgràcia.

Els tres que hi vèiem ens vam mirar.

—M'imagino que haurem de fer autoestop —vaig dir.

L'home negre de la cadira de càmping va riure efusivament.

—Què li fa tanta gràcia? —vaig preguntar.

—Bé, per aquí ningú ha fet autoestop ni ha agafat autoestopistes des de fa trenta anys; si més no, després del tiroteig d'en Hardy. No us portaran enlloc, creieu-me.

—Perquè un autoestopista va matar a trets un conductor que es deia... eh, Hardy fa trenta anys?

—Sí, però la cosa va ser pitjor —va dir el cec, i va sospirar—. En Hardy també va tirotejar l'autoestopista. Per això ningú fa autoestop ni agafa autoestopistes.

—Redeu.

—Ja ho pots ben dir. Voleu saber la resta de la història?

—No, gràcies —vaig fer—. És que ens n'hem d'anar.

—L'autobús no passa fins d'aquí a vint-i-dues hores —va dir aquell home sense fer-me gens de cas—. Bé, doncs, la policia opinava que en Hardy, que havia estat tancat a la presó per atracament, buscava una víctima. I que el jove autoestopista buscava el mateix.

Vaig mirar en Victor i la Vanessa, que es van limitar a arronsar les espatlles.

—Tots dos duien una arma de foc —va continuar l'home—. Així que es van tirotejar mentre el cotxe encara estava en marxa. El cotxe va rodar i rodar fins que al final va xocar contra el pal del rètol municipal de Winterbottom i allà els cadàvers van estampar els caps contra el parabrisa, de manera que van deixar dues marques idèntiques amb forma de rosa de color carmesí als punts on es va esquerdar el vidre.

—Bah! —va esbufegar en Victor.

—Això, amic coix, és tan cert com que em dic Feihta Rice. —El cec es va girar i va apuntar amb el bastó en direcció al cotxe desballestat que havia vist jo, un Toyota blanc.— Posteriorment van abocar el cotxe aquí. Perquè ningú vol un cotxe on han assassinat gent, ni tan sols un que està en un estat acceptable. Veniu i ho veureu, les esquerdes amb forma de rosa encara hi són. Ajuda'm, *darling*.

En Feihta Rice va estendre una mà enguantada i la Vanessa va anar gairebé sense voler a ajudar-lo a aixecar-se de la cadira de càmping. Amb les cames llargues i primes es va encaminar cap al cotxe amb ajuda del bastó, i després d'haver-nos mirat una altra vegada i d'haver arronsat les espatlles, el vam seguir. Efectivament, el parabrisa del Toyota tenia dues esquerdes amb forma de rosa, el parafang davanter i la graella tenien una abonyegadura gran i hi havia ratlles a la pintura. Fora d'això, però, el cotxe semblava intacte. També em vaig fixar que les claus eren al contacte.

—I diu que encara funciona? —vaig preguntar.

—Com un rellotge suís.

Vaig mirar els bessons.

—Algú de vosaltres...?

—Jo! —va dir la Vanessa.

En Victor va fer que sí amb el cap per confirmar-ho.

Vaig tocar els bitllets que duia a la butxaca.

—Quant vol pel cotxe, senyor Rice?

—Pel cotxe? —Va dirigir un instant aquells ulls blancs grisencs cap al sol, al cel.— Mil dòlars.

—Bah! —va grunyir en Victor.

—Senyor Rice —vaig dir—, vostè ni tan sols pot conduir.

—El preu, amic poruc, no el determina quant val el cotxe

per a mi. Sinó quant val per a vosaltres. I és molt, perquè sou uns fugitius amb la policia trepitjant-vos els talons.

Vaig veure que en Victor obria els ulls de bat a bat i em mirava fixament.

Em vaig escurar el coll.

—Es pot saber què li fa pensar això, senyor Rice?

—Que feu pudor d'escombraries, que no sabeu on sou i el soroll de les sirenes de la policia que s'acosten a tota velocitat.

—Sirenes de la policia?

Es va assenyalar les orelles.

—M'hi jugo el que vulgueu que arribaran d'aquí a tres minuts.

Em vaig empassar la saliva. Vaig pestanyejar. Vaig provar de pensar. Què havia passat després d'anar-me'n del despatx del director? És clar, l'agent Dale no havia tingut cap intenció de marxar cap a casa sense tornar a intentar persuadir-me perquè confessés. Però quan no em va trobar ningú, havia saltat l'alarma. I en descobrir que els bessons també havien desaparegut, per descomptat, l'agent Dale havia fet servir... Com es deia? Això, la deducció! Havia anat descartant l'impossible fins que li havia quedat el possible, i d'aquesta manera havia sabut com havíem fugit. I no cal dir que el cotxe patrulla que encara no sentia havia circulat a molta més velocitat que el camió de les escombraries.

Em vaig tornar a escurar el coll.

—Senyor Rice, es podria plantejar deixar-nos el cotxe i no dir a la policia que érem aquí?

—Doncs no —va dir en Rice.

Vaig mirar en Victor i la Vanessa. En Victor capcinejava a poc a poc, com si m'estigués dient alguna cosa, i es va ficar la mà dins de la bata de cuiner i en va treure el que, per a espant meu, vaig veure que era un ganivet de cuina enorme. Vaig remenar el cap frenèticament, però en Victor es va limitar a respondre'm fent que no amb el cap a poc a poc, com per indicar-me que la decisió ja estava presa. Llavors va fer un pas cap a en Feihta i va aixecar el ganivet per clavar-l'hi.

—Aquí té els diners del cotxe! —vaig exclamar, i vaig dipositar els set bitllets que tenia a la mà d'en Feihta.

En Victor es va quedar un moment clavat, estirat, vestit de blanc amb el ganivet apuntant cap a l'home del barret de copa alta. El sol brillava rialler a l'acer del ganivet.

En Feihta va deixar el bastó contra el cotxe i va passar les puntes dels dits pels bitllets.

—Aquí només n'hi ha set-cents —va dir.

—Es diu regateig —vaig replicar.

—Es diu intent d'estafar un home cec —va dir—. Se t'haurà d'acudir alguna cosa millor que això, noi. I no intentis fer-me creure que això és tot el que tens. La policia arribarà d'aquí a dos minuts, així que afanya't.

—D'acord —vaig fer, i em vaig intentar humitejar la boca amb la llengua—. He d'anar a casa per ajudar la meva nòvia.

—Millor que això! —va exclamar en Rice.

—Necessito la resta dels diners per comprar-li alguna cosa bonica! —vaig exclamar.

—No és prou bo!

Vaig agafar aire i vaig cridar tan fort com vaig poder:

—Doni'ns el cotxe, o si no algú li clavarà un ganivet!

—Ara sí! —va dir en Rice—. El cotxe és vostre!

Va agafar el bastó i es va allunyar uns passos del cotxe mentre en Victor, la Vanessa i jo ens amuntegàvem a dins.

La Vanessa va fer girar la clau al contacte.

No va passar res.

Ho va tornar a intentar, però res.

En Rice va donar uns copets amb el bastó contra la finestreta i la vaig abaixar.

—La bateria és morta, fillet.

—No ens havia avisat!

—El cotxe s'ha comprat tal qual. Però tinc cables de càrrega i us puc oferir electricitat del meu grup electrogen. Cinc dòlars. Us interessa?

—No tinc... —vaig començar.

—Tingui —va dir en Victor des del seient del darrere, i va treure la mà amb un bitllet de cinc dòlars arrugat per la finestreta.

—Mira, tu —va fer en Feihta Rice, allisant el bitllet—. Però pot trigar una bona estona i em sembla que no la teniu. Així que us proposo que us estireu a terra al seient del darrere fins que la meva pròxima visita se n'hagi anat.

Des de dalt de nosaltres un crit fred de gavina va tallar l'aire, i ara jo també la sentia, una nota baixa que venia amb el vent. La sirena de la policia.

La Vanessa i jo ens vam arrossegar per sobre del seient i ens vam estirar damunt d'en Victor, que ja era ajagut a terra. Vaig sentir que s'obria la porta i ens van posar alguna cosa a sobre, una manta que feia una ferum lleu i dolça d'escombraries.

La sirena de la policia va anar pujant d'intensitat. Fins que la van apagar, segurament després que el cotxe s'hagués desviat de la carretera general. Al silenci que va seguir, sentia la respiració dels altres dos. Notava com el pit els pujava i baixava. La grava va cruixir. Es va sentir el taf-taf del que semblava un *muscle car* de vuit cilindres. Llavors unes portes que s'obrien i es tancaven d'un cop. Unes veus.

—No ens en podem fiar, d'ell —va xiuxiuejar la Vanessa.

—L'hauríem d'haver mort — va xiuxiuejar en Victor.

—Xxt! —vaig fer—. Venen cap aquí.

Els passos de tres persones, potser quatre.

—Sí que és interessant, senyor Rice. —Era la veu de l'agent Dale.— Però jo encara no era al cos, si és que han passat trenta anys des d'aquests assassinats d'en Hardy, i no he vingut a sentir històries, sinó a trobar tres fugitius perillosos. Així que l'hi torno a preguntar: ha vist els fugitius o no?

Vaig aguantar la respiració i vaig sentir que els bessons també l'aguantaven.

La veu d'en Feihta Rice era solemne com la d'un sacerdot quan va respondre:

—L'hi juro per ma mare, que al cel sia, i per la santíssima Verge Maria, agent Dale. No he vist mai, mai, aquests tres fugitius de què em parla. I ja em poden tancar a la presó si menteixo. Però...

—Però? —L'agent Dale feia veu d'esperançat.

—Però fixi's bé en aquestes dues esquerdes amb forma de rosa. Són idèntiques! No és increïble?

L'agent Dale va esbufegar fluixet.

—Increïble de debò —va dir.

Vaig sentir uns passos que s'allunyaven i vaig tornar a respirar. Les mateixes portes de cotxe que s'obrien i es tancaven d'un cop. El vehicle que arrencava i el soroll del motor d'un Pontiac LeMans verd que s'allunyava.

—Gràcies —vaig dir mentre bevia llimonada freda del got que el senyor Rice m'havia posat al davant damunt la taula. Una mosca brunzia i feia caparrades contra el vidre de la finestra. La vaig obrir i la vaig deixar sortir.

—Com és que els altres no ens han volgut acompanyar? —va preguntar el senyor Rice, que seia en un sofà llit sota uns prestatges. La seva barraca consistia en una habitació que feia de sala d'estar, cuina i dormitori alhora, però era acollidora i estava neta i equipada amb tota mena de solucions casolanes enginyoses, com ara una gran xapa magnètica on hi havia enganxades eines, claus, coberts, monedes, un obrellaunes i altres objectes que et podrien fer falta d'un moment per l'altre.

—No els agrada ser en interiors —vaig dir, mirant els bessons. S'havien tret els vestits de cuiner i ara seien cadascun en un barril de llauna davant del capó obert del cotxe mirant fixament l'interior, com si poguessin veure l'electricitat passant pel cable i carregant la bateria.

—Per cert, jo també et vull donar les gràcies —va dir en Rice.

—Per què?

—Per haver aturat el noi coix abans que em clavés el ganivet.

El vaig mirar sorprès.

—Com sap que...?

—Ui —va fer, balancejant el cap—. L'acer té un cant propi. I la por té una olor pròpia. No em cal veure-hi per saber coses. Al nostre voltant passen constantment tota mena de coses que els nostres sentits no perceben. Ho sé perquè em manca un sentit que els altres em diuen que existeix, tot i que jo no sé què és veure-hi. Mentre que vosaltres no teniu ningú que us expliqui què us manca pel que fa als sentits.

—O sigui, que creu que passen coses que no podem percebre ni entendre?

—Ho sé, noi. Només cal prendre per cas el tiroteig d'en Hardy. Qui pot explicar com va desaparèixer i prou, aquell noi?

—Desaparèixer? Creia que havia dit que va morir.

—Què vols que et digui. Si fem cas al que podem percebre amb els sentits, diria que era mort, però la gent com ell no mor d'un tret de pistola. Quan el forense va baixar al dipòsit de cadàvers l'endemà del tiroteig, l'ocell havia emprès el vol. I vull dir exactament això. Havia emprès el vol com un ocell.

Com un ocell. Feia trenta anys. Vaig veure que se m'eriçaven els pèls dels avantbraços.

—Com es deia aquell noi?

El senyor Rice va remenar el cap.

—No ho van esbrinar mai. Però en tot cas no era d'aquí, perquè no es va denunciar la desaparició de ningú d'Evans ni de la rodalia.

—Però vostè sospita qui era, oi?

Va arronsar les espatlles.

—Al cap d'uns dies ens vam assabentar que s'havia escapat un noi de Llarim. I és clar, semblava que era un d'ells.

—De qui?

—Dels que es poden transformar en criatures voladores. Dels que només es poden matar d'una manera.

—Quina?

—Amb foc. Han de cremar.

Vaig mirar en Rice, que seia al sofà llit amb el barret de copa alta al costat. La franja de llum del sol que entrava per la finestra li feia resplendir el crani llustrós i suat mentre estava amb la mirada perduda. I vaig intuir que hi havia tota mena de coses que jo no podia veure. Que potser tampoc no volia veure.

—Els diners que li he donat només eren bitllets de deu dòlars —vaig dir.

—Ja; sé quina diferència hi ha entre un bitllet de deu dòlars i un de cent. La bateria gairebé hauria d'estar acabada de carregar.

—Per què ho fa, senyor Rice? Per què ens ajuda?

—Ai, no sé si hauria ajudat els altres dos, em fa l'efecte que són casos perduts, pobrets. Però per a tu hi ha esperança.

—Esperança de què?

—Que et trobis a tu mateix. El teu veritable jo. El noi amable i bo que intentes amagar.

—Amable, jo? —Vaig riure fort.— No sap què he fet, senyor Rice. Sap que vaig fer que un que volia ser amic meu es transformés en un insecte? I després vaig intentar trepitjar-lo, aixafar-lo contra el terra només perquè... Ni tan sols sé per què. —La veu m'havia agafat una tremolor una mica estranya.

—Fem un munt d'estupideses quan tenim por —va dir en Rice—. Però ara que et sents segur acabes de deixar sortir una mosca per la finestra. Quin dels dos creus que és el teu veritable jo? Si aconsegueixes desfer-te de les coses que et fan por, crec que descobriràs una persona canviada, algú que t'agrada, el que eres abans. I llavors t'evitaràs haver de ser aquesta persona que desdenyes tant que t'obligues a ser dolent.

Em coïen els ulls.

—Em va dir...

—Sí?

Em vaig haver d'empassar la saliva unes quantes vegades per aconseguir que em sortissin les paraules.

—Em va dir que soc porqueria.

—Hmm —va fer en Rice—. Així que et va dir això? Bé, jo en sé una mica, de la porqueria, i saps què Richard? —Es va inclinar endavant i em va posar la mà a l'espatlla.— Tu no ets porqueria.

Vaig tancar els ulls. Tenia la mà gran i càlida, i la seva veu era a tocar meu quan va repetir:

—No ets porqueria. No-ets-porqueria. Entesos?

Vaig fer que sí amb el cap.

—Entesos —vaig dir, amb la veu presa.

—Et vull sentir dir-ho.

—No soc porqueria.

—Molt bé. Torna-ho a dir. A poc a poc. I sent-ho.

—No. Soc. Porqueria. —I ho vaig sentir.

Vet-ho aquí.

Més ben dit, era el contrari: alguna cosa havia desaparegut, s'havia esborrat. De cop i volta, em sentia lleuger com una ploma.

—Millor?

—Sí. —Vaig tornar a obrir els ulls.— Què ha fet?

En Rice va somriure d'orella a orella.

—Ho has fet tu, Richard. Diguem-ne màgia verbal blanca, que actua contra la negra. —Es va tornar a posar els guants, va agafar el bastó i el va fer picar dues vegades a terra.— Sortim i us n'aneu?

Vaig aixecar-me, però em vaig aturar quan estava a punt d'ajupir-me per sortir per aquella porta baixa.

—Només em pregunto una cosa. La veu va dir que ell la cremaria a ella.

—Quina veu?

—La de l'Imu Jonasson.

La claror de la finestra va desaparèixer —un núvol devia haver tapat el sol— i vaig veure que la cara d'en Feihta Rice canviava com si de sobte li fes mal alguna cosa.

—Imu —va repetir, i va tancar els ulls. Les parpelles tenien la pell fina, gairebé transparent. Em recordaven un parell d'ales de ratapinyada esteses. Van començar a crispar-se i a tremolar.

A fora es va sentir un crit fred de gavina.

Capítol 19

—Més de pressa! —vaig exclamar.

—No pot anar més de pressa —em va contestar cridant la Vanessa, que s'inclinava per damunt del volant per veure-hi més bé entre les dues esquerdes amb forma de rosa.

Assegut al seient del darrere i abocat entre la Vanessa i jo, en Victor estava atent, callat i encara més pàl·lid que de costum. Els núvols feixucs ja havien omplert el cel abans que sortíssim de l'abocador i prometien pluja. Molta pluja. Aviat també es faria fosc.

Vaig mirar el rellotge.

En Feihta Rice m'havia dit que ell —l'Imu— ja l'havia enxampat. No sé què va veure dins d'aquelles parpelles tremoloses, però el que va dir va ser que la Karen estava en perill, que era presonera d'una d'aquelles paraules malignes, que no sabia quina paraula era, però que jo havia de trobar el mot que desfaria l'encanteri i l'alliberaria. Que li havia d'expulsar l'Imu de dins. I que calia afanyar-se, que venia una tempesta i que la foscor —aquesta substància de la qual parlem els que hi veiem— aviat s'abatria sobre tots nosaltres i que llavors seria massa tard.

Vam passar per un rètol que deia que faltaven vuitanta quilòmetres fins a Ballantyne quan els llums davanters van escombrar alguna cosa de metall lluent en un dels pals de telèfon.

—Alto!

La Vanessa em va mirar ràpidament, però va trepitjar el pedal del fre.

—Què passa? —va grunyir en Victor.

—Aviat es farà fosc —vaig dir—. No hi arribarem a temps. He de...

Vaig saltar fora del cotxe i vaig anar corrent al pal. Evidentment, em va semblar estrany que enmig d'una zona despoblada, ben lluny de la casa més pròxima, hi hagués un telèfon penjat d'un d'aquells pals. Però m'imagino que estava pensat per si a algú se li avariava el motor del cotxe o tenia alguna altra mena d'emergència.

Em vaig regirar les butxaques, però no hi vaig trobar cap moneda. Sabia que els bessons estaven pelats. A en Victor li havia agafat set i havia manat a la Vanessa que s'aturés en una gasolinera, i després m'havia ordenat que em girés del revés les butxaques dels pantalons. No va ser fins que no va quedar clar que cap de nosaltres no en tenia ni cinc que no va permetre que la Vanessa continués.

Furiós, vaig donar una puntada de peu al pal i vaig aixecar la vista cap als cables telefònics que s'estenien cap al sud-est, cap a Ballantyne. Cap a la Karen. Cap al bosc del Mirall. Vaig despenjar l'auricular de l'aparell i vaig cridar:

—Vine i agafa'm a mi, va! Vine, trol fastigós, agafa'm a mi, no a ella!

Només vaig rebre un to de senyal prolongat com a resposta, però. Un to de senyal. Em vaig quedar mirant els números d'emergència que hi havia en un rètol a l'aparell. VEHICLE DE SOCORS deia darrere d'un. Vaig marcar el número. Sonava. Sonava! La tercera timbrada la va interrompre una veu:

—Grues Karlsen.

—Em dic Richard Elauved —vaig dir, i em vaig adonar que m'hauria de concentrar per no parlar massa de pressa—. Sé que no és feina seva, però he sortit amb el cotxe des de casa nostra a Ballantyne i m'he oblidat d'apagar el forn, que està encès amb menjar a dins. S'incendiarà, si és que encara no s'ha incendiat.

—Quants anys tens, Richard, i on són els teus pares?

—Disset —vaig mentir—. Els meus pares són a la cabana cap a on vaig jo.

—D'acord. Podem anar a l'adreça o trucar a la policia i...

—No, és que corre pressa, és rostit de porc, potser el greix ja s'ha encès i vostès, jo i la policia som massa lluny. He de trucar als veïns per demanar-los que entrin a casa, però no tinc monedes. Que em pot posar amb el seu número? El tinc aquí.

—Dona-me'l i els trucaré per avisar-los.

—No servirà de res, només parlen suec.

—Suec?

—Són el besoncle i la bestia. —Després vaig amollar les poques expressions sueques que el pare m'havia ensenyat, alguna cosa sobre mandonguilles de carn i *smörgåsbord.* I pantalons.— *På med brallorna* —vaig dir.

—Em sap greu, jove —va dir la dona, i vaig notar que li feia l'efecte que aquella història començava a complicar-se força—, però això no és una centraleta. Ara penjaré perquè puguis trucar al número d'emergències de la policia, que també funciona sense monedes.

—Un moment!

—Sí?

Vaig inspirar i espirar. M'havia de fer arribar oxigen al cervell, havia de pensar. Però cada cop que aquella dona deia la paraula «policia» i jo m'imaginava les cares d'en McClelland i l'agent Dale, m'agafava el pànic i el cervell se'm quedava en blanc. Vaig respirar ben fondo i vaig intentar pensar en la Karen.

—M'imagino que deu tenir un altre telèfon al despatx, oi? —vaig dir.

—Eh, sí.

—Llavors pot trucar als veïns i posar un auricular contra l'altre.

Vaig sentir que la senyora de l'altre extrem de la línia vacillava.

—És el rostit de porc de la mare —vaig dir amb un vibrato a la veu que em va sortir gairebé de manera natural—. Només l'havia de tornar a escalfar. El millor rostit de porc del món, el va preparar ahir abans que ella i el pare se n'anessin. Llavors em vaig posar a fer les maletes i em vaig oblidar del sopar. També és la millor mare del món. —Vaig sanglotar, preguntant-me si m'estava passant.— I ara casa seva es...

—Dona'm aquest número, Richard.

Vaig parar l'orella mentre aquella dona feia la telefonada. Vaig sentir que deia «Senyora Taylor, li passo en Richard» i després a mi: «Aquí la tens».

—Karen? —vaig fer.

—La Karen és al seu quarto —va dir aquella veu—. Ets el Richard de la seva classe?

—He de parlar amb ella, senyora Taylor.

—És que està malalta i no se la pot molestar. Ets en Richard Elauved? El que...

—Malalta? —La vaig interrompre, esperant que durant uns segons allò també interrompés els seus pensaments.— Malalta com?

—Això... Això és cosa nostra. Volies res més, Richard?

—Es comporta de manera estranya?

—He de penjar, Richard.

—Un moment! Repeteix la mateixa paraula una vegada i una altra?

A l'altra banda es va fer un silenci.

—Quina paraula? —vaig preguntar.

Cap resposta.

—Senyora Taylor, això és important. No sé si els puc ajudar, però en qualsevol cas no els puc ajudar sense saber quina paraula és.

Vaig sentir que la mare de la Karen respirava per l'auricular amb una tremolor, i llavors es va posar a plorar.

—No és cap paraula —va sanglotar—. És només... Sembla

que digui «imu». Seu allà mirant la paret, repetint-la i repetint-la. El metge li ha donat uns tranquil·litzants, però no se'ls vol prendre. Està...

—Senyora Taylor, escolti'm bé. L'han de vigilar. Pot intentar fer-se mal.

—Què és això? —Tot d'una, la senyora Taylor semblava enfurismada.— Què hi tens a veure, Richard Elauved? Que li has donat alguna cosa? Drogues? LSD?

—No la perdi de vista, senyora Taylor. Ara he de penjar.

Es va sentir un estrèpit procedent dels núvols dalt meu i vaig notar les primeres gotes de pluja.

—A tota màquina —vaig dir en tornar a pujar al cotxe.

Plovia a bots i barrals i els eixugaparabrises del Toyota fuetejaven endavant i enrere. A través de la cortina d'aigua, semblava que la carretera nedava i virava davant nostre, i amb prou feines vaig poder llegir el rètol que ens indicava que entràvem a Ballantyne. Era fosc com una gola de llop i la pluja colpejava tan fort el sostre que havia de donar les indicacions a crits. El llum indicador del combustible havia començat a parpellejar en vermell. Havíem arribat, però esperava que hi hagués prou gasolina per a l'altra cosa per a la qual tenia intenció de fer-la servir. Passada la biblioteca, el carrer major estava desert i inundat d'aigua de pluja.

—Aquí —vaig dir quan vam haver sortit del petit centre, després d'on acabaven els fanals. Ens vam aturar i vam baixar del cotxe. Plovia menys, potser finalment al cel se li estaven esgotant les forces. Els arbres s'aixecaven com un mur silenciós i fosc davant nostre. El bosc del Mirall.

—I si no crema? —va dir la Vanessa—. És que està tot xop.

—Cremarà —vaig dir. Potser ho vaig dir amb un to particular, perquè, en qualsevol cas, la Vanessa i en Victor van fer un pas per allunyar-se de mi.

Vaig obrir el maleter, en vaig treure el bidó i la mànega, que vaig ficar dins del dipòsit de gasolina, i vaig començar a xuclar. Quan el gust salat de la gasolina em va omplir la boca, la vaig escopir i vaig posar la mànega per l'obertura del bidó. Va xarbotar i regalimar una estona, i llavors va parar. Vaig sacsejar el bidó. No gaire, màxim un litre, però potser n'hi hauria prou. Vaig treure la capsa de mistos que m'havia donat el senyor Rice, la vaig embolicar amb una bossa de plàstic i me la vaig ficar a la butxaca dels pantalons. Llavors ens vam posar a caminar.

Havia parat de ploure del tot, però era tan fosc que no hi veia gaire. Per sort, la grava del camí era de color clar, de manera que ens servia per guiar-nos cap a l'objectiu.

Que diferent era tot, ara. Com en una sala de cine just abans que comenci la sessió: fosc com una gola de llop, amb el degoteig dels arbres que sonava com un xiuxiueig expectant, el petarrelleig del paper d'una xocolatina, espetecs de llengua i mastegades, petons sonors i riures reprimits.

Se'm va acudir llavors. Que la convidaria al cine. Sí. Si és que això sortia bé. Vaig balancejar el bidó de gasolina al compàs dels meus passos i vaig intentar aferrar-me a aquell pensament. Per descomptat, ella em diria que no, però aquesta vegada no em calia amoïnar-me. Això no sortiria bé. No podia sortir bé. Gairebé em vaig posar a riure. Perquè encara que semblés que no hi havia res a fer, ho havia d'intentar. És que, què pots fer, si no?

I llavors —exactament com quan comença una sessió de cine— el teló de núvols es va obrir i es va fer la llum.

—Oooh —va xiuxiuejar la Vanessa.

En Victor no va dir res, però tenia la boca més oberta que de costum.

I és que allà, banyada per la llum de la lluna, hi havia la casa.

Les banyes de dimoni al carener, el roure a través de la teulada, els vidres cecs i negres que reflectien la llum de la lluna.

La Casa de la Nit.

Vaig anar al reixat amb les inicials BA. Li vaig donar una puntada de peu amb la sola de la vamba i, com l'altra vegada, va cedir amb un xerric.

—Som-hi —vaig dir.

Capítol 20

La Vanessa, en Victor i jo vam pujar sigil·losament cap a la casa mentre jo vigilava ben alerta el finestral sota les banyes de Satanàs. Era fosc i no s'hi veia cap cara.

En arribar al portal, vaig sentir que la Vanessa i en Victor s'aturaven darrere meu. Em vaig girar.

—No entrarem amb tu —va xiuxiuejar la Vanessa.

—Què? M'havíeu dit que volíeu entrar amb mi per veure si hi havia res que valgués la pena robar.

—Ens hi hem repensat —va dir.

No hi havia temps per posar-se a deliberar, i per les cares decidides que feien, es notava que tampoc no hauria servit de res. Així que vaig agafar la maneta de la porta i la vaig estirar tan fort com vaig poder. La porta es va obrir d'una estrebada i em va assaltar una pudor indefinible i humida de podridura i mort.

—Espera't —va xiuxiuejar la Vanessa—. Les claus del cotxe.

Em vaig tornar a girar cap a ells. En Victor havia tret el ganivet.

—Ara —va fer.

—Només per si de cas no tornes a sortir —va dir la Vanessa amb el que s'assemblava a un somriure de disculpa.

Em vaig ficar la mà a la butxaca i li vaig donar les claus. De totes maneres, no podien tocar el dos amb un cotxe sense gasolina.

Llavors vaig entrar sol a la casa.

La claror de la lluna entrava pel finestral i projectava una llum embruixada, gairebé irreal, pel vestíbul. Es devia haver creat algun corrent d'aire en obrir la porta, perquè unes fulles seques van començar a fregar el terra i de sobte vaig sentir un cop fort darrere meu. La porta s'havia tancat pel vent.

Em vaig aguantar la respiració i vaig parar l'orella. Que havia despertat algú, aquell cop? L'únic que sentia era el mateix degoteig que l'altra vegada. I un cruixit, com si algú passés de puntetes pels taulons del terra, només que aquest soroll venia de sota. Vaig mirar cap avall. Segurament tan sols eren imaginacions meves, però semblava que els taulons es belluguessin aquí i allà. Vaig alçar la vista i vaig mirar al voltant. No semblava que hagués canviat res des de l'altra vegada. Excepte la porta de l'habitació on dormien les ratapinyades. No recordava que l'haguéssim tancat abans de marxar, i ara era entreoberta.

Em vaig atansar al piano trencat i la pila de mobles, vaig desenroscar el tap del bidó i hi vaig abocar la meitat de la gasolina a sobre. La resta la vaig buidar a terra. Llavors vaig treure la capsa de mistos. En encendre un dels mistos, vaig sentir un sospir fondo, com quan treus el peu del llim d'un pantà. Vaig mirar ràpidament al voltant. Llavors vaig tirar el misto i en un dir ai les flames van esclatar. M'ho vaig quedar mirant fascinat, mentre el foc es propagava pel terra i llepava el paper pintat.

Es va sentir com un tret de pistola procedent del piano, seguit d'una nota aguda. Llavors un altre tret i una nota una mica més greu, i em vaig adonar que les cordes del piano treien fum. Va esclatar una flama alta quan el foc va tocar el llenç amb la pintura feta malbé. La calor va fer que primer es rebregués i després s'estirés. I com si el foc hagués cremat les capes de brutícia, d'humitat i de teranyines, el temps i l'oblit, va aparèixer un retrat. Un home que duia la mena de vestit que havia vist en un llibre a la biblioteca, el de Hamlet. Per tant, potser era un quadre pintat feia uns quants segles. El que no encaixava amb això era que tenia una cara que ja havia vist dues vegades. Una vegada al finestral d'aquesta casa i una altra en una fotografia a la Casa de correcció per a joves Llarim. Per altra banda, és clar, allò encaixava amb el que havia dit en Feihta Rice de l'ésser etern que només podia ser aniquilat pel foc. Em vaig estremir quan la cara va cobrar vida i va fer una ganyota furiosa mentre la pintura es fonia i començava a regalimar. Llavors les flames van engolir aquell home.

Es va sentir un copet sec. Aquesta vegada no venia del piano de cua, sinó de l'escala. Vaig veure alguna cosa, com una serp, que s'havia obert pas entre dos taulons del terra. Es va sentir un altre cop sec, ara més a prop meu, i una altra tija es va recargolar a través del terra i es va enfilar cap a la llum de la lluna mentre es remenava i es retorçava. Com si busqués alguna cosa a cegues. No em calia apropar-m'hi per veure què era. No m'hi volia apropar. Eren les arrels d'un arbre.

En aquell moment vaig sentir un crit procedent de darrere d'una de les portes de la galeria. Podia ser d'un animal, podia ser d'una persona. Fos com fos, era un d'aquells crits que no sols t'arriben al moll de l'os, sinó que et travessen el cor, l'ànima. Un d'aquells crits que ho enclou tot. Desesperació. Por. Ira. Solitud. Es va quedar a l'ambient molt després d'haver-se aturat. La porta es va entreobrir. I vaig sentir un altre soroll. Un petarrelleig fluix, com quan algú es posa un abric encarcarat. Un abric gran. Sota la claror de les flames que s'havien enfilat pel paper pintat cap al sostre, vaig veure alguna cosa gran movent-se a l'obertura de la porta. Una ala gegantina, prima, apergaminada.

Ras i curt: ja era hora de sortir d'allà.

—Veniu! —Vaig baixar corrent els esglaons de fora de la casa.

En Victor i la Vanessa es van quedar clavats, mirant fixament alguna cosa darrere meu.

—Veniu! —vaig repetir, i em vaig girar i vaig veure què miraven.

Les arrels. Sortien de la terra al llarg de tota la paret de la casa i s'arrossegaven cap als seus peus, primes i belluguejant-se com antenes de cargols. Més enrere, però, les arrels eren gruixudes com anacondes.

—Us volen agafar! —vaig bramar—. Se us volen menjar per sopar!

A la fi semblava que ho havien entès, i es van girar i es van posar a córrer darrere meu. Ja sentia la crepitació de l'incendi de la casa, però no em vaig girar per mirar-ho, tan sols vaig córrer tan ràpid com vaig poder. M'estava acostant al reixat quan vaig veure que es movia. Devia ser el vent. No notava que en fes, però havia de ser el vent! Amb un gemec fluixet, la porta de ferro forjat va anar lliscant, i just quan estirava la mà es va tancar amb un clac metàl·lic. Vaig donar una puntada de peu als barrots, però aquesta vegada la porta no es va obrir. Em vaig girar i vaig veure que els bessons venien corrent cap a mi. Si la situació hagués sigut una altra, potser aquell intent coixejant i ranquejant de córrer m'hauria semblat còmic; amb prou feines es mantenien fora de l'abast de les arrels que els perseguien arrossegant-se. Vaig agafar la maneta de la porta i amb l'altra mà vaig engrapar un dels barrots per obrir d'una empenta.

Va ser com si algú m'hagués clavat una maçada entre els omòplats.

Era un dolor que no havia sentit mai, anava dels dits dels peus a la coroneta, era dins meu, m'embolcallava, era pertot alhora. Corrent elèctric. Volts, watts, amperes o el que sigui bategaven a través del meu cos, però era incapaç de xisclar, perquè tenia la mandíbula bloquejada i no la podia obrir. Se'm van contraure els músculs del cos, de manera que no podia deixar anar la maneta. Al contrari, em feia la sensació que l'estrenyia més, com si estigués intentant treure suc del ferro forjat negre.

—Obre-la! —va exclamar panteixant en Victor darrere meu.

—Afanyeu-vos, que venen! —va xisclar la Vanessa.

—Aquest idiota no es vol moure, s'ha quedat clavat tremolant —va dir en Victor.

—Doncs aparta'l!

Malgrat aquells dolors tan intensos, els sentia i podia pensar, però no podia obrir la boca per avisar-los. Vaig notar que les mans d'en Victor m'agafaven les espatlles, vaig sentir un gemec i just després el crit de la Vanessa. Vaig aconseguir girar prou el cap per veure'ls. Com ja he dit, si la situació hagués sigut una altra, de ben segur que hauria rigut. Tots tres ens havíem tornat part del mateix circuit elèctric, una cadena tremolosa de tres nines de drap mudes ballant la Yenka. Era com si ara la sessió de cinema fóssim nosaltres, il·luminats per la lluna i per les flames que havien traspassat la teulada de la casa i tenyien de groc la part inferior dels núvols solts. Una pel·lícula de terror amb arrels que s'arrossegaven atansant-se cada cop més, i dins del bosc del Mirall, un udol que pujava i baixava, com un home llop llunàtic.

Vaig notar que en Victor em començava a estirar l'espatlla com si estigués provant de desenganxar-me del reixat. Llavors, però, em vaig adonar que alguna cosa l'estirava a ell. El contacte amb les espatlles es va afluixar, però m'agafava fort la camisa. Vaig notar que s'esquinçava, que me l'arrencaven, i vaig sentir els seus crits. Que poguessin cridar devia voler dir que s'havien alliberat del circuit elèctric. Vaig tornar a girar el cap i vaig veure els bessons arrossegats per terra cap a la casa encesa. Se'ls havien enroscat unes arrels primes als panxells, i camejaven i intentaven agafar-se a la grava, com bestiar desesperat endogalat amb el llaç escorredor. Quin destí els esperava? Se'ls menjarien com a en Tom o desapareixerien a les profunditats de la terra com en Fatso i les seves *Magicicada*? O també serien pastura de les flames? No sabia si era un destí pitjor o millor que el meu, rostir-me allà a la graella fins que el cervell i el cor m'explotessin, perquè sentia que era el que estava a punt de passar.

També sentia una altra cosa, però. Vaig abaixar la vista. Un d'aquells brots d'arrel clars i despullats se m'havia entortolligat en un dels panxells. I ara en venia una altra que es recargolava turmell amunt i s'entortolligava una, dues, tres vegades abans d'estrènyer i començar a estirar. Primer fluixet, després una mica més fort. Després ben fort. Les sabates van relliscar cap enrere per la grava i el cos i el cap em van caure cap endavant. Els braços es van estirar i la mà que agafava el barrot de la porta va lliscar cap avall fins que es va aturar contra les inicials BA. Totes dues mans, però, es van mantenir agafades, sense que hi pogués fer res.

Les arrels m'estiraven com si fos una gominola, l'esquena em cruixia, el cap em feia mal, semblava que se'm dislocarien les espatlles. A més, feia l'efecte que l'home llop que udolava s'acostava més i més.

Els meus peus van deixar de tocar el terra i al mateix temps va ser com si algú apagués un interruptor al meu cos. L'interruptor del corrent. Ja no estava connectat amb el terra. I sense aquest contacte, ja no em passava electricitat pel cos.

Per un moment, vaig sentir un alleujament enorme.

Fins que em vaig adonar que això volia dir que els músculs ja no estaven engarrotats.

Tot seguit, la meva agafada forçada al reixat es va afluixar. Vaig topar de cara amb el terra i em vaig veure arrossegat.

La boca se'm va omplir de fang i de grava. Vaig aconseguir girar-me de panxa enlaire, em vaig doblegar i vaig intentar treure'm l'arrel del tou de la cama. Debades, perquè estava fixada com un cargol de banc.

Alguna cosa llambrejava a terra, al meu davant, i en arrossegar-me per allà vaig veure que era el ganivet d'en Victor. Em vaig estirar per agafar-lo, però era massa tard i el dit va lliscar per la fulla plena de sang. Abans no n'hi havia, de sang, i em vaig adonar que en Victor es devia haver fet un tall al peu intentant segar les arrels.

Ja no sentia els seus crits ni els de la Vanessa, i els udols de l'home llop que s'acostava també s'havien aturat.

Sentia les flames, però. La crepitació havia pujat d'intensitat fins a semblar un rugit que s'acostava més i més. Vaig tancar els ulls, ja notava l'escalfor de la foguera cap a on em dirigia. I vaig descobrir que el que deien els llibres era veritat, que quan saps que et moriràs veus la teva vida passant revista. Per descomptat, va ser una revista curta i una mica decebedora, i jo ni tan sols n'era l'heroi. De fet, potser n'era el dolent més gran, per sota només de l'Imu Jonasson, algú que ningú trobaria a faltar, la veritat. Ningú arribaria a saber mai que, malgrat tot, al final en Richard Elauved havia intentat salvar algú, que de fet havia arriscat la vida perquè la Karen Taylor pogués continuar vivint. Però encara que allò només ho sabia jo, hi havia un estrany consol en la certesa que havia fet tots els possibles. Un consol en repetir aquelles paraules mentre era arrossegat cap al meu final:

—No. Soc. Porqueria. No. Soc...

Alguna cosa va brunzir per l'aire i vaig sentir un fort cop sord.

—L'altre peu també! —va dir una veu coneguda—. Però de pressa, que tornen. Són pertot arreu!

—Ja ho sé! —va exclamar una altra veu encara més coneguda.

Vaig obrir els ulls. A la llum groga de la lluna i de l'incendi vaig veure la fulla enorme d'una destral que s'aixecava dalt meu i després una figura vestida de carmesí de cap a peus brandant-la cap a mi. Un altre brunzit i un altre cop sord. El terra sota meu es va quedar quiet. Més ben dit, em vaig quedar quiet jo, és clar. La figura vestida de vermell va deixar anar la destral i es va inclinar cap a mi. Li vaig mirar la cara sota el casc de bomber vermell.

—Hola, pare —vaig dir.

En Frank em va mirar una mica sorprès.

—Et pots aixecar?

Ho vaig intentar. Vaig fer que no amb el cap.

—Ens hem d'allunyar d'aquí! —va exclamar la veu darrere nostre.

—Preparat per a la càrrega de bomber? —em va preguntar en Frank mentre m'agafava per sota.

—Preparat —vaig dir.

En Frank em va aixecar de terra, em va carregar sobre l'espatlla i es va posar a córrer cap al reixat. Vaig alçar el cap i vaig veure que l'agent Dale venia corrent just encalçant-nos. I de nou, allà darrere vaig veure que alguna cosa omplia el finestral de la casa. Era negra, enorme i tenia unes ales grans com veles de vaixell. I enmig d'aquella negror llambrejaven unes dents blanques i esmolades de piranya. Es va sentir un soroll apagat de flamarada, i de cop i volta, aquella criatura es va encendre sencera. I després va xisclar. Un últim crit, un crit que no era d'aquest món.

Vaig veure que l'agent Dale es tombava sense aturar-se, i quan es va tornar a girar cap a nosaltres tenia la cara blanca com la neu.

Quan vam arribar a la tanca, vaig veure el camió de bombers a fora. Encara tenia el llum blau encès i vaig entendre d'on havia vingut l'udol de l'home llop. En Frank em va deixar a l'escala de bombers, que havien fet passar per sobre de la tanca, i quan vaig baixar de grapes a l'altre costat, em van rebre més bombers. Em van donar uns copets a l'espatlla com si fos jo qui hagués salvat algú, em van passar una flassada i em van ajudar a pujar al seient del darrere del camió de bombers. Tot seguit, en Frank i l'agent Dale també hi van pujar.

—Que no apagareu l'incendi? —vaig preguntar.

—Em sembla que és massa tard —va dir en Frank—. Per sort, el bosc del voltant és tan moll que no haurem de bregar amb un incendi forestal, per acabar-ho d'adobar.

Vaig mirar cap a la Casa de la Nit. Ara cremava pertot, fins i tot s'havia encès el roure.

—Però els bessons... —vaig fer—. Els han arrossegat allà dins...

—Em sembla que per a ells també és massa tard —va dir l'agent Dale, passant-se la mà per la barbeta i remenant el cap.

Per la manera com ho va dir, vaig intuir que ara em creia. No només el que els havia passat als bessons, sinó també a en Tom i en Jack.

—Crec que l'Imu Jonasson està acabat —vaig dir.

L'agent Dale va fer que sí amb el cap a poc a poc.

—Jo també ho crec, Richard.

Es va sentir un estrèpit dalt nostre i la lluna va desaparèixer quan els núvols van tancar el teló. La sessió s'havia acabat. I de seguida es va tornar a posar a ploure a bots i barrals.

Capítol 21

Continuava plovent quan l'agent Dale i jo vam pujar al seu Pontiac verd i ens en vam anar del bosc del Mirall en direcció a casa els Taylor. Em va explicar com havia anat la persecució, i com després havia continuat sol amb el llum blau al sostre del cotxe i la sirena a tot drap des de l'abocador d'escombraries fins a Ballantyne, que calculava que era la meva destinació probable. Era a la comissaria esperant quan va sentir que l'home de la talaia del parc de bombers cridava que veia foc al bosc del Mirall. Quan l'agent Dale es va assabentar que el que cremava era la casa antiga, es va ficar al cotxe i va seguir el camió de bombers.

En acabat, va arribar el torn de la meva història.

I aquest cop ho vaig explicar absolutament tot.

Començant per la història de quan en Tom i jo vam entrar al bosc, de com l'havia convençut per fer una broma telefònica. De la metamorfosi d'en Jack en un insecte en burxar-lo, d'haver-me espantat i haver intentat trepitjar-lo. De les paraules que l'Imu havia gravat a la paret de Llarim, de com havien fet que els que les llegien s'intentessin suïcidar. De la veu al telèfon del passadís, de la fugida, del que havia vist a la casa quan va començar a cremar.

L'agent Dale m'escoltava sense interrompre'm, només em feia preguntes breus quan hi havia alguna cosa que no estava segur d'haver entès bé.

—Quina història, tu —va dir quan vaig haver acabat.

—Ja ho sé. Massa increïble per ser certa, oi?

—Sí —va fer en Dale tot seriós—. Si no hagués vist el que he vist aquest vespre, no t'hauria cregut. Ara el meu problema és si algú de la central em creurà a mi.

Ens vam aturar davant de la casa de la granja dels Taylor. Vaig veure que hi havia llum a la finestra de la Karen, a la segona planta.

—Sembla que el xèrif és aquí —va dir l'agent Dale, fent un gest amb el cap en direcció a un cotxe aparcat davant la pallissa.

En aquell moment, en McClelland va sortir a gambades per la porta de la casa de camp, amb el pare de la Karen trepitjant-li els talons.

L'agent Dale va obrir la porta del cotxe i va treure mig cos fora.

—Hola, Conan, què passa?

—És la filla —va dir en McClelland—. Ha fugit.

—Ha fugit?

—L'havíem tancat amb clau —va dir el pare, apuntant amb el dit cap a la seva finestra—. Deu haver saltat.

—Des d'allà? —va dir l'agent Dale—. Allò és... molt alt.

—El terra és moll per la pluja, així que no es deu haver fet gaire mal —va dir en McClelland—. Sigui com vulgui, aquí no hi és, els pares diuen que l'han buscat pertot arreu. Hem convocat una patrulla de recerca que ara mateix s'està aplegant a la comissaria.

—En Richard i jo us acompanyem —va dir l'agent Dale.

—No! —Aquell crit exasperat i plorós venia del portal. Era la senyora Taylor.— En Richard Elauved no s'acostarà a la nostra Karen. A Ballantyne no passaven mai coses horribles abans que vingués, i després que se n'anés tampoc. Manteniu-lo ben lluny! És... És...

No vaig sentir exactament com em va anomenar, perquè em vaig girar cap a l'agent Dale i li vaig dir que havíem d'anar amb el cotxe a la biblioteca. Li vaig dir que necessitàvem el camió de bombers, i l'agent Dale va fer servir la ràdio de la policia per posar-se en contacte amb ells. Li van contestar que la pluja havia extingit l'incendi del que quedava de la casa, així que podien venir de seguida.

—Per què aquí? —va dir l'agent Dale quan ens vam haver aturat fora de la biblioteca, que era a les fosques.

—Perquè no n'hi ha prou amb trobar la Karen —vaig dir—. També l'hem de desprogramar; si no, continuarà intentant fer-se mal.

—Així doncs, vols dir que l'han programat igual que els va passar als joves que estaven tancats al quarto on l'Imu havia escrit coses a les parets?

—Es diu màgia verbal negra. I aquí dins hi ha llibres d'aquest tema. Però si tenim sort, no sols parlaran del verí de la màgia verbal negra, sinó també de l'antídot.

—I quin és?

—La màgia verbal blanca.

En aquell moment, el camió de bombers es va aturar al nostre costat. En Frank va baixar d'un salt amb la destral de bomber a punt i va anar corrent amb l'agent Dale i amb mi a la porta principal, mentre dos dels altres bombers desfermaven l'escala del darrere del camió. En Frank va alçar la destral, però la va tornar a abaixar.

—És una porta molt bonica —va dir—. De debò creus que corre tanta pressa, això, que no podem anar buscar la senyora Zimmer perquè ens obri?

—Sí! —vaig exclamar.

En Frank va sospirar, va aixecar la destral i la va ventar just quan s'obria la porta.

—No! —va exclamar la senyora Zimmer, i va esternudar fort.

Em vaig quedar petrificat i vaig xisclar, com si fos jo qui estava a punt de partir-se en dos.

—Frank Elauved —va dir la senyora Zimmer, mirant fixament la fulla de la destral, que s'havia aturat uns centímetres per damunt d'aquell petit cap canós—. Què és això?

—Això —va fer en Frank, acostant-se la destral— és una Pulaski, la millor destral de bomber del món. Però com és que no és a casa, al seu llit, senyora Zimmer?

—Les sirenes dels bombers —va dir—. Amb aquest temps no són els boscos, sinó les cases, el que crema. I no hi ha res que cremi més bé que els llibres. Així que em feia por que l'incendi fos aquí.

—El foc està extingit —va explicar en Frank—. Que ens podria deixar entrar?

—Ui, no ho sé —va dir, mirant els dos bombers que venien amb una escala llarga—. Què voleu?

—Agafar llibres en préstec —va dir l'agent Dale, i es va ficar la mà a la jaqueta i en va treure l'estoig de cuir amb l'estrella metàl·lica—. En nom de la llei.

La senyora Zimmer va obrir la porta de mal grat.

—Aquí —vaig dir quan vam haver entrat, apuntant amb el dit cap a la paret on els prestatges desapareixien en la foscor dalt del llum que la senyora Zimmer havia encès.

—De debò pujareu allà dalt? —va preguntar la senyora Zimmer, que estava dreta amb els braços plegats per fora d'una bata de color verd brut.

—Per què no? —va preguntar l'agent Dale.

—Perquè... —Va torçar la boca fent una ganyota.— Perquè últimament això no és segur.

—Què vol dir?

—La nena dels Taylor va passar per aquí fa uns dies amb una canya de pescar preguntant per llibres que parlessin de la pesca de la truita. Sospito que sabia que havia d'anar a buscar-los a l'altra punta de la biblioteca, perquè quan vaig tornar havien desaparegut ella i un dels meus llibres.

—Quin llibre? —vaig preguntar. I em vaig contestar jo mateix quan la senyora Zimmer va serrar els llavis prims.— El llibre de la màgia verbal negra.

—Després d'allò, aquí hi ha hagut un ambient... esgarrifós —va dir la senyora Zimmer, estremint-se—. Se senten cruixits i carrisquejos, i els llibres es mouen i cauen a terra, tot i que aquí dins no hi ha ni una ànima. És com si algú busqués alguna cosa que ha desaparegut.

—Per això és aquí —va dir l'agent Dale—. No per les sirenes dels bombers. És aquí dia i nit. Dorm aquí.

La senyora Zimmer va esbufegar.

—Tinc un sofà al despatx. He mentit perquè no volia que semblés que desvariejava. Però aquesta és la meva biblioteca, he treballat aquí tota la vida i no he perdut mai ni un llibre ni n'he deixat mai cap fora del seu lloc.

—Com ara un llibre de màgia verbal negra —vaig dir.

—Era allà —va fer la senyora Zimmer.

En Frank va encendre una llanterna i la va orientar cap on apuntava ella. I efectivament, hi havia un buit a la fila de lloms de llibres. Se'm va encongir el cor.

—Ha desaparegut —va dir l'agent Dale fent un sospir.

—L'han robat —el va corregir la senyora Zimmer.

—No ens caldrà l'escala, doncs —va dir en Frank als homes, que van fer mitja volta i van començar a desfilar cap a la sortida.

—Un moment —vaig dir—. Què és aquell llibre blanc que hi ha a la dreta del buit?

—Diria que salta a la vista —va contestar la senyora Zimmer—. És el segon volum de la col·lecció de màgia verbal. El de la màgia verbal blanca.

Vaig mirar en Frank i vaig fer un gest amb el cap.

—Nois! —va cridar—. Sembla que ens caldrà l'escala, ben mirat.

L'agent Dale i jo sèiem a la sala de lectura fullejant *El gran llibre de la màgia verbal. Volum II. Màgia verbal blanca* sota la claror d'un llum de lectura arquejat.

En Frank i els altres bombers se n'havien anat a participar en la recerca de la Karen, i la senyora Zimmer era al seu despatx preparant-nos un te.

Les pàgines eren fines i la lletra era tan petita que havíem de forçar la vista.

S'hi explicava com contrarestar malediccions nacionals i internacionals, hi havia conjurs generals i específics, fórmules per revertir les malediccions perquè les persones que s'havien convertit en granotes tornessin a ser éssers humans. Hi havia receptes per fer amainar les tempestes, fer desaparèixer la sarna i dissoldre embussos de trànsit. Però no hi deia res del que buscava.

El cap em va començar a fer mal i em vaig fregar les temples mentre els ulls exploraven la pàgina buscant aquelles tres lletres, I-M-U. Vaig girar el full i vaig mirar el número de pàgina. 12. Dotze pàgines a les quals havíem dedicat més de vint minuts. Quedaven vuit-centes onze pàgines. Vaig esbufegar i vaig apartar el llibre.

—No hi trobes res? —va preguntar l'agent Dale.

—Serem aquí fins que es faci de dia, si ens ho hem de mirar tot —vaig dir—. I no tenim tant de temps. Qui sap si... —Em vaig empassar la saliva. No vaig acabar la frase, però per la cara que feia l'agent Dale es notava que ho entenia: «... ja és massa tard».

Vaig esbufegar i vaig fer una caparrada al llibre obert.

Em va donar unes palmellades a l'esquena.

—Vinga, Richard, intentem-ho igualment. Al cap i a la fi, és... —No va acabar la frase, però ho vaig entendre: «... l'únic que podem fer».

Tenia raó, però és que estava molt i molt cansat.

—L'índex.

Vaig flairar l'aroma del te, vaig alçar la vista i vaig veure que la senyora Zimmer m'havia deixat una tassa fumejant a la taula, al costat del cap.

—Eh? —vaig fer.

—L'índex —va repetir—. Si vols trobar alguna cosa, busca-la a l'índex. Hi és tot, en ordre alfabètic. —Es va girar cap a l'agent Dale.— M'encanten les coses ordenades alfabèticament.

Vaig aixecar el cap i vaig consultar el final del llibre. I ves per on, allà hi havia un índex. El vaig fullejar fins que vaig trobar la columna de la lletra *i*, i vaig anar baixant amb els ulls i el dit.

*Í*car, ales; *i*maginàries, experiències; *i*mmaterials, mons; *i*mportació, màgia verbal; i... *I*mu. O més exactament:

Imu ...... p. 214, p. 510.

Vaig anar a la pàgina 214. Vaig buscar fins que vaig trobar aquella paraula.

IMU és un conjur de màgia verbal negra que fa que la persona conjurada cregui que és idèntica al conjurador. És a dir, I AM YOU. Una persona sota el conjur IMU, com si fos un robot sense voluntat pròpia, provarà d'amagar-se en un lloc que només conegui ell o ella i en aquest indret buscarà la confirmació de la frase I AM YOU fent alguna cosa que el o la faci assemblar-se al conjurador. Això últim ho sol haver programat prèviament el conjurador.

Això era tot. Vaig anar a la pàgina 510. Vaig buscar pàgina avall. Allà!

IME és el conjur contrari a IMU; vegeu: conjurs d'inversió. Un conjur contrari només es pot fer servir quan el conjurador i el conjurat són la mateixa persona. Per tant, cal fer que el conjurat mateix digui la paraula IME, és a dir, I AM ME, perquè es desfaci el conjur I AM YOU.

Em vaig adonar que l'agent Dale llegia per dalt de la meva espatlla.

—Gràcies pel te, senyora Zimmer —vaig dir, i em vaig aixecar.

Vam pujar al cotxe i l'agent Dale va agafar el micròfon de la ràdio de la policia, que estava muntat al davantal.

—Aquí l'agent Dale. Cap novetat de la Karen Taylor? Canvi.

La ràdio va crepitar una estona i llavors es va sentir la veu d'en McClelland.

—Res, de moment. Algú creia haver-la vist corrent cap a l'escola, però allà tot és tancat amb clau i no hi hem trobat res. Ara anem de casa en casa.

—Ho han provat a casa de l'Oscar júnior? —vaig preguntar.

—Hi acabem de passar —va dir en McClelland—. No l'havia vist i no tenia ni idea d'on podia ser.

—Avisa'ns tan bon punt en sapigueu res —va dir l'agent Dale.

—*Will do.*

—Gràcies. Canvi i fora.

L'agent Dale va penjar el micròfon al seu lloc. Em vaig quedar mirant per la finestreta amb la vista perduda. Havia tornat a parar de ploure, era com si algú s'estigués divertint obrint i tancant l'aixeta allà dalt.

—Potser s'ha amagat en un soterrani ves a saber on —va dir en Dale—. Un soterrani que només coneix ella.

Vaig intentar empescar-me quin soterrani podia ser. Un de molt fosc. O...

De cop i volta, a la lluna li va semblar oportú tornar a brillar dalt nostre mentre jo mirava fixament la ràdio callada. Potser era com l'aigua a l'olla quan tens gana i estàs impacient, que no bull mai si te la quedes mirant. Així que vaig desviar la mirada cap al cel. La capa de núvols s'havia obert i els estels miraven de reüll entre els núvols desintegrats.

Un soterrani. Una sala d'estar. O unes golfes. O...

Un dels núvols, de fet, s'assemblava a en Chewbacca, el paio pelut de... No, un paio no, un wookiee.

—Ja ho sé! —vaig exclamar.

L'agent Dale va fer un bot al seient del conductor.

—Què saps?

—Sé on és! Trepitgi l'accelerador, tot recte. —Vaig agafar el llum blau, que era al terra del vehicle, em vaig abocar per la finestreta i el vaig posar al sostre.

Capítol 22

Vaig estirar la porta principal de l'edifici de l'escola.

—És tancada amb clau —vaig dir, i vaig posar la cara contra el vidre granulat del costat de la porta, però no vaig veure cap moviment entre la foscor.

—Aparta't, que això ho arreglo jo —va dir l'agent Dale.

Es va obrir la jaqueta i va treure la pistola. Em vaig tapar les orelles amb les mans. Va girar la pistola al revés, la va subjectar pel canó i va trencar el vidre amb la culata. Llavors va ficar la mà a dins i va obrir la porta.

—Em pensava que... —vaig començar.

—Sé què et pensaves —va dir—. Però això només funciona al cine.

Vam córrer al llarg del passadís i escales amunt.

Quan vam arribar a la porta del terrat, panteixava. Vaig agafar la maneta amb compte i vaig prémer. Aquí no hi havia cap vidre que poguéssim trencar.

—I si dispara una mica?

En Dale va sospirar, es va tornar a obrir la jaqueta, però el que va treure era molt més petit que una pistola, més aviat de la mida d'un clip.

—Aparta't.

Va ficar al pany la punta d'aquell objecte amb pinta de clip i el va començar a fer girar. Estava concentradíssim, amb la punta de la llengua sortint-li per la comissura dels llavis.

—Només al cine, doncs? —vaig xiuxiuejar.

—Només al cine.

El pany va fer un clec suau i en Dale va entreobrir la porta amb compte. Vam aguantar la respiració. L'únic que sentia era la salmòdia fluixeta d'una veu de noia.

—Esperi's aquí —vaig xiuxiuejar.

Vaig obrir la porta del tot, vaig franquejar el llindar alt i vaig sortir al terrat pla. Els darrers núvols passaven de pressa pel cel, i dalt nostre els estels resplendien com joies sobre un feltre negre. Era una nit preciosa de debò. La Karen també estava preciosa, tot i que els cabells molls se li enganxaven al cap i la camisa de dormir tenia ratlles de fang. Estava dreta a la cornisa folrada amb xapa de llauna de la punta del terrat, girada de cara a mi, donant l'esquena al pati de l'escola. No semblava conscient de la meva presència, tenia els ulls tancats i la cara orientada cap al cel, com si estigués prenent el sol, mentre se li movien els llavis. Vaig caminar a poc a poc cap a ella i quan vaig ser prou a prop, vaig sentir les paraules que repetia:

—I AM YOU, I AM YOU, I AM...

Em vaig humitejar els llavis i vaig començar a salmodiar fluixet:

—I AM ME, I AM ME, I AM ME...

Quan era a tres metres de la Karen, va callar en sec i va obrir els ulls com si fos un robot que s'acabés d'engegar. Em vaig aturar per no córrer el risc que s'espantés, fes un pas enrere i caigués. Em mirava directament. Veia que era la Karen, però que la noia que coneixia no hi era. O sí, era allà dins, darrere d'aquella mirada apagada, però no estava sola.

—Hola, Karen —vaig dir—. Soc jo, en Richard.

—Richard —va repetir amb una veu que semblava que havia de lluitar per aconseguir prendre la paraula—. Puc volar. Ho vols veure?

—No —vaig dir—. No pots volar. Repeteix amb mi: I AM ME.

—I AM... —va començar. Es va aturar, però. Va serrar les

dents. Els músculs de la mandíbula treballaven mentre em mirava fixament amb una expressió desesperada. Veia que se li estrenyia la boca per formar ME, però era com si una mà invisible li premés amb força les comissures dels llavis per formar YOU. Vaig fer un passet per acostar-m'hi, però em vaig aturar en sec quan de seguida va correspondre'l fent un pas enrere, acostant-se més a la vora. No m'havia adonat fins llavors que anava descalça, que la sang i el fang havien fet que semblés que duia sabates.

—I AM ME —vaig repetir.

Va assentir amb el cap com si ho comprengués. El cos li vibrava com si estigués tensant tots els músculs.

—Vinga —vaig xiuxiuejar—. Vinga, Karen, tu pots.

—I AM... —va començar, i les venes del coll se li van marcar quan va dir amb ranera—: YOUUUU...

—És mort! —vaig exclamar—. Ha cremat, ja no hi és!

No va servir de res, però. El tenia a dins, com un paràsit, i li vaig veure la desesperació a la cara, les llàgrimes que li omplien els ulls i començaven a caure, i em vaig adonar que no se'n sortiria. Va recular un pas més. Els talons dels peus plens de sang sobresortien per la vora.

—Karen —vaig dir—. No et vull perdre. Em sents?

Em va mirar amb ulls tristos, com si demanés perdó pel que estava a punt de fer. Vaig pestanyejar i em van caure dues llàgrimes, i vaig xiuxiuejar les dues paraules que havia llegit i sentit, però que no havia dit mai i, de totes maneres, no m'havia cregut mai. No abans d'aquell moment, quan les vaig pronunciar a poc a poc, de manera clara i ben fort:

—T'estimo.

Era un comiat. Les últimes paraules que sentiria. Encara no havia caigut, però. I li va passar alguna cosa a la cara, va ser com si es trenqués alguna cosa. Em va mirar amb ulls incrèduls.

—I... —va dir, inclinant-se cap a mi— AM... ME.

Va semblar que algú xiuxiuejava «Xxt!», però a l'instant em vaig adonar que era el so dels seus peus sagnants que lliscaven per la xapa de llauna. Tan sols vaig aconseguir fer mig pas endavant abans que la Karen desaparegués, engolida per la foscor.

Va caure sense fer soroll.

Em vaig quedar clavat, mirant endavant.

Només es va sentir un cop suau quan va aterrar al pati de l'escola.

Tenia una sensació estranya d'haver estat allà abans, d'haver viscut exactament allò. Els meus ulls van trobar la lluna, que estava suspesa, gran i pàl·lida, dalt de les capçades dels arbres cap a l'est. Darrere meu vaig sentir que l'agent Dale sortia al terrat. Vam anar junts a la vora, ens vam abocar i vam mirar cap al pati de l'escola. Vaig veure el feix en moviment del llum blau del camió de bombers que estava estacionat allà baix. Vaig veure la lona de salvament gran i rodona sostinguda per sis homes, incloent-hi en Frank. I al mig de la lona, que encara semblava engronsar-se, vaig veure la Karen de panxa enlaire, mirant cap al cel. Potser buscava núvols, potser mirava els estels. Però vaig pensar —i encara ho penso— que em buscava a mi.

Capítol 23

Quan em van deixar entrar a l'habitació on era la Karen, la infermera em va dir que no m'hi quedés més de cinc minuts. Em va explicar que la pacient necessitava repòs.

Era a la tarda i havien passat gairebé vint-i-quatre hores de l'incendi i la caiguda des de dalt de l'edifici de l'escola.

—Quines flors més boniques —va dir quan vaig deixar a la tauleta de nit el ram, que vaig veure que era molt més petit que els altres que havia rebut—. M'han dit que em vas salvar.

—No, et van salvar els que aguantaven la lona de salvament —vaig dir.

—Però diuen que vas ser tu qui va explicar als bombers que havien d'anar allà i estar preparats.

—Bé...

—Bé? Sí o no?

Em vaig limitar a somriure.

—M'ho has d'explicar, pallús! —La Karen es va incorporar al llit. Es notava que començava a ser la mateixa d'abans.— És que no me n'enrecordo de res, saps?

—Havia sentir a parlar d'un que havia agafat la mateixa... eh, malaltia a Llarim i havia saltat del terrat, així que vaig pensar que podries acabar fent el mateix.

—Però el que no entenc és com sabies que pujaria al terrat de l'escola.

—Al llibre de la màgia verbal blanca deia que t'amagaries en un lloc que només coneguessis tu.

—Només jo —va fer amb un somriure—. I tu.

Ens vam quedar callats, contemplant el dia d'estiu per la finestra oberta. Escoltant-nos les llagostes que carrisquejaven, les abelles que brunzien i les aloses que cantaven.

—Has de tornar a Llarim? —va preguntar.

—No —vaig dir—. L'agent Dale ha parlat amb el director de Llarim i amb en McClelland i el director d'aquí. Dilluns torno a començar l'escola.

—Que bé!

Ens vam tornar a quedar callats. No hi havia dubte: la Karen era la millor persona del món amb qui compartir el silenci i jo volia que aquells cinc minuts duressin per sempre.

—Per cert, saps què va passar amb l'incendi? —va preguntar.

—La casa gairebé va quedar calcinada, però no del tot. A causa de la pluja —vaig dir.

—No va cremar ningú allà dins, espero.

—Jo també ho espero —vaig dir.

L'agent Dale m'havia explicat que no havien trobat cap cadàver al lloc de l'incendi i em va demanar que em guardés per a mi el que havia passat amb els bessons fins que no n'esbrinessin alguna cosa més. Com em va dir, volien evitar espantar la gent de Ballantyne més de l'imprescindible. El roure també s'havia malmès del tot i havia mort, i l'agent Dale deia que volien desenterrar les arrels per veure què hi trobarien.

—De debò que no recordes res? —vaig preguntar—. Res del que et vaig dir al terrat ahir, per exemple?

—Com ara què? —va dir la Karen amb un somriure innocent.

—No res —vaig dir.

—No recordo res —va dir, i va aixecar el meu ram i el va ensumar—. Però... vaig somiar alguna cosa, crec.

—Com ara què?

—No res —va dir. Era difícil veure si somreia o no darrere del ram.

Vaig agafar aire. Era ara o mai.

—Quan surtis d'aquí... —Vaig haver de tornar a agafar aire.

—Sí? —va dir la Karen.

—Voldràs venir amb mi al cine?

—Al cine?

—Hi ha un remake de *La nit dels morts vivents*. El passaran al cine de Hume d'aquí a una setmana. En Frank m'ensenyarà a conduir perquè hi pugui anar amb cotxe.

—Hmm. Creus que és tan bona com l'antiga?

—No.

Va riure.

—Però més terrorífica, potser?

—Potser. Et puc agafar la mà, si és massa terrorífica.

Em va mirar pensativa.

—De debò?

—Sí.

—M'ensenyes com ho faràs, si arriba el cas?

—Agafar-te la mà?

—Sí.

—Ara?

—Ara —va dir.

Segona part

Capítol 24

Vaig allunyar el telèfon amb el braç estirat, arronsant els ulls per enfocar el text a la pantalla.

Això és el que et passa quan t'has oblidat d'endur-te les ulleres de llegir.

Em vaig donar per vençut i vaig fer cas del que s'acabava d'anunciar per la megafonia de la cabina de l'avió: vaig apagar el mòbil. No és que em calgués tornar a llegir el seu missatge; al capdavall, me'l sabia de memòria.

> Hola, Richard. Visca, he sabut que tu també t'hi has apuntat! Mare meva, quines ganes que tinc de tornar-te a veure perquè m'expliquis tot el que ha passat aquests anys. És que a tu t'han passat un munt de coses!
> Una abraçada, Karen.

L'avió va traspassar la capa de núvols, i des del meu seient de finestreta en classe preferent vaig contemplar el paisatge planíssim, boscós i del color vermell de la tardor a sota nostre. Em recordava la sensació que tenia quan la Karen i jo érem al terrat de l'escola durant l'hora del pati i contemplàvem Ballantyne. Havien passat quinze anys. Quin aspecte tenia ara, ella? Quan vaig rebre la invitació per al retrobament de la nostra promoció, va ser el primer que vaig pensar. Per descomptat, podria haver mirat de trobar la resposta a les xarxes socials, però no ho havia ni intentat. Per què no? Perquè no em volia arriscar a veure fotos de felicitat familiar amb ella, l'Oscar i un parell de criatures adorables? O perquè em podia donar permís per pensar en ella, però si pitjava de debò les tecles de l'ordinador donaria proves concretes a la veu que m'acusava de no haver pogut oblidar mai la Karen Taylor? Bé, ara seia en un avió procedent de la metròpoli i probablement això era prova suficient. És cert que també hi havia altres motius perquè al final m'hagués decidit a dir que sí. Com ara veure tots els indrets que m'havien inspirat per escriure la novel·la de terror juvenil que m'havia canviat la vida i de la qual feia poc havia venut els drets per adaptar-la al cinema: *La Casa de la Nit*. Com ara visitar en Frank i la Jenny, que m'havien vingut a veure molt sovint a la ciutat. I després hi havia la revenja, és clar. Veure el respecte i, amb una mica de sort, l'enveja als ulls de l'Oscar i dels altres quan saludessin el cèlebre escriptor de literatura infantil Richard Hansen. Així de mesquí soc. Però potser aquest viatge també em podria fer madurar una mica, si més no. Aquest era —després de veure la Karen— el motiu més important per tornar. Volia demanar perdó. Perdó per haver turmentat, assetjat i trepitjat la gent de la classe que ocupava un escalafó encara més baix que el meu a la jerarquia.

El capità va anunciar que aviat iniciaríem el descens per aterrar a l'aeroport de Hume i em vaig cordar el cinturó de seguretat. L'última part del viatge va ser turbulenta, però encara vam tenir sort, perquè s'havien anunciat més vent, pluja i trons de cara al vespre.

Mentre passava per la sala d'arribades, vaig donar una ullada furtiva a un expositor de llibres a la part de fora d'un quiosc, una cosa que havia esdevingut un hàbit. En no veure el meu llibre, vaig mirar ràpidament al voltant i vaig girar l'expositor. I era allà. El títol *La Casa de la Nit* estava imprès amb una tipografia oscada de color verd, un homenatge a la revista *Swamp*

Thing. La il·lustració de coberta tenia el mateix estil de còmic i mostrava un nen espaordit que provava de deslliurar-se d'un auricular de telèfon que ja se li havia empassat el braç fins al colze. Vaig treure un bolígraf, vaig obrir el llibre per la primera pàgina i vaig llegir la primera frase.

—E-e-e-ets boig —va dir en Tom, i em vaig adonar que estava espantat, perquè va quequejar una vegada més que de costum.

Llavors vaig signar el llibre i el vaig tornar a deixar a l'expositor.

En Frank era a la porta somrient i fumant una pipa quan el taxi es va aturar davant la casa. Mentre pagava, vaig sentir que cridava la Jenny, i quan vaig baixar del vehicle ella era davant dels graons de pedra amb els braços oberts mentre en Frank continuava a la porta, com si calgués vigilar-la. Em vaig ficar dins de l'abraçada profunda i tova de la Jenny i poc després a la d'en Frank, més superficial i dura, però també més ferma.

Ens vam asseure a la sala d'estar; la Jenny i en Frank al sofà i jo al seu davant, al lloc d'honor, a la butaca d'orelles. Bevíem te mentre jo preguntava per això i allò, però em van dir que per part seva no hi havia cap novetat, que volien que els expliqués coses. Així que els en vaig explicar. Sobretot el que sabia que volien sentir: les darreres evolucions sobre el tema dels llibres, la vida a la gran ciutat. Un conegut director amb qui havia sopat i que volia portar al cine *La Casa de la Nit*.

—Qui és? —va preguntar en Frank.

Vaig esmentar un parell de pel·lícules seves i en Frank va grunyir i assentir amb el cap somrient, com si les hagués vist, mentre la Jenny em posava els ulls en blanc.

—Ahir em vaig trobar l'Alfred —va dir—. Volia saber com et va.

—Tothom vol saber com et va —va afegir en Frank tot cofoi.

—Sí, estem atents al que fas —va dir la Jenny—. Sembla que has posat Ballantyne al mapa.

Em vaig estar de puntualitzar que probablement era una exageració, que no n'hi havia prou amb ser un escriptor de pacotilla per fer-se famós, que com a mínim havies d'haver participat en un reality show. Així i tot, era un argument matusser que havia fet servir en massa entrevistes, i de totes maneres no els hauria fet cap gràcia.

—Me n'alegro, si la gent ho veu així —vaig dir—. Però m'imagino que aquí, com en altres llocs, l'èxit que li desitges al veí té un límit. Si més no, si aquest veí va ser un malparit a l'escola.

La Jenny em va mirar atònita i després va mirar en Frank, que va arronsar les espatlles. Probablement no s'havien adonat —o no s'havien volgut adonar— que el seu bon jan havia sigut més o menys idèntic al merda de *La Casa de la Nit*.

—Sí, bé —va fer la Jenny, com per canviar de tema—. I no va sent hora que coneguis una noia, eh?

Vaig fer un somriure pesarós i em vaig posar la tassa de te als llavis.

—Segur que en coneix, de noies —va dir en Frank, i va xuclar la pipa amb un somriure burleta—. És ric i famós. I llavors no et cal conformar-te amb la primera que et trobes.

La Jenny li va donar un copet a l'espatlla.

—Com vas haver de fer tu, vols dir?

En Frank va riure i la va envoltar amb el braç.

—No tothom troba or al primer intent, saps?

Els vaig somriure a tots dos, vaig deixar la tassa i vaig mirar el rellotge. Vaig apuntar amb el dit cap al pis de dalt per indicar-los que hi pujaria.

—Sí, m'imagino que t'has de preparar per a la festa —va dir la Jenny.

—O potser es posarà a escriure —va fer en Frank, rient entre dents—. Ho feia a tota hora.

—Sí, te n'enrecordes? —va dir la Jenny, i va decantar el cap, amb els ulls lluents—. Fins i tot els dissabtes al vespre, quan sèiem aquí davant la tele amb pastissos i dolços i tota mena de temptacions, et quedaves dalt al teu quarto escrivint i escrivint. Ens pensàvem que el que posaven per la tele podia ser horripilant i ves per on no teníem ni la més petita idea de totes les coses horroroses que passaven a la teva imaginació allà dalt.

—Hi he pensat —va dir en Frank, i va assentir amb el cap, com si estigués d'acord per endavant amb la seva pròpia conclusió—. Tu, que havies vingut de la gran ciutat, et devies avorrir. Com que aquí a Ballantyne no passava res de res, t'havies de crear un lloc on poguessin passar les coses més increïbles i fantàstiques. Telèfons carnívors i... —Va agafar aire, semblava que s'havia encallat.

—Arbres amb tentacles i el pobre Jack, que es va convertir en un escarabat —es va afanyar a afegir la Jenny—. Què n'opina en Jack avui dia? I també vas fer servir els nostres noms, ves per on.

—Sí, però no els cognoms —va dir en Frank, com per demostrar que no havia perdut el fil—. I a mi, un simple professor d'autoescola, em vas convertir en cap de bombers. Això em va agradar.

—Parlant del tema, m'ha estat rondant una pregunta —va dir la Jenny—. Elauved. Com se't va acudir aquest cognom?

Vaig agafar aire. Havia arribat el moment, el que m'havia imaginat, quan finalment els hi explicaria.

—Richard Elauved —vaig dir—. *Rich are the loved.* Rics són els estimats. El vaig crear per vosaltres. Em vau acollir i em vau estimar com si fos fill vostre de debò. Em vau fer més ric que no m'haurien pogut fer uns pares milionaris.

Més ben dit, creia que ho havia dit, però en veure les seves cares expectants em vaig adonar que no. Com és que m'era tan difícil?

—Em va venir al cap i prou —vaig dir, en canvi, ja que almenys no era del tot mentida.

Vaig mirar per la sala d'estar. Al costat de la llar de foc hi havia un quadre penjat, un ocell que planava dalt d'un bosc. Podia haver estat penjat allà perfectament durant els anys que havia viscut en aquella casa, però no me'n recordava. No sabia ben bé quan havien començat a produir-se aquestes llacunes de memòria.

Em vaig aixecar.

—Tindré el sopar fet d'aquí a mitja hora —va dir la Jenny—. Lasanya. —Em va picar l'ullet.— Hi ha una tovallola damunt del llit per si et vols dutxar.

Li vaig donar les gràcies i vaig pujar l'escala. Em vaig aturar un moment davant de la porta de la meva habitació i vaig parar l'orella. Em vaig quedar escoltant el silenci benaurat d'allà dins i la xerradissa i el tràfec confortadors de la cuina. Com és que podia fer d'una tirada declaracions d'amor a persones que no estimava però no a les que estimava de debò? No ho sé. De debò que no ho sé. És possible que no sigui conscient de fins a quin punt estic danyat.

Llavors vaig obrir la porta. No havia canviat res, el quarto semblava un museu dedicat a en Richard Hansen. O si de cas, a en Richard Elauved. Fos com fos, els meus ulls —com sempre— es van dirigir automàticament cap als taulons de sota la finestra per veure si em mirava una *Magicicada* amb els ulls vermells d'en Fatso.

Capítol 25

Eren les set i deu, i la foscor vespertina s'havia instal·lat a fora quan vaig entrar a l'aula.

Va ser com sortir d'una màquina del temps. Totes les cares dels pupitres es van girar cap a mi i la senyoreta Refilet, que estava dreta davant la pissarra amb el punter a la mà, va fer el mateix. L'única diferència respecte a feia quinze anys era que algú els havia tirat teranyines a la cara, havia desplaçat el naixement dels cabells d'alguns dels nois i havia afegit uns quants quilos als cossos. Semblava que algunes ulleres havien canviat de propietari, probablement per una barreja de motius: que a alguns ja no els venia de gust veure-s'hi malament per no portar ulleres, mentre que d'altres se n'havien desfet amb cirurgia làser o lents de contacte.

—Com sempre, arribes tard, Richard —va dir la senyoreta Refilet amb una severitat afectada.

La classe va riure amb un ímpetu que feia sospitar un cert excés d'entusiasme, però m'imagino que és el que passa als retrobaments d'antics companys. Vaig fer vagar la mirada pels pupitres mentre responia amb un somriure que em sabia greu, que mentre anava cap allà m'havia adonat que m'havia deixat els llibres de matemàtiques a casa, que vaig haver de fer mitja volta i que se m'havia punxat la roda de la bici. Per descomptat, això va arrencar encara més riures.

Tothom tenia una copa amb alguna cosa escumosa i vaig veure unes quantes cares que recordava, però també unes quantes que devia haver oblidat del tot. Una barreja de la meva mala memòria i del fet que hi ha persones que poden passar per la vida dels altres sense deixar cap mena d'empremta. En qualsevol cas, no hi vaig veure el que buscava.

La Karen.

No fins que no faig arribar al fons de l'aula.

Primer vaig veure l'Oscar. S'havia engreixat, però conservava la cabellera. Somreia amb una dentadura tan blanca com aleshores i em feia el gest d'aixecar el polze.

La Karen seia al pupitre del costat. No sabia què m'havia esperat. O sí, sí que ho sabia. Havia tingut l'esperança que s'hagués deixat anar. Que hagués perdut l'espurna, l'encant, aquell carisma irresistible que potser procedia precisament d'això: del fet que sabia que era irresistible, si més no per a un cert tipus de noi. Tenia l'esperança de venir aquí, de constatar-ho, de riure-me'n com un record nostàlgic en veure que la meva Karen Taylor havia desaparegut, que havia caigut del pedestal. I de poder delectar-me recordant els vells temps sense haver de fer un esforç i tornar a casa com un home lliure, deslliurat d'aquell somni que només m'havia fet la guitza i m'havia costat temps i energia.

És clar, però, que no va ser així.

La Karen era exactament igual, només que amb les faccions de la cara i les corbes del cos una mica més pronunciades. Somrient-me com si fos l'única persona al món, em va indicar amb una desimboltura natural que el pupitre del costat estava lliure. Vaig notar que el cor em bategava d'alegria genuïna. Quins collons.

Tan bon punt em vaig haver assegut, es va inclinar cap a mi.

—Canalla! —va xiuxiuejar, posant-me la mà al braç—. Ja començava a patir, em pensava que al final no vindries.

—*Just staying in character* —li vaig contestar amb un xiuxiueig, i vaig agafar la copa plena que hi havia al meu davant i vaig fer un brindis amb ella. Em va fer l'efecte que les bombolles del xampany em pujaven directament al cervell i em vaig haver de recordar que no havia menjat gaire lasanya i que m'ho hauria d'agafar amb una mica de calma per no emborratxar-me massa de pressa.

—Pareu atenció aquí al fons, nens! —ens va etzibar la senyoreta Refilet amb to bondadós. Evidentment, no es deia Refilet, com l'havia batejat al llibre, però per molt que m'escarrassés a fer memòria, no en recordava el cognom de debò.

Vaig arribar a veure la mirada una mica escrutadora que m'adreçava l'Oscar abans no la va dirigir cap a la mestra, que repassava el que havia passat a l'escola des de la nostra època. En termes generals, obres noves i millores als edificis, canvis de director, reformes i altres dades força avorrides.

Després de la «lliçó», ens vam congregar al gimnàs, que estava decorat com si s'hi hagués de celebrar el ball de gala de l'últim curs. Davant d'una taula amb un equip de música i globus, hi havia una noia de la comissió organitzadora de la festa vociferant com havia d'anar la resta de la vetllada. Vaig veure les esquenes de l'Oscar i la Karen al meu davant. La tenia agafada per l'espatlla i ara ella decantava el cap de costat cap al seu coll.

—Enhorabona per l'èxit, Richard —em va xiuxiuejar una veu. En girar-me, vaig veure una de les cares que no recordava, tot i que aquesta pertanyia a un home ben plantat. D'espatlles amples i prim. De fet, em recordava l'agent Dale tal com me'l vaig imaginar al llibre.

—Gràcies —vaig dir mirant-me'l amb més atenció, perquè aquella veu em sonava d'alguna cosa.

Llavors se'm va il·luminar l'enteniment. Era possible, però?

—Fatso? —vaig amollar.

Va riure sense el més petit indici d'haver-se ofès.

—Feia molt que no ho sentia, això, però sí, soc en Fatso.

No sols havia desaparegut el greix, sinó també les ulleres, i es notava que tenia musculatura a sota dels pantalons i l'americana cenyits.

—Jack! —vaig fer—. Perdona, és que m'havia quedat... A què et dediques, tu?

—A la dansa —va dir—. A la mateixa ciutat que tu.

—Balles?

—Abans sí. Vaig estudiar a l'escola de ballet. Ara faig sobretot de coreògraf per a altres ballarins. És més agraït i... bé, està molt més ben pagat. Si més no, si t'has fet un nom.

—I és així?

—No com tu, Richard. Però vaig fent.

—Tens família? Fills?

—Tinc marit. De fills, encara no. I tu?

Vaig fer que no amb el cap.

—Ni una cosa ni l'altra.

—Doncs ets l'excepció. Aquí la gent es casa i té fills contínuament... —Va fer un gest amb el cap en direcció a la Karen i l'Oscar.— Tres fills. I la casa més gran de Ballantyne. L'Oscar la va comprar, la va enderrocar i la va tornar a edificar de zero. Segur que quan s'acabi la festa ens convida a continuar-la a casa seva per presumir. I...

La resta va quedar ofegada pel soroll quan tot d'una van apujar el volum de la música i la classe va cridar d'alegria. Un gran èxit empipador que detestava quan anàvem a escola, però que ara sonava d'allò més bé. Se'ns va atansar una noia, i sense badar boca, va arrossegar en Jack cap al que de sobte s'havia transformat en una pista de ball on tothom es contorçava i saltava. Enmig del caos, vaig perdre de vista la Karen. Fins que es va esmunyir al meu costat.

—Ostres, tu, en Jack sí que sap ballar —va exclamar per sobre de la música mentre observàvem els seus moviments acrobàtics—. I en Richard, què? Encara no balla?

Vaig fer que no amb el cap. Vaig notar que el seu serrell *à la garçonne* em feia pessigolles a la galta quan es va acostar més per no haver de cridar.

—I si toquem el dos?

—Què vols dir? —vaig preguntar sense moure'm.

—És l'hora del pati. Marxem una estona i deixem fer als idiotes.

Va gronxar una vella clau coneguda davant de la meva cara i va fer aquell riure tan agradable i esbojarrat.

L'aire tallant de la tardor em va refrescar la cara quan vam sortir al terrat.

Ens vam atansar a la vora i vam mirar el pati de l'escola.

Les ratxes de vent eren fortes i li movien el serrell d'un costat a l'altre. Al sud, en direcció a Hume, llampegava sota els núvols

—Espero que pugui aterrar —va dir la Karen.

—Qui?

—En Tom. Ja hauria de ser aquí, però l'avió deu estar donant voltes dalt de Hume a causa del temps.

Vaig assentir amb el cap. Semblava que els núvols de tempesta es dirigien cap aquí.

La Karen va aixecar la copa de xampany reomplerta.

—Doncs ja tornem a ser aquí. Quantes confidències ens vam fer aquí dalt, oi?

«Te'n vaig fer jo», vaig pensar. «Les confidències les feia jo i tu només em feies preguntes i m'escoltaves».

—Tot i així, no et vaig confiar mai el meu secret més amagat —vaig dir, i vaig fer un brindis amb ella.

Vam beure i la Karen es va quedar callada, contemplant la foscor. Li tocava moure fitxa i ho sabia.

—Vols dir el secret del que els va passar als teus pares? —va dir finalment.

No li vaig contestar. Tan sols vaig constatar que havia esquivat la meva jugada. I que potser era el millor per a tots dos.

—Sempre deies que no recordaves gaires coses d'ells —va dir—. Em pots explicar ara què va passar?

Hi vaig rumiar.

—No ho sé —vaig fer.

—Explica'm el que recordis —va dir. Va deixar la jaqueta que s'havia endut damunt de la tela asfàltica, a la vora de la xemeneia, va seure i em va indicar que fes el mateix. Em vaig esmunyir al seu costat i vaig recolzar l'esquena contra la xemeneia. Sèiem tan junts que la meva cuixa, tapada amb els pantalons de mudar, tocava la seva, coberta amb el vestit.

—Van morir en un incendi —vaig dir.

—Quina mena d'incendi?

—Un de provocat. Al pis on vivíem.

—Qui el va provocar?

Em vaig empassar la saliva. Tenia la boca tan seca que no podia dir res. Ens va arribar l'estrèpit amb prou feines audible d'un tro.

Quan va tornar a obrir la boca, la veu era cautelosa, com si estigués trepitjant terreny relliscós.

—Tu?

—No —vaig dir—. El meu pare. —Vaig deixar anar l'aire dels pulmons.

—Per què creus que ho va fer?

—Perquè estava malalt. I perquè la mare l'havia fet fora de casa quan es va posar violent.

—O sigui, que va calar foc a la casa d'on l'havien fet fora. Però va morir a l'incendi?

—Sí. Va forçar la porta de casa mentre dormíem i hi va calar foc.

—I això va passar sense previ avís?

—Sí. O no. Telefonava.

—A la teva mare?

—Sí. Sobretot de nit. Però la mare va deixar d'agafar-li el telèfon. I un dia hi vaig anar d'amagat i vaig contestar.

—Per què?

—Perquè... No ho sé. Perquè volia que deixés de sonar.

Perquè li volia demanar que ens deixés d'espantar. Perquè... volia sentir la seva veu.

—Sentir la seva veu?

—Era el meu pare. Ell també patia.

—Què et va dir?

Vaig tancar els ulls. Era més o menys com quan em posava a escriure: em venia tot al cap, les imatges, els sorolls, escenes que no estava mai segur de si eren inventades o si havien passat de debò, però que fos com fos semblaven tan reals com que ara la Karen i jo érem allà asseguts.

—Va dir que ella cremaria. Que la que estimava cremaria i que no hi podia fer res. Perquè era petit, feble i covard. Perquè era com ell, era... —Vaig agafar aire.— Porqueria. I llavors m'ho va fer repetir. «Digues que ets porqueria, o si no, la mato».

—I ho vas dir?

Vaig obrir la boca per dir-li que sí, però no en va sortir cap so. Em feia la sensació que allò tractava d'algú altre, no de mi, com si el meu cos i la meva veu se'ls hagués inventat un escriptor distanciat, que escopia el primer que se li acudia. Alhora sabia que cada paraula era certa, que havia anat exactament així. Vaig fer que sí amb el cap, vaig notar que alguna cosa càlida m'anava galta avall i em vaig girar d'esquena. Pel que semblava, havia begut aquell xampany una mica massa de pressa, malgrat tot.

La Karen em va posar la mà a l'espatlla.

—Però la va matar igualment?

Em vaig eixugar la llàgrima.

—Li havien diagnosticat esquizofrènia. L'haurien d'haver internat. L'havien internat, de fet. En un pavelló tancat. El vaig poder visitar una vegada. El manicomi era enmig d'un camp i tenia una tanca alta al voltant. Es deia Llarim. Llavors, sense avisar-nos, el van deixar anar. Al cap de tres dies va calar foc al pis.

—Com vas sobreviure a l'incendi?

—Vaig saltar.

—Vas saltar?

—Em vaig despertar i el meu quarto estava en flames. Vaig anar corrent a la finestra. Casa nostra era al vuitè pis i al carrer hi havia cotxes de bombers. Tenien una lona de salvament desplegada i em cridaven que saltés. Així que vaig saltar. Sense abans preguntar si havien tret la mare d'allà. L'hauria pogut salvar. Al cap i a la fi, tenia tretze anys.

—El teu quarto estava en flames, dubto molt que hi haguessis pogut fer res.

—Això no ho sabré mai.

—Ai, Richard —va fer, i em va posar la mà a la galta.

Llavors em vaig posar a plorar. Vaig plorar i plorar, era com si tingués rampes a tots els músculs i el cos no volgués deixar de sacsejar-se. Va ser com al llibre, quan estava enganxat a la tanca electrificada. Això i un record borrós d'alguna cosa que no aconseguia atrapar.

La Karen em va abraçar. Ara ja no em feia mal, allò. Al contrari, era com si s'hagués tret el tap d'un desguàs i finalment sortís tota la merda. No em va deixar anar fins que no vaig deixar de sanglotar.

—Ja està —va fer. Vaig aixecar els ulls i vaig agafar el que m'allargava. Vaig riure.

—Què passa?

—Només una mare té clínexs a mà fins i tot quan duu un vestit de festa —vaig moquejar, eixugant-me el nas.

—Mare? —va dir.

—Tu i l'Oscar. He sentit a dir que teniu tres criatures. En una casa tremendament gran.

La Karen em va mirar amb incredulitat. Llavors també es va posar a riure i em va tocar a mi preguntar-li què passava.

—És cert que l'Oscar té tres fills —va dir—. I una casa gran, pel que sembla. Però jo no tinc ni fills ni casa, la veritat.

—No?

—L'Oscar i jo ho vam deixar just després d'acabar l'institut, just després... bé, just després que te n'anessis.

—Ah, entesos. I com és que ho vau deixar?

Va arronsar les espatlles.

—Jo me n'havia d'anar al sud a estudiar Medicina i ell s'havia d'incorporar al negoci del seu pare aquí. De totes maneres, jo ja sabia que no estàvem fets l'una per a l'altre.

—Doncs si ho sabies, per què vau ser parella tant de temps?

—Saps què? —va dir la Karen mirant-me, tot i que semblava que dirigia la mirada cap al seu interior—. Jo mateixa m'ho he preguntat. I em sembla que devia ser perquè tothom opinava que l'Oscar júnior i jo fèiem molt bona parella. Fins i tot la meva mare es va quedar d'allò més parada quan li vaig dir que volia tallar amb ell.

—I l'Oscar, com s'ho va agafar?

Va capcinejar.

—Així així.

—Sembla que encara sent afecte per tu.

—I jo per ell. L'Oscar és el noi més bo del món.

—Us heu continuat veient?

Va fer que no amb el cap.

—Encara es posa en contacte amb mi, així que he de... —Va fer un gest amb la mà com si el que volia dir fos evident. De totes maneres, l'hi vaig preguntar.

—Has de...?

Va somriure ràpidament.

—Anar amb compte.

Estava a punt de preguntar-li amb qui s'havia d'anar amb compte: amb l'Oscar, amb ella mateixa o amb tots dos, quan ens va interrompre un crit procedent del pati de l'escola.

—Karen! Richard! Sabem que sou aquí dalt!

Vam mirar per la vora. Era l'Oscar, és clar.

—Ara farem la ronda —va cridar—. Hi ha de participar tothom!

La ronda consistia a seure en una cadira formant una rotllana gran al gimnàs mentre d'un en un anàvem explicant què havíem fet els darrers quinze anys. En principi, teníem tres minuts cadascú. Alguns acabaven en trenta segons i ningú aturava els que passaven del temps. La majoria parlava de la família i de les aficions més que no de la trajectòria professional. Tret de l'Oscar, que es va allargar explicant-nos que els seus negocis anaven d'allò més bé i només va esmentar de passada que era casat i tenia tres fills. En Jack va fer riure tothom amb un relat ple d'ironia del noi al qual li encantava ballar davant el mirall disfressat de la noia de *Dirty Dancing*, però que no es va adonar que era gai fins que una de les seves ties no li va explicar qui era en Jack de debò. Després li va tocar a la Karen. Per a decepció meva —o descans, potser— no va revelar gaire cosa, tret que vivia al sud, on s'havia format com a psiquiatra, que treballava massa, que actualment no tenia parella i que compartia casa a la platja amb dues companyes de feina.

Quan vaig prendre la paraula a l'últim torn, em va semblar detectar més expectació del compte al silenci que es va fer. Com si la història de la celebritat de la classe fos les postres per les quals tothom es delia. Potser no perquè els interessés sentir una altra història d'èxit indulgent, que en aquest cas fins i tot podien llegir als diaris, sinó perquè sentien curiositat per saber com me l'havia pres, aquest èxit, aquest bocí de fama. Si m'havia tornat un fanfarró, si em pensava que els importava, si acabaria parlant molta més estona que els meus tres minuts per refregar-los per la cara tot el que havia aconseguit i ells no.

Tan sols vaig pronunciar unes frases per explicar-los que em dedicava a la literatura infantil i juvenil, que amb alguns dels llibres m'havia anat bé i amb d'altres no, però que gràcies a un d'aquells llibres ara podia viure d'allò. Que era solter i no tenia fills, i que encara que no tenia plans de tornar, pensava força sovint en els anys que havia passat a Ballantyne. De vegades, en els bons records. D'altres, en els dolents.

—Però no ho vaig passar tan malament com ho devíeu passar alguns de vosaltres —vaig dir, ja notant que se'm feia un nus a la gola. Aquell coi de xampany—. Perquè no era un bon noi. En defensa meva, diguem que havia tingut experiències difícils en el passat que hi van contribuir, però no del tot. Era un assetjador.

Em vaig forçar a passejar la mirada per les cares de la rotllana i em va sobtar com s'assemblaven en aquell gimnàs mal il·luminat, com les perles blanques d'un collaret. Com si allò no els concernís. I tanmateix...

—Em vull disculpar, però no vull demanar el perdó de ningú —vaig afegir—. Perquè és demanar massa per a algú que ha emmerdat la infància dels altres. Però vull que sapigueu que me'n penedeixo... —Se'm va tancar el coll i vaig haver de parar. No estava preparat perquè la confessió que havia preparat semblés tan punyent. L'hauria d'haver assajat abans de venir, hauria d'haver dit aquelles paraules en veu alta per a mi sol. Vaig deixar anar l'aire de les galtes inflades i em vaig aguantar les llàgrimes.— I si això fa que tan sols un de vosaltres se senti una mica millor, aquest viatge haurà valgut la pena. —Vaig deixar anar l'últim alè que em quedava als pulmons, em vaig inclinar endavant a la cadira, vaig descansar el front a les mans i vaig tancar els ulls. A la sala hi havia un silenci absolut. Va durar molta estona.

—Però... —va dir finalment una veu de dona que no vaig aconseguir identificar—. A menys que algú altre tingués una experiència del tot diferent, jo no recordo en absolut que fossis un assetjador, Richard.

—Jo tampoc —va concordar una veu d'home—. D'altres sí, però tu no.

Em prenien el pèl? Vaig apartar les mans de la cara. Però no, tothom em mirava amb expressió seriosa però amable.

—Saps per què no vas assetjar mai ningú? —va dir en Jack, en Fatso—. No tenies temps, sempre eres a la biblioteca amb la senyora Zimmer, llegint.

Riures generals.

—Em sap greu, Richard —va dir l'Oscar, amb un somriure burleta—. Em sembla que no eres tan dolentot com t'agrada recordar. Però m'imagino que així és com funciona la memòria d'un escriptor.

Riures encara més forts. Alleujament. Bé, doncs, almenys allò va dissoldre l'ambient incòmode que evidentment havia creat. Em vaig empassar la saliva. Vaig somriure. I estava a punt de respondre alguna cosa quan en Jack es va enfilar d'un salt a la cadira i va dir fent altaveu amb les mans:

—Que comenci la festa!

Al cap d'uns segons tothom s'havia aixecat, sonava la música i ens vam posar a ballar els grans èxits cursis de la nostra adolescència. Tothom canviava de parella a cada cançó, tret de l'Oscar, que vaig veure que havia acaparat la Karen. Jo ballava com un possés, com si estigués borratxo d'una barreja de xampany, aiguardent casolà, vergonya per la meva confessió desencertada, i alegria i alleujament purs perquè la meva mala consciència al llarg de tots aquells anys hagués resultat ser del tot infundada. Més ben dit, no estava del tot segur de qui ho recordava malament, si la classe o jo, però semblava que el meu comportament no havia deixat cap empremta duradora en ningú, i només això ja valia la pena celebrar-ho!

No sé quant de temps duia a la pista. Estava amarat de suor i ballava amb una noia que només em sonava vagament, però que em mirava amb uns ulls tan libidinosos que sospitava que ens devíem haver conegut millor que no recordava. Per altra banda, però, en aquella època no havia tingut ulls per a ningú tret de la Karen, oi? No sé si em va llegir el pensament, però quan es va aturar la música i ens vam quedar l'un davant de l'altra en aquell silenci sobtat, va dir en veu alta i clara, amb un somriure murri:

—La pallissa.

Li vaig tornar el somriure assentint vagament amb el cap.

—No! —va fer, rient—. Coi, no te n'enrecordes. La pallissa! Tu i jo i... el fenc?

Vaig continuar somrient.

—Com em dic? —va preguntar, ara amb to agressiu.

Em feia l'efecte que el meu somriure estava enganxat amb cola. Em vaig empassar la saliva.

Aleshores va riure amargament.

—Saps què, Richard Hansen? Ets un tros de...

—Rita.

Va decantar el cap i em va mirar.

—Et dius Rita —vaig dir.

Se li va relaxar la cara, i per la manera com somreia, em vaig adonar que tot estava perdonat.

Van tornar a posar la música. Era la primera cançó lenta de la nit, una balada apegalosa, i la Rita avançava cap a mi amb tota la intenció quan una figura es va interposar entre nosaltres. Era la Karen.

—Crec que aquesta és meva —va dir, mirant-me sense fer cas de la Rita.

—Crec que té raó —vaig dir, agafant la mà de la Karen.

De seguida ens movíem amb suavitat per la pista en una dansa simple de dos passos endavant, dos enrere, mentre aquella melodia melosa sortia dels altaveus.

—Ha sigut valent per part teva revelar els teus sentiments —va dir la Karen—. Explicar a tothom com vas viure l'època escolar.

Vaig riure entre dents.

—Encara que ningú altre la visqués com jo?

—Totes les vivències són subjectives. Recorda que llavors eres sensible, que tots els cops que t'havien infligit et dolien molt. I aquesta sensibilitat la vas traslladar als altres, et pensaves que els teus copets els feien el mateix mal que a tu.

Notava el contacte de la seva mà suau amb la meva, l'arqueig de l'esquena, l'escalfor que irradiava el seu cos, tot i que la mantenia a una distància decent. Li revelaria la resta? Era prou valent?

La cançó es va esvanir quan la Karen va recolzar el front contra la meva espatlla.

—Espero que en posin una altra de lenta —va xiuxiuejar.

I aquell desig es va complir.

Entrada la tercera balada, la vaig acostar més a mi. No gaire, una mica només, però va aixecar els ulls per mirar-me, va somriure i semblava que estava a punt de parlar quan va passar una cosa. De sobte, una llampada forta va il·luminar el local. Venia de les finestres de dalt de tot de la paret, una llum blavenca que semblava travessar-ho tot, de manera que per un instant vaig contemplar una radiografia del cap de la Karen, li vaig veure la forma del crani, les conques dels ulls buides, les dents amb un somriure esgarrifós. Llavors va desaparèixer, seguit d'un tro greu, gairebé com un gemec. La Karen se'm va atansar més i vaig tancar els ulls, inhalant la seva fragància. Un altre estrèpit, aquest cop encara més a prop. Vaig notar que la Karen em deixava anar, i en obrir els ulls em vaig adonar que la música s'havia aturat i que el gimnàs era fosc com una gola de llop.

—Un curtcircuit —va clamar algú.

La foscor era com un mantell d'invisibilitat al nostre voltant, aquesta era la nostra oportunitat. Però quan vaig estendre la mà per agafar la Karen, ja no hi era. Es van encendre encenedors i unes quantes espelmes, i al cap d'una estona va aparèixer la llum d'una llanterna a la porta.

Era el conserge.

L'Oscar, jo i en Harry Cooper —un paio calb que recordava perquè ja en aquella època tenia els cabells esclarissats i, a més, encara era més malparit que jo— el vam seguir al soterrani. Feia pudor de metall cremat, i quan el conserge va obrir una gran caixa de fusibles, com era d'esperar la llanterna va il·luminar un núvol de fum. Vaig mirar els interruptors i els fusibles torçats i ennegrits. Però era l'olor, no la imatge, el que em sonava d'alguna cosa, com la noia de la cara libidinosa, una cosa que havia passat i que hauria de recordar, però no podia.

—Aquesta nit ja no tindrem llum —va dir el conserge—. I s'ha acabat la festa.

—Tenim espelmes —va dir l'Oscar.

—Suposo que veus que això s'ha cremat —va replicar el conserge—. No puc tenir ningú aquí al centre mentre hi hagi la possibilitat que algun cable estigui cremant en somort en algun lloc. Ho enteneu, oi?

Vam tornar a pujar al gimnàs, on l'Oscar es va enfilar a una cadira i va anunciar que tenia una mala notícia i una de bona. Que la mala era que la festa no podia continuar a l'escola.

—La bona és que la meva dona s'ha endut les criatures de cap de setmana a ca l'àvia materna —va dir, i vaig notar que s'embarbussava una mica—. Això significa que estic sol a casa i que podem...

El van ofegar els crits d'alegria.

Era gairebé mitjanit i a l'aparcament de l'exterior de l'escola ens amuntegàvem als vehicles de la gent que havia anat amb cotxe a la festa. Ningú semblava amoïnat perquè gairebé cap dels conductors estigués sobri del tot; tothom sabia que el xèrif de Ballantyne tenia millors coses a fer un dissabte a la nit que no perseguir conductors embriacs.

Vaig pujar a un tot camí elèctric que va sortir d'allà brunzint, entaforat entre en Harry Cooper i la Rita, i notant fins a quin punt estava esgotat. Havia sigut un dia llarg des que m'havia llevat a la ciutat, i em preguntava si no hauria d'haver tirat la tovallola i haver-me'n anat a casa al meu quarto infantil. En canvi, seia allà amb els ulls tancats, pensant que la Karen també hi seria, i vaig notar que em venien nàusees mentre el cotxe alentia la marxa en arribar als camins sinuosos. Vaig sentir el cruixit de la grava sota les rodes, un «uau» contingut d'en Harry Cooper, l'esgarip de la porta d'un reixat obrint-se i després un cruixit més cautelós. Ens vam aturar del tot.

—Ja hem arribat —va dir el conductor—. No us oblideu l'alcohol.

Vaig notar que la pressió dels cossos s'afeblia i que entrava una mica d'aire humit de tempesta en obrir-se les portes de tots dos costats. Vaig obrir els ulls i vaig sortir amb penes i treballs, amb l'esperança que l'aire fresc em despertés i mitigués el principi de mal de cap. Vaig redreçar l'esquena i em vaig quedar mirant fixament la façana que tenia davant meu. Vaig notar que se'm glaçava la sang a les venes. Ho hauria d'haver sabut. Potser ho sabia. La casa era nova de trinca, edificada de zero, o això semblava. Però devien haver fet servir els plànols històrics o fotografies antigues.

—Que vens, senyor escriptor? —va cridar la Rita.

—Sí —vaig dir.

És cert que no es veia cap roure, però els graons, la porta, els finestrals, les ales, tot era com en aquella època, fins i tot les banyes del dimoni al carener. Havia tornat al Bosc del Mirall, 1. La Casa de la Nit.

Capítol 26

Vaig entrar en aquell vestíbul enorme. Sobre un terra de marbre blanc brillant hi havia un piano de cua negre lluent i una taula de vidre amb vint gots, si fa no fa, de combinats ja preparats, amb rodanxes de llimona. Els mobles estaven arranjats en tresillos, com si fóssim al vestíbul d'un hotel o d'un lloc semblant, no d'una llar. Aquella impressió es veia reforçada per l'aranya de cristall que penjava dalt de tot plegat.

Vaig agafar una beguda mentre la buscava amb els ulls entre la multitud.

—He de dir que el petit Oscar se n'ha sortit bé —va comentar en Harry Cooper, que s'havia posat al meu costat. Va deixar un got que evidentment ja havia buidat i en va agafar un altre—. A excepció que està mal fet ficar rodanxes de llimona en un gintònic, és clar. Ha de dur llima. —Em va mirar com si em desafiés a entrar en aquell debat clàssic. No li vaig contestar, però. Vaig apartar la mirada i la vaig fer vagar pel vestíbul. I finalment va trobar la Karen, que es dirigia al passadís que duia a l'ala esquerra. Més ben dit, l'Oscar la tenia agafada per la mà i semblava més aviat que l'estigués arrossegant en aquella direcció.

—Karen! —vaig cridar.

Es va girar.

—L'Oscar està delerós per ensenyar-me la casa —va dir rient, amb cara d'haver-se donat per vençuda.

—Genial! —vaig exclamar.

Em va costar menys del que m'hauria hagut de costar empassar-me l'orgull i la resta de la beguda, i afanyar-me per atrapar-los.

—Et fa res que us acompanyi? —vaig preguntar.

—És clar que no —va contestar l'Oscar poc convençut, sense girar-se cap a mi.

Ens vam endinsar pel passadís, on, entre fotos de velers i de cotxes, hi havia penjats a les parets uns retrats pintats del que vaig donar per fet que eren els fills i l'esposa de l'Oscar.

—Un quarto de convidats —va dir l'Oscar, obrint una porta.

—Fantàstic —va fer la Karen.

Vam continuar. Una altra porta. Un altre quarto de convidats. I vam prosseguir.

—És impressionant el que has fet amb la casa —vaig dir, més que res per dir alguna cosa—. Perquè es va cremar del tot en un incendi, oi?

—Què vols que et digui —va fer l'Oscar—. És cert que hi va caure un llamp quan estava deshabitada i que l'incendi va causar danys.

—En Richard ho pregunta... —va dir la Karen, girant-se cap a mi com per demanar-me permís— perquè en un dels seus llibres parla d'una casa incendiada que podria recordar aquesta.

—De debò? —va fer l'Oscar sense aturar el pas—. He d'admetre que no llegeixo fantasies d'aquestes. Ai, perdona, Richard. —Es va girar i em va posar la mà al braç.— No volia insinuar que aquestes coses no siguin gaire exigents per a un escriptor. I és evident que has fet blanc entre les criatures.

—Entre els adolescents —va dir la Karen—. No el llegiria a la canalla, Oscar.

L'Oscar va esbossar un somriure; semblava que no li agradava que li recordessin l'estat civil.

—Això és l'atri o jardí d'hivern —va dir, buscant a les palpentes alguna cosa al llarg de la paret darrere la porta.

L'habitació s'eixamplava davant nostre i se sentia un murmuri que semblava que venia d'una font, però era fosc, així que no hi veia gaire.

—Això abans era un pati del darrere, però el vaig tancar amb parets i sostre de vidre. Però sembla evident que la casa és massa gran per a nosaltres, perquè ara no trobo l'interruptor de la llum.

En aquell moment va tornar a caure un llamp i en la llampada vaig veure l'arbre.

Era al centre de la sala, dins d'un cercle d'aigua. No sé si era un roure, però en qualsevol cas era un arbre jove. Un arbre que encara no havia pogut estendre les arrels gaire lluny. Tot i així, m'esgarrifava saber que allò era justament el que les arrels estaven fent en aquell moment: estendre els dits blancs en totes direccions sota els nostres peus, buscant a poc a poc però amb impaciència menjar, aliment. Una presa.

Una altra llampada. Vaig veure l'Oscar allà dret amb el braç buscant l'interruptor, radiografiat com li havia passat a la Karen aquell mateix vespre. Aquesta radiografia, però, no era com la seva. El crani era petit i tenia unes dents diminutes i esmolades de rosegador. El braç no tenia els ossos característics d'un ésser humà, sinó una xarxa de barnilles primes, com l'ala d'un ocell. Sens dubte, no m'hauria d'haver empassat aquell gintònic tan de pressa.

—Ara sí —va fer l'Oscar.

S'havia encès el llum de la sala.

—Fantàstic! —va exclamar la Karen.

—Què et sembla, Richard?

—Increïble —vaig contestar.

—Què hi ha allà dins? —La Karen apuntava amb el dit en direcció a la porta per on continuava l'ala, a l'altra punta de l'atri.

—El pis del matrimoni que treballa aquí. Ja hi vivien quan ens hi vam traslladar, així que hi estaven inclosos, com qui diu.

S'ocupen de la propietat, cuiden els nens i cuinen. Mentre veníem cap aquí els he telefonat per encarregar-los que preparessin les begudes, què us sembla?

—Fantàstic —va fer la Karen. Per un moment, vaig sospesar dir que tothom sap que han de dur llima, no llimona, però em vaig limitar a assentir amb el cap com si em sumés a l'aprovació de la Karen.

L'Oscar semblava complagut.

—Els he demanat que preparin una mica de ressopó, així que espero que tingueu gana.

—Fantàstic! —va repetir la Karen. La vaig mirar, però no hi vaig detectar cap rastre d'ironia.

Mentre tornàvem, em vaig quedar darrere seu al passadís i vaig veure que l'Oscar agafava la mà de la Karen i la portava com si tornessin a ser parella. Em van venir ganes de clavar-li un cop al bescoll amb un objecte contundent.

El so de la música s'acostava a nosaltres des del vestíbul i quan hi vam arribar vaig veure que el ball tornava a estar animadíssim.

—En Tom ha aterrat! —va cridar en Jack des de la pista de ball—. M'ha enviat un missatge, diu que ve cap aquí amb taxi.

—Fantàstic! —va exclamar la Karen, i vaig notar que aquelles repeticions començaven a irritar-me.

—No tindràs una pastilla per al mal de cap? —vaig preguntar a l'Oscar, que no havia deixat anar la mà de la Karen.

—És clar —va dir—. En trobaràs a l'armariet del bany. Puja les escales, gira a l'esquerra, passa la cuina de llarg, la tercera porta a la dreta. —Em va mirar amb un somriure sorneguer que deia alguna cosa com bon-intent-per-fer-que-em-separi-de-la-Karen-i-te-la-confiï-a-tu-tros-de-murri.

Els vaig abandonar i les cames em feien tanta figa que em vaig haver d'ajudar del passamà per pujar aquella escala ampla. Al capdamunt vaig fer un descans, intentant refer-me. Vaig veure que l'Oscar, la Karen i els altres ballaven al voltant d'en

Jack, que regnava al centre de la pista amb moviments vertiginosos i trucs de break-dance. Una tombarella d'esquena va arrencar un clam.

Vaig continuar tentinejant, marejat i amb un mal de cap cada cop més fort que ara m'estovava l'interior de les temples com si fos el pedal d'un bombo. Des de darrere de la porta del que em vaig adonar que devia ser la cuina, sentia passos arrossegant-se, cops sords com d'una tallanta i repicadissa de cassoles. Tal com m'havia indicat, el bany era dues portes més avall. Era gran i modern, i estava net com una patena. Tenia dutxa i jacuzzi, i una porta oberta que donava al que devia ser el dormitori de l'Oscar i la seva dona. L'armariet de dalt d'una de les dues piques era ple de pots i capses de pastilles. Vaig veure un pot de pastilles amb el nom Sarah Rossi a l'etiqueta adhesiva, però no vaig distingir per a què eren, ja que el panorama havia començat a enterbolir-se una mica. Almenys, però, vaig reconèixer una de les capses i em vaig empassar dues de les pastilles que contenia. Vaig seure al terra calefactat, vaig recolzar l'esquena contra la paret i vaig tancar els ulls, amb l'esperança que aquell bombo deixés de batre i que el món deixés de giravoltar.

No sé quant de temps feia que seia allà quan es va obrir la porta i va entrar la Rita.

—Aquí t'havies ficat —va balbucejar mentre s'abaixava les calces sota el vestit i s'asseia al vàter—. Que et trobes malament?

—Disculpa —vaig dir, aixecant-me i fent un bot en veure una cara al mirall de les portes de l'armariet que no era jo, tot i que m'adonava que, malgrat tot, havia de ser jo.

—No va ser res de l'altre món, no et pensis —va dir la Rita mentre jo sentia el seu rajolí encertant l'aigua del vàter—. Aquella vegada a la pallissa. Llavors no t'ho vaig preguntar, per no ser desagradable, però diria que va ser la teva primera vegada. Oi que sí?

—Disculpa —vaig repetir, i vaig sortir tentinejant al passadís. Ajudant-me de la paret, vaig passar per davant de la porta de la cuina, des d'on ara només sentia una alternança de passos i peus arrossegant-se, com si aquell matrimoni estigués ballant un vals lent. Em vaig aturar i vaig parar l'orella. També hi havia un altre soroll. Una mena de petarrelleig humit. Vaig prémer la maneta de la porta cap avall per obrir-la. Però alguna cosa —un pressentiment vague— va fer que m'aturés. El cor em bategava fort i em queia la suor. Vaig deixar anar la maneta i em vaig quedar mirant la porta. Allà dins s'havia fet un silenci total, com si m'estiguessin esperant. Vaig recular, vaig fer mitja volta i vaig continuar cap a la galeria de dalt del vestíbul. Allà baix havien apagat la música i se sentien converses animades. Vaig mirar per dalt de la barana. La gent estava dreta, asseguda en cadires o mig estirada als sofàs, menjant. Vaig albirar la safata d'hamburgueses que havia substituït les begudes a la taula de vidre. Potser em calia això, una mica de menjar.

Vaig baixar l'escala i em vaig dirigir cap a la safata, però vaig veure que feia tard; un paio que vaig reconèixer com a en Henrik, el geni de matemàtiques de la classe, estava a punt d'agafar l'última. En veure'm, però, va fer un pas enrere i em va fer senyals perquè em servís.

—Endavant, tu estaves abans —vaig dir, amb un somriure que devia semblar una mica forçat.

—Els grans escriptors necessiten menjar —va replicar amb un to bondadós—. Jo ja n'he agafat una i n'estan preparant més.

—Bé, doncs, molt agraït —vaig dir, i em vaig apoderar de l'hamburguesa. Hi vaig clavar les dents, i en notar que se m'omplia la boca del líquid de la carn acabada de picar, vaig pensar que és això el que som sobretot els mamífers: aigua. Vaig fer un altre mos. Redeu, que bona era, sens dubte era el que el meu cos necessitava.

—El meu fill es preguntava si jo era el Henrik geni de les matemàtiques del teu llibre.

Vaig mirar aquell home, que continuava allà dret. Era un dels que havia fet servir poc temps a la ronda del gimnàs. Comptable, no havia dit això? Que havia apuntat més alt? Investigador, potser? Que es pensava que esperàvem més d'ell i per això no havia prolongat el turment? O estava content com unes pasqües, però no li semblava que tingués gaires coses emocionants a explicar de la seva vida fins ara?

—Sí —vaig fer amb la boca plena d'hamburguesa—. Eres tu.

—No era cap geni de les matemàtiques, però gràcies —va dir.

—I tant que sí.

Va riure.

—No t'has de refiar mai de la memòria. Només et dona el que es pensa que necessites. Així que... Bé, vaja, vist així, sí que potser està bé refiar-se'n. —Va tornar a riure.

Havia fet un altre mos i mastegava a poc a poc per evitar haver de contestar-li. Em vaig limitar a fer un gest amb el cap per tornar a donar-li les gràcies per l'hamburguesa, vaig travessar el vestíbul i em vaig deixar caure en un sofà al costat de la Karen. Vaig gemegar pel benestar que tan sols es pot sentir just després d'una gran incomoditat.

—Et trobes més bé —va sentenciar amb un somriure, pessigant-me el coll entre el polze i l'índex.

—Sí —vaig fer, i em vaig empassar els bocins d'hamburguesa—. Quant de temps he desaparegut?

—Moltíssim. Em començava a amoïnar.

—Estic bé. I tu? Veig que has trobat un sofà on et pensaves que podies seure sola una estona. No és horrible ser tan popular?

—Un horror —va dir rient, i va obrir una llibreta—. Però no, m'he assegut aquí perquè en Tom seia aquí.

—En Tom? Ja ha arribat? —Vaig mirar al voltant.— On és?

—Ha anat a la cuina a donar un cop de mà —va dir mentre prenia notes.

—Veig que has conservat el punt de llibre —vaig dir, assenyalant amb el cap el clip dels cabells de color rosa subjectat a la tapa de la llibreta.

—Sí.

—Encara tens plans de ser escriptora? Si fas servir res del que digui, t'exigiré que en citis la font i que em paguis drets d'autor.

—Fet —va dir—. Per cert, en Tom preguntava per tu.

—De debò? Què havia de fer a la cuina?

—Donar un cop de mà, com t'he dit.

—Per què?

Va arronsar les espatlles.

—En Tom és un noi que dona de si.

—Ah, sí?

—Això ha dit.

—Què ha dit?

—Que volia anar a la cuina a donar de si. Pel que sembla, ha funcionat, perquè és evident que l'hamburguesa t'ha agradat.

—Les ha preparat en Tom? —Vaig abaixar els ulls per mirar l'últim tros de carn i de pa que em quedava a la mà.

—Si més no, la parella de cuiners que les ha servit les ha anomenat «hamburgueses *à la* Tom». I ja venen cap aquí amb més...

Vaig sentir uns passos arrossegant-se a l'escala. Em vaig empassar la saliva. Ho vaig començar a entendre. Llavors, a poc a poc, em vaig girar. Vaig notar que se m'assecava la boca i se'm pansia la llengua.

Un cranc. Va ser el primer que se'm va acudir. Es movien de costat baixant l'escala sobre quatre cames, ja que estaven units pels malucs. A la mà dreta —aixecada com la pinça d'un cranc— duien cadascú una safata d'hamburgueses fumejants. S'assemblaven com germans, coixejaven i anaven vestits de blanc.

Vaig coincidir amb la seva mirada. La de la Vanessa.

I després —mentre es girava cap al costat perquè la seva parella pogués posar el peu a l'esglaó següent—, la d'en Victor.

Em va fer l'efecte que m'estava a punt d'explotar el cap. Les pastilles. Devien ser les pastilles. Què, si no, podia explicar el que veia desenvolupant-se davant dels meus ulls?

—Mm, quina bona pinta! —va exclamar la Karen.

—No toquis aquestes hamburgueses —vaig dir, llençant el que quedava de la meva, i em vaig aixecar.

—Que passa res, Richard?

—Sí —vaig xiuxiuejar—. Sí que passa. Vine.

Vaig agafar la Karen de la mà i la vaig arrossegar amb mi, i tan bon punt aquell cranc humà grotesc va haver baixat del tot l'escala i es movia cap a la taula de vidre, vam córrer escales amunt.

La porta de la cuina estava entreoberta, i quan ens hi acostàvem sentia el mateix soroll que m'havia imaginat en escriure l'escena en què l'auricular del telèfon es menja en Tom, un petarrelleig humit com el que fan les larves quan devoren els morts. Vaig obrir la porta d'una puntada de peu.

—C-c-carai, si no és en Richard?

A l'home dret a la vora del taulell fent girar la manovella d'una gran picadora de carn se li va il·luminar la cara. Tenia quinze anys més, s'havia engreixat i duia bigoti, però no hi havia dubte: era en Tom.

—T-t-t'agrado? —va preguntar.

Me'l vaig quedar mirant. Em vaig empassar la saliva. Tenia la màniga de la camisa arromangada fins a l'espatlla del braç que no feia girar la manovella, que estava tan ficat dins de la picadora que aviat no en quedaria res. El petarrelleig humit venia de l'obertura inferior de la picadora, on tires de carn es filtraven a través dels orificis i es quedaven un moment penjades abans de caure en una paella col·locada a sobre d'una cadira just a sota.

—Què fas? —vaig xiuxiuejar amb la veu presa, notant que estava a punt de vomitar.

—Faig el que t-t-tots hauríem de fer —va dir—. Dono de mi. V-v-vine, Richard, ho hauries de provar.

—No, gràcies —vaig aconseguir dir mentre començava a recular per la porta.

En Tom va deixar anar la manovella i la mà va sortir disparada. Tot i que era a més de dos metres, em va agafar. Uns dits blancs i prims es van tancar al voltant del meu canell i em van començar a arrossegar cap a ell.

—Hi insisteixo —va dir.

Em vaig resistir, clavant els talons a terra, però era massa fort.

—Vinga, va, que cal a-a-alimentar la concurrència.

Em vaig veure arrossegat més i més a prop. Va treure el que li quedava del braç de l'obertura de la part de dalt de la picadora, de la boca. L'extrem del monyó estava esqueixat, era carn vermella amb un os blanc sobresortint, però no en rajava sang. Vaig mirar les lletres majúscules que hi havia al lateral de la picadora: PIRANYA. En Tom em va estirar la mà cap a la boca de la picadora.

—Karen! —vaig xisclar, girant-me.

La Karen era al llindar de la porta mirant-s'ho, com una observadora passiva. Espantada, sí, però l'expressió de la cara també tenia alguna cosa més, una certa exaltació, com si estigués —com ho diria?— mig fascinada?

Vaig notar que la mà tocava alguna cosa esmolada al fons de la boca. Les fulles de la picadora.

—Karen, reina —va dir en Tom—. No tinc cap mà lliure, com veus. Que pots fer anar la m-m-manovella tu?

Per a espant meu, vaig veure que la Karen assentia amb el cap i entrava.

—No, no, no! —vaig xisclar quan va agafar la manovella.

Vaig fer vagar la mirada pel taulell de la cuina. Vaig trobar la tallanta. La vaig agafar amb la mà lliure, la vaig brandar i la vaig deixar caure amb totes les meves forces cap al braç que m'agafava. Vaig notar que l'acer lliscava amb una facilitat sorprenent a través de la carn i de l'os, encastant-se al taulell. Un raig càlid de sang em va encertar la mà.

—Apa! —va exclamar la Karen rient, mirant-se el vestit, que ara estava tot esquitxat de vermell.

—Apa! —la va imitar en Tom, que també reia, mentre es mirava el braç seccionat damunt el taulell. Em vaig quedar contemplant amb incredulitat el que quedava d'ell, un tors vivent sagnant sobre dues cames. Llavors em vaig adonar que la Karen havia començat a fer girar la manovella. Vaig notar les fulles de la trituradora contra la pell abans de treure la mà d'una estrebada.

Ens vam mirar als ulls. Què hi veia, als seus? Curiositat? Compassió? No ho sé, tot allò era molt desconcertant.

Així que vaig arrencar a córrer.

Pel passadís i cap al vestíbul.

Estava tan marejat que era com moure's per la coberta d'un vaixell durant una tempesta. Quan vaig sortir a la galeria, em vaig agafar a la barana amb totes dues mans i vaig vomitar. Vaig sentir que part del vòmit encertava amb un xipolleig el terra de marbre del pis de baix. Vaig recobrar l'alè. I em va arribar una bonior fluixeta, com la que fa un rusc. Vaig aixecar el cap. Al vestíbul tothom s'havia situat formant una rotllana, però en aquell moment m'observaven fixament. Mentrestant, jo em mirava l'home que ocupava el centre de la rotllana. Era en Jack. Estava despullat, dret, fent una posició de ballet clàssic amb els ulls clavats en mi. Els braços estirats dalt del cap, les mans doblegades l'una cap a l'altra, un peu encreuat davant de l'altre. La cinquena posició. Com ho sabia? Que potser havia llegit alguna cosa sobre el tema? Que n'havia vist fotos en un dels llibres de la biblioteca on deien que havia estat dia sí i dia també? De debò havia passat els dies allà?

La bonior venia de les ales. Li sortien de l'esquena, primes, transparents i batent tan de pressa que només es veien com una mena de vibració.

Va estirar els peus del tot, de manera que només les puntes dels dits tenien contacte amb el terra de marbre. I llavors... ni això.

Planava en l'aire.

Vaig tornar a deixar de respirar. Només se sentia la bonior d'aquelles ales. El cos d'en Jack, que semblava congelat en aquella posició, es va enlairar més. Vaig veure les cares dels altres orientades cap amunt. No semblaven gaire sorpresos sinó més aviat devots, com si allò fos un miracle anunciat o alguna cosa que ja havien vist abans. L'Oscar somreia amb beatitud. La Rita semblava embadalida i els llavis se li movien com si estigués murmurant una pregària. Vanessa/Victor estaven parats amb dos parells de mans plegades.

En Jack havia arribat a l'altura de la galeria i es desplaçava cap a mi. Notava la pressió de l'aire que movien les ales. Els iris dels ulls li havien canviat, se li havien tornat vermells. Vaig estar a punt d'esclafir una rialla; aquelles al·lucinacions eren tan reals que tenia la sensació que si hagués allargat la mà i l'hagués tocat, n'hauria sentit la pell contra les puntes dels dits. Eren les pastilles? Era això el que controlava les al·lucinacions o era jo? No ho podia saber del cert, però em feia l'efecte que tenia alguna mena de control, que allò ho estava inventant jo. Que tant podia decidir què passaria com no, com si el relat tingués voluntat pròpia, una lògica interna. Si era així, podria aturar-ho? O no era més que un malson normal i corrent, un espectacle que et representes per a tu mateix com a espectador indefens que no vol ni sentir ni veure res, però que està obligat a fer-ho? En aquest cas, volia despertar-me ara. Em vaig escurar el coll.

—Impressionant de debò, Jack. —Vaig intentar que no em tremolés la veu.— Has aconseguit transformar-te de veres en la Campaneta.

—Mentre que tu ets qui has sigut sempre —va dir en Jack—. L'Imu.

—Què?

—Mira-ho tu mateix —va dir en Jack, apuntant amb el dit en direcció al finestral.

Em vaig girar, però no hi veia res més que la foscor negra de fora.

—Què vols dir...? —vaig començar a dir, quan un llamp va il·luminar l'exterior i em vaig veure la cara reflectida al vidre. Més ben dit, no era la meva cara, sinó la que havia vist al mirall del bany. Era una cara que havia vist en una fotografia escolar quan era petit. Era la cara que m'havia imaginat quan escrivia *La Casa de la Nit* i el protagonista —en Richard— és fora del despatx del director a Llarim. No només em feia l'efecte que m'explotaria el cap, sinó que tenia l'esperança que m'explotés. Era la cara de l'Imu Jonasson.

—Ho veus, ara? —va preguntar en Jack—. Te n'adones, Richard?

—No —vaig dir—. De l'únic que m'adono és que això ho heu planejat vosaltres.

En Jack es va limitar a somriure com a resposta.

—Quant fa...?

—Ui, des d'abans d'enviar-te la invitació a aquesta festa de retrobament.

—Però... per què?

—Per què? Però, Richard, si ja ho saps.

Vaig fer que no amb el cap a poc a poc.

En Jack va sospirar i va decantar el cap.

—Tu mateix ho has dit.

—A-allò de l'assetjament?

—Si és que va ser assetjament, vas ser un assetjador solitari contra una munió d'ànimes solitàries, Richard. Però «assetjament» és una paraula massa fluixa, no et sembla?

—Eh...

—Pensa-hi. «Maldat» és més precisa. Mira! —Va fer un gest amb la mà en direcció als companys de classe a sota seu.— Mira i fes memòria. En Tom, jo, la Vanessa, en Victor, l'Oscar. Fins i tot la Karen. Tots els presents. Ens vas agafar d'un en un, ens vas ensorrar, ens vas terroritzar, vas fer de les nostres vides un infern.

Vaig mirar. I vaig provar de fer memòria. Ara me'n recordava. Cara a cara. Víctima a víctima. Recordava el mantra que feia servir. «Ets porqueria». I és que ningú et pot convèncer que ets porqueria tan bé com algú que sap què és ser porqueria.

Em vaig empassar la saliva.

—Així que mentíeu quan heu dit que ho recordava malament.

—Em sap greu, però havíem d'aconseguir que et relaxessis. Que vinguessis aquí.

—Entesos. I ara què?

En Jack va arronsar les espatlles.

—Ara et menjarem.

A baix hi havia moviment entre la multitud.

—No puc deixar que ho feu així com així —vaig dir, mirant-los fixament mentre corrien escales amunt com si fossin un riu humà.

—Ui, no hi comptàvem —va dir en Jack—. De fet, ens agradaria que miressis de fugir. Ja se sap que l'adrenalina fa que la carn sigui més gustosa.

La multitud havia arribat al capdamunt de l'escala i es movia cap a mi, encapçalada pels bessons que semblaven un cranc. No van frenar fins que no vaig brandar la tallanta cap a ells. Em vaig enfilar a la barana, em vaig posar dret fent equilibri amb els braços i vaig xisclar:

—Puc volar! Ho voleu veure?

Tan bon punt es van dirigir cap a mi, em vaig precipitar al vestíbul.

Vaig caure.

Vaig descendir cap al terra de marbre lluent.

Vaig encertar el piano de cua igual de lluent, vaig notar que la tapa es feia miques, i vaig sentir que les cordes del piano es trencaven i que el piano es partia en dos.

Em vaig quedar estirat de panxa enlaire mirant l'aranya de cristall, en Jack planant damunt meu i totes les cares que s'abocaven des de la galeria. Vaig buscar la tallanta a les palpentes, la vaig trobar i em vaig posar dret.

La multitud ja tornava a baixar l'escala, i vaig córrer fins la porta principal i la vaig obrir d'una estrebada. Bé, vaig provar d'obrir-la d'una estrebada. Estava tancada amb clau i no tenia pany. Vaig tornar a fer una estrebada. El mateix resultat.

—T'adones de com et sents en arribar a una porta tancada amb clau, ara? —va dir en Jack. Planava brunzint just dalt del meu cap, però massa lluny per poder arribar-hi amb la tallanta—. I els que et pensaves que t'estimaven són els que l'han tancat amb clau. Què fas, llavors?

Vaig donar cops de puny desesperadament contra la porta.

—Exacte! —va dir en Jack, rient—. La colpeges! Tens l'esperança que algú l'obri. Però quan no l'obren, llavors què?

Em vaig girar. La multitud era al peu de l'escala i ara l'encapçalaven l'Oscar, en Harry Cooper i en Henrik. No feien cara d'odi, no feien cara de res, la veritat, tan sols tenien un aire absent i una indiferència estranya, com si els seus cossos seguissin una ordre que no procedia de la voluntat pròpia.

—Efectivament, fas una trucada —va dir en Jack. Havia aixecat la mà cap al cap, amb el polze obert contra l'orella i el dit petit davant la boca, com un telèfon—. Fas una trucada i esperes que algú despengi el telèfon. Que l'única persona sobre la qual encara tens poder agafi la trucada. I et deixi entrar.

Vaig deixar anar la maneta de la porta i vaig córrer dibuixant un arc davant de la multitud que avançava, travessant el vestíbul i dirigint-me cap al passadís per on l'Oscar ens havia portat a fer la visita a la Karen i a mi. Vaig continuar corrent mentre sentia l'eco de la corredissa de passos rebotant entre les parets al meu darrere. Vaig arribar a la porta de l'atri, hi vaig entrar, la vaig tancar d'un cop i vaig veure que el pany tenia forrellat. El vaig passar i vaig recolzar l'esquena contra la porta. Vaig sentir el soroll d'una allau de cossos i vaig notar que la porta tremolava. Cridaven i la colpejaven fent estrèpit. Vaig mirar cap amunt. Ara, fora de les parets de vidre, queien llamps seguits que il·luminaven l'atri.

L'arbre.

Hi havia alguna cosa penjada.

Tenia el cap caigut cap al pit, de manera que es veia el nus de la corda darrere la nuca de la dona. Duia una camisa de dormir d'on sobresortien els peus descalços i semblava que les empenyes s'estiraven cap al terra, però no hi podien tocar.

Em vaig apartar de la porta i em vaig dirigir cap a ella, i darrere meu els crits s'anaven afeblint.

El serrell ros *à la garçonne* penjava i li tapava la cara.

A mesura que m'hi anava acostant, vaig adonar-me que l'arbre devia haver crescut des que l'havia vist feia una estona, com si s'hagués alimentat. Potser per això la figura que hi penjava em va fer pensar en una closca buida, com la d'un insecte que encara es balanceja a la teranyina després que l'aranya n'hagi xuclat les entranyes.

Em vaig aturar sota l'arbre i vaig alçar la vista per mirar-la. Tenia la cara pigada molt pàl·lida. Preciosa i pàl·lida. Me l'havien pres, a ella, que era tot el que havia estimat. Sense pensar-hi, la paraula se'm va escapar:

—Mare.

Com a resposta, un fort llamp va esquinçar el cel, es va sentir un esclat ensordidor i la figura dalt meu es va agitar com si fes un ball espasmòdic. A l'instant següent, li sortien flames de la camisa de dormir i queia una calamarsa de vidres al meu voltant. Quan vaig tornar a obrir els ulls, vaig notar l'aire nocturn contra la cara i vaig veure que el sostre i les parets de vidre s'havien ensorrat del tot, que podia sortir directament a l'exterior. Vaig veure el reixat al final d'un caminet de graveta blanca refulgent.

En aquell moment, vaig sentir que la porta s'obria al meu darrere; l'Oscar devia haver anat a buscar la clau.

«D'acord», vaig pensar, «ja no puc més. Que s'acabi aquí, així».

Vaig tornar a tancar els ulls i vaig notar que se'm calmava la respiració, mentre era presa d'una pau estranya. Fins que vaig tornar a obrir els ulls al cap d'un instant. Perquè no era veritat. Perquè sí que podia més. Sempre podem més. Així que vaig arrencar a córrer.

Capítol 27

Vaig córrer per la graveta, vaig sortir pel reixat, que era obert, i vaig baixar pel camí estret sense sortida cap al bosc. No hi havia fanals, però els llamps queien a intervals tan breus que podia seguir el camí. La nit i l'aire xafogós em semblaven com l'ambient que m'havia imaginat en escriure el final de *La Casa de la Nit*, carregat d'electricitat i a punt perquè caigués un diluvi. Corria tant com podia, però així i tot semblava que la multitud que em perseguia s'anava acostant. Qui hauria dit que tenien tant d'aguant? Els pulmons em feien mal, tenia les cuixes tan carregades d'àcid làctic que em començaven a semblar troncs i sabia que aviat deixarien d'obeir el cervell. El camí es va estretir i vaig recordar que s'acabaria d'aquí a no gaire. Però també que just abans arribaria a la sendera. Travessava part del bosc, el pont i continuava fins a la carretera general. Hi havia una bona tirada, però si aconseguia arribar a la sendera, la multitud que m'empaitava s'hauria d'organitzar, ja que no era prou ampla i no hi cabien més de dues persones, màxim tres, i això, amb una mica de sort, els endarreriria. Si aconseguia arribar a la carretera general, estava il·luminada i hi havia trànsit, almenys durant el dia.

S'acostaven molt de pressa, però. Ara, el panteix i els passos ràpids i lleugers eren just darrere meu. Vaig provar d'accelerar, però no servia de res. No aconseguiria arribar a la sendera abans que ells. Amb prou feines vaig tenir temps de pensar això abans que algú em fes la traveta i em fes caure a terra. Vaig buscar la tallanta a les palpentes en la foscor, però era massa tard, ja els tenia a sobre. Unes mans m'estiraven i forcejaven amb mi, vaig rebre un cop a la templa, una puntada de peu a l'estómac. Em vaig arraulir com una pilota i em vaig posar les mans damunt del cap.

—Gireu-lo! —va grunyir una veu—. Que ens vegi quan el matem!

Unes mans em van agafar i em van girar de panxa enlaire, i algú se'm va encamellar a sobre del pit. A la llampada següent vaig veure que era la Rita. Vaig intentar fer-la bolcar, però era forta. Tenia una força desproporcionada. Es va inclinar cap a mi i em va tirar l'alè d'alcohol a la cara.

—Richard Hansen —va xiuxiuejar—. T'odio.

Llavors es va redreçar i va aixecar les mans per dalt del cap. Sostenien un wicket de croquet amb les puntes d'acer esmolades apuntant cap a mi. Vaig bracejar i camejar tombat de panxa enlaire com si fos un escarabat indefens, i em vaig adonar que aviat formaria part d'un camp de croquet.

En aquell moment, la cara de la Rita es va inundar d'una llum encegadora i es va quedar rígida.

—En nom de la llei, no us mogueu!

Es va fer un silenci absolut a l'acte i tothom es va girar cap a la llum. No hi veia res, però em vaig adonar que la veu metàllica que ens havia escridassat devia venir d'un megàfon. Alguna cosa es movia en la llum. Una silueta venia cap a nosaltres, a poc a poc, per la grava cruixent. Ja sabia qui era abans que s'hagués acostat prou per veure la figura alta i d'espatlles amples amb els cabells negres blavencs. Duia —per descomptat— una pistola a la mà.

Capítol 28

—Retrocediu —va dir l'agent Dale, i la multitud li va fer cas.

—Tu també, noia —li va dir a la Rita, que encara seia a sobre meu.

Ens va fer un xiuxiueig de ràbia, però es va aixecar i va recular fins on eren els altres, que es protegien els ulls amb la mà mentre s'ho miraven.

L'agent Dale em va ajudar a posar-me dret i em va fer de crossa mentre caminàvem cap a la llum.

—Q-què hi fa, aquí? —vaig dir, esbufegant.

—Jo? Sempre soc aquí.

—Aquí? Al bosc del Mirall? —El vaig mirar mentre notava les primeres gotes feixugues de pluja.

—Sí. Al cap i a la fi, mai no vam aconseguir resoldre del tot aquell misteri. Així que soc aquí per si torna.

—L'Imu Jonasson?

—Sí.

La llum venia dels fars d'un Pontiac LeMans. Evidentment. No era vermell ni verd, sinó blau clar. En pujar al cotxe, finalment el cel es va obrir, i en qüestió de segons la pluja martellejava contra el sostre.

—Això és igual que aquella nit —va dir l'agent Dale, i va prémer un botó que amb un clic va tancar totes les portes amb clau—. Te n'enrecordes? —Somreia com si fos un record entranyable: la pluja, l'incendi, la fugida, la Karen saltant del terrat.

—No me n'enrecordo de res —vaig dir fluixet, intentant veure alguna cosa darrere l'aigua que rajava pel parabrisa.

—I tant que sí —va dir l'agent Dale—. Vas escriure un llibre sobre allò, ben mirat.

—Fins avui al vespre em pensava que m'ho havia inventat tot —vaig xiuxiuejar—. Vostè inclòs.

—Jo?

Em vaig fregar les temples.

—Ens en podem anar ja, agent Dale?

—Sí, vinga.

L'agent Dale va agafar la palanca del costat del volant i els eixugaparabrises es van engegar. Al cap de pocs segons, l'aigua es va dissipar i vam tenir visibilitat. Contra la llum, les cares eren pàl·lides, gairebé blanques. No semblava que paressin esment en la pluja. Ni en la llum enlluernadora. Es movien cap a nosaltres a poc a poc, gairebé de manera robòtica. Com si tinguessin tot el temps del món i nosaltres no en tinguéssim gens. Va centellejar alguna cosa. La tallanta. Penjava de la mà d'en Jack, que liderava la multitud.

—Acceleri! —vaig cridar—. Atropelli'ls!

—No servirà de res —va dir l'agent Dale—. Mira.

I vaig mirar. Darrere d'ells, silenciosament, havia arribat un tot camí elèctric i s'havia aturat al través, de manera que ens bloquejava el camí de sortida.

—Espera't aquí —va dir en Dale, i va desenfundar l'arma de la pistolera d'aixella, va obrir la porta del cotxe i va sortir sota la pluja. Es va tornar a abocar cap a dins—. Dona'm el megàfon. —El vaig agafar de la consola central i l'hi vaig allargar. La botzina ampla i grisa va topar amb la palanca del costat del volant i els eixugaparabrises es van apagar. En Dale va tancar la porta d'un cop i vaig sentir el so metàl·lic amplificat de la seva veu per sobre de la repicadissa de la pluja:— En nom de la llei, atureu-vos!

Una pausa.

—Us he dit que us atureu! Si no, us engego un tret!

Vaig empènyer la maneta per engegar els eixugaparabrises, de manera que pogués veure què passava allà fora, però l'únic que va passar va ser que els fars davanters van canviar de llum de carretera a llum d'encreuament. Vaig sentir un tret, que va sonar com un esclafit fluixet. Després un altre. Després un esclafit fort, però era un tro, i en l'estrèpit següent no sentia res. Se'm va acudir que havia de fer girar la palanca en comptes d'empènyer-la i llavors finalment es van engegar els eixugaparabrises. Mentre dissipaven l'aigua, es va sentir un altre esclafit. Un cos havia aterrat al capó del cotxe. Era l'agent Dale. La cara estava aplanada contra el parabrisa, amb prou feines il·luminada pels instruments de l'habitacle. Tenia la cabellera negra estarrufada i em mirava amb aire absent. La sang encara no li havia començat a rajar del punt del front on tenia la fulla de la tallanta mig enterrada. Quan el van arrossegar cap enrere, l'expressió que feia era una barreja de terror i de resignació. Esgarrapava amb desesperació el capó amb la mà que no sostenia la pistola, i quan allò no va servir de res, va agafar l'eixugaparabrises del costat de l'acompanyant i el va arrencar. Llavors va desaparèixer.

Em vaig estirar cap a l'esquerra i vaig prémer el botó de la porta del conductor per bloquejar-la just en sentir que algú estirava la maneta. Em vaig esquitllar darrere del volant i vaig trepitjar l'accelerador. El motor va fer un rugit d'advertiment, com fa el búfal aquàtic contra una bandada de lleons que l'ataca. Vaig empènyer la palanca de canvi a D i el cotxe va patinar per la grava abans d'agafar-se i accelerar cap endavant. Vaig notar uns cops sords tous mentre xocava contra els cossos que apareixien i desapareixien del camp de visió. El Pontiac va topar contra el tot camí una mica per darrere de la part central; calculava que allà seria més lleuger i potser el podria fer girar prou per aconseguir passar. L'embranzida, però, va ser insuficient per accelerar prou el Pontiac i el resultat va ser que el tot camí tan sols es va moure una mica, mentre que el meu cotxe va patinar, de manera que tots dos vehicles es van quedar l'un al costat de l'altre. Ara els llamps queien més espaiats i els meus fars apuntaven directament al bosc, però veia moviments en la foscor. I també veia la sendera, just davant del morro del cotxe. Seria a temps de sortir i arribar-hi abans no fossin aquí? La resposta la vaig rebre quan alguna cosa va colpejar la finestreta. En una llampada vaig veure que era en Henrik. La mandíbula se li movia amunt i avall com si estigués mastegant alguna cosa i li rajava sang de les comissures dels llavis mentre aixecava un objecte semblant a un mall per tornar a colpejar. Em vaig adonar que era un braç. Un braç arrencat, encara vestit amb la tela d'una americana negra. Va picar i el vidre es va esmicolar. Unes mans es van estendre cap a mi, unes ungles em van esgarrapar la cara. I tot és senzill quan t'has quedat sense opcions. Vaig trepitjar l'accelerador.

Vaig sortir projectat cap endavant quan la part davantera del Pontiac va topar amb l'altra banda de la rasa, però no era prou fonda per impedir que aquell *muscle car* passés a l'altre costat i pugés a la sendera. La sendera feia un metre i mig d'amplària i era massa estreta per al cotxe, però sempre que aconseguís mantenir una roda del davant i una del darrere dins la sendera, potser podria avançar una mica i agafar avantatge. De fet, va anar millor del que m'esperava. Segava la vegetació —arbustos, bardissa i arbres petits—, que s'estimbava contra la part dreta del morro del cotxe, i aviat es va trencar el far davanter dret. Tot i així, vaig aconseguir controlar el vehicle i mantenir-me a la sendera amb l'ajuda d'un far i d'un eixugaparabrises. Feia una mica de pendent de baixada cap al riu i el meu objectiu era el pont. Llavors, però, es va sentir un cop lleig, el cotxe es va parar en sec i em vaig estampar el front contra el parabrisa. El Pontiac ja no es movia i vaig veure que el costat dret havia xocat contra un arbre. Vaig posar la marxa enrere i vaig trepitjar l'accelerador. Però els pneumàtics no s'agafaven, la pluja havia enfangat massa el terreny i notava que les rodes s'enfonsaven més i més.

Vaig obrir la porta d'una puntada de peu i vaig arrencar a córrer sendera avall cap al pont i el riu que entreveia entre els arbres. Darrere meu sentia rames que es partien. Venien cap aquí, però si aconseguia travessar el riu, arribaria a la carretera general abans que ells.

Havia arribat al llindar del bosc quan un altre llamp va il·luminar els últims centenars de metres de terreny al ras fins al pont. Em vaig aturar en sec. Tres figures, palplantades enmig del pont. Estava força segur que no m'havien vist, així que em vaig amagar darrere d'un arbre i els vaig espiar. Va caure un altre llamp. Cadascun tenia una bicicleta. Semblaven bicis Apache. El més corpulent duia una jaqueta de llenyataire. Feia l'efecte que muntaven guàrdia. Què, si no, feien allà aturats? Havia de prendre una decisió ràpida.

Llavors la van prendre per mi.

Durant una altra sèrie de llamps, vaig veure que una figura baixava des de dalt i aterrava al pont. En Jack. Els altres tres no semblaven gens sorpresos que un home volador despullat es plantés de sobte entre ells; al contrari, de seguida es van posar a enraonar, apuntant amb el dit i remenant el cap. Era evident que tots tres hi estaven implicats i que donaven part que no m'havien vist.

Ja em podia anar oblidant de travessar aquell pont.

Vaig donar una ullada cap a l'esquerra, on el riu sortia del bosc a tan sols deu metres de mi. Feia només sis metres d'amplària, màxim vuit, però semblava una boa constrictora musculosa que serpentejava i s'enrotllava cap al pont, exactament com aquella vegada. A cinquanta metres passat el pont, si fa no fa, el riu feia un revolt que es podia travessar sense que et veiessin des del pont. Des d'allà hi devia haver cent, potser cent cinquanta metres, fins a la carretera general. Fins a un veí amable de la zona que hagués sortit a fer un tomb al vespre o un camió que transportés troncs. Fins a un recer segur.

Se sentien veus darrere meu i la llum d'una llanterna ballava entre els arbres. Vaig anar sigil·losament a la riba. Em vaig armar de valor per suportar el xoc fred i vaig entrar al riu. L'aigua que de seguida em va envoltar, però, era més càlida que no m'havia pensat, potser per totes les corredisses que havia fet. Em vaig posar a surar d'esquena i em vaig penedir de no haver-me tret l'americana, que semblava que m'estirava cap avall. Però almenys vaig aconseguir mantenir la cara fora de l'aigua i respirar. L'ull registra automàticament el moviment, però si m'estava estirat així, sense bellugar-me, esperava que no em descobrissin.

Em vaig quedar mirant el cel; ara els llamps queien tan seguits que era com si hi hagués un tub fluorescent inestable darrere els núvols. Les veus del pont s'acostaven de pressa. No em vaig girar a mirar-los, em vaig quedar estirat, rígid i immòbil com una estàtua o un tros de fusta qualsevol. Llavors el pont i els quatre que eren allà dalt van entrar al meu camp visual. En Jack i l'home de la jaqueta de llenyataire enraonaven, mentre que els altres dos estaven recolzats contra la barana mirant el riu. Les seves cares em sonaven d'alguna cosa, tota aquesta situació em resultava familiar, com una imatge reflectida d'un record. Durant una fracció de segon, un d'ells i jo ens vam mirar als ulls. Era com mirar-se en un mirall. Quan passava per sota el pont, vaig sentir uns passos que corrien pels taulons de fusta, i en sortir per l'altra banda, vaig tenir una visió fugaç de la mateixa cara. Tot i que m'esperava sentir una exclamació, no es va produir. Llavors va sortir del camp visual i, de nou, em vaig quedar mirant un cel negre amb llums intermitents. Potser li va semblar que havia vist alguna cosa, però havia arribat a la conclusió que devia ser un tros de fusta.

Les veus del pont es van anar allunyant. El riu va fer un revolt. Em vaig girar de bocaterrosa i vaig fer cinc o sis braçades fortes per arribar a la riba. Però no vaig trobar res on agafar-me, tan sols herba que arrencava del terra fangós, i tot d'una tornava a ser dins del riu, arrossegat pel corrent. Vaig provar de treure'm l'americana, però el braç dret se'm va quedar enganxat a la màniga, atrapat darrere l'esquena. Em vaig empassar aigua i vaig intentar trepitjar el fons, però la sabata se'm va travar sota una arrel o ves a saber què al fons del riu i em vaig veure arrossegat cap avall. Em va venir una idea esbojarrada, gairebé còmica. Que m'ofegaria. Que desapareixeria i no em trobarien mai. Llavors, però, vaig recordar la dita. Qui està destinat a morir penjat no s'ofegarà. Vaig fer una estrebada per treure el peu de la sabata i una altra per treure el braç de l'americana, i vaig sortir a la superfície. Vaig nedar fins a la riba, em vaig impulsar amb les cames i em vaig agafar amb el braç a un tronc prim que s'inclinava dalt del riu. Em vaig quedar penjat allà un moment, sentint el cansament que m'aclaparava. Llavors em vaig refer i vaig fer servir les últimes forces que em quedaven per pujar a terra ferma. Em vaig quedar estirat de panxa enlaire, respirant. I parant l'orella.

No res. Cap veu. Tampoc trànsit a la carretera general, però. El tro semblava més llunyà i la pluja ja no repicava, tan sols se sentia el xiuxiueig i el cruixit dels arbres. Em vaig posar dret.

Des d'un turonet dalt de la riba vaig veure la cabina telefònica, encara hi era. I allà hi havia la carretera general. Il·luminada i buida. Se'm va encongir el cor. Llavors, però, al final d'aquell tram de carretera recte i llarg, vaig veure un parell de fars que s'acostaven. Em vaig dirigir trontollant cap a la carretera, impulsat per unes cames que sabia que no em sostindrien gaire més. Els llums eren més i més a prop, brillant a l'asfalt moll. Em vaig obligar a córrer. I vaig caure de morros en sortir a la carretera. Em vaig incorporar de genolls i vaig agitar els braços mentre tancava els ulls per protegir-me de la llum enlluernadora. El vehicle va emetre uns quants esbufecs en frenar i baixar de marxa, i després es va sentir el xiulet fort de la botzina, que feia eco a través del paisatge.

Aquell xiulet l'havia sentit abans.

Vaig obrir els ulls. Era el camió de bombers.

S'havia aturat a la carretera cinquanta metres davant meu.

Em vaig tornar a aixecar.

Es van obrir les portes de tots dos costats i van baixar d'un salt. Els vaig reconèixer de seguida. Eren en Frank, vestit de cap a peus amb l'uniforme vermell de bomber. El xèrif McClelland amb el seu uniforme. I la Jenny.

—Hola! —vaig cridar—. Mare meva, no sabeu com m'alegro de veure-us! Hi ha...

Em vaig aturar en sec en veure que hi havia més gent.

La senyora Zimmer de la biblioteca. El director i la senyora Monroe de Llarim? I en Lucas, el conserge.

Se'm va fer un nus a l'estómac.

—D'on veniu? —vaig cridar.

Cap resposta. Les cares impassibles i la manera robòtica com es movien... L'última figura a baixar del camió de bombers va ser en Feihta Rice. Agitava el bastó i es va posar a caminar cap a mi amb passos rígids, com un gos vell cec que ha ensumat el sopar.

Em vaig girar i allà, al turonet darrere de la cabina telefònica, hi havia la multitud, immòbil i amenaçadora, com guerrers indis d'un western antic. Se'm va fer un nus a la gola, tan sols tenia ganes d'estirar-me a terra i posar-me a plorar. Per tant, potser van ser les restes del meu instint de supervivència que van fer que trontollés més que no corregués cap a la cabina telefònica, hi entrés i tanqués fort la porta feixuga. Vaig serrar els ulls, però vaig continuar agafant la maneta. Els passos i les veus que murmuraven s'anaven acostant. Algú va estirar el tirador de la porta, però vaig aconseguir mantenir-la tancada. Rugits i grunyits com d'una bandada de llops famolencs. Algú el va tornar a estirar, aquest cop més fort. Vaig obrir els ulls. Tenien les cares premudes contra el vidre per tots els costats de la cabina, com una galeria de les persones que havia conegut. Només n'hi faltaven dues. La Karen. I l'Imu.

—Mare —vaig xiuxiuejar—. On ets? Pare...

El telèfon va començar a sonar.

Vaig clavar els talons a la graella del terra de la cabina i em vaig inclinar cap enrere, estirant la porta tan fort com podia, però la forçaven centímetre a centímetre. Semblava que el telèfon sonava més i més fort.

—No t-t-t'ho mengis tot —va cridar una veu a fora—. J-j-jo també en vull.

Vaig despenjar l'auricular. Me'l vaig posar contra l'orella amb una mà mentre intentava mantenir tancada la porta amb l'altra.

—Sí? —vaig xiuxiuejar.

—Desisteix —va xiuxiuejar una veu suau femenina—. Desisteix, Richard, i vine amb mi.

—Però...

En aquell moment vaig notar que l'auricular em mossegava el lòbul de l'orella suaument, gairebé de manera juganera. Vaig intentar treure-me'l de sobre, però estava enganxat. Vaig obrir la boca per parlar, però vaig notar que alguna cosa m'agafava la llengua i me l'estirava. Vaig mirar l'extrem perforat del micròfon de l'auricular, on la llengua estava enganxada i semblava que era devorada a través d'aquells foradets. Anava de pressa, allò. Aviat em desapareixeria el cap. Aviat desapareixeria jo. Era sorprenentment indolor i ja no sentia gens de por. Així doncs, vaig deixar anar la porta. Ho vaig deixar anar tot.

Tercera part

Capítol 29

Llum.

No gaire, però era allà, a la part exterior de les parpelles.

—S'està despertant. —La veu venia de molt lluny.

Vaig obrir els ulls.

La cara d'una dona gran emmarcada en blau clar em mirava. Somreia.

—Com et trobes?

Vaig intentar parlar, però em feia la sensació que tenia la llengua enrotllada.

—Una mica desorientat? —em va preguntar. Duia un casquet de plàstic blau clar sobre una granota blau clar.

Vaig assentir amb el cap.

—Aigua. —Em va allargar un got.— Ara et convé beure una mica.

Vaig fer un glop. Tenia un gust agre, com si em dissolgués la saliva quallada. El glop següent tenia més bon gust.

—Recordes res? —em va preguntar, agafant el got.

—Que un telèfon se'm menjava —vaig dir—. De dos punts al cap.

Va riure.

—Devia ser això. —Va agafar alguna cosa d'una taula que hi havia darrere seu. Semblaven uns auriculars de botó amb fil, però amb díodes de metall en comptes d'auriculars.— Els tenies enganxats a les temples i al front —va dir—. Ho recordes, ara?

Vaig fer que no amb el cap.

—És del tot normal que es produeixin llacunes de memòria quan has rebut un tractament de TEC.

—T... E...?

—Electroxocs. —Li sortien uns cabells blancs de sota el casquet.

—He rebut... electroxocs?

—Sí, però no t'has adonat de res, estaves anestesiat del tot.

—On soc?

—A l'hospital Ballantyne.

—No hi ha cap hospital, a Ballantyne.

—No conec cap lloc que es digui Ballantyne, Richard. Com saps, el nostre hospital deu el seu nom a en Robert Willingstad Ballantyne. Ho recordes, això, o ara mateix també ho has oblidat? —Em va donar una palmelladeta a la mà.— Et tornarà aviat.

Vaig pestanyejar. La confusió encara em tapava la memòria com una boira matutina, però era com si sentís el sol, que aviat cremaria part d'aquell vel.

—El conec, aquest tal Robert?

—No, va morir fa molt de temps.

—Llavors per què n'hauria de recordar el nom?

—Bé. Perquè portes... força temps aquí.

—De debò? Quant?

La resposta es va fer esperar mentre reprimia un esternut. Quan va tornar a somriure, tenia un aire de tristor.

—Quinze anys.

Em vaig dutxar i em vaig canviar a la meva habitació. Era senzilla. Un llit, un escriptori, un armari, una cambra de bany. Com una habitació d'hotel, de fet. Les llacunes de memòria començaven a omplir-se. Entre d'altres, ara recordava que rebia tractament de TEC —teràpia electroconvulsiva— perquè havia d'oblidar. No tot, només una cosa molt concreta, el que s'anomena un record traumàtic. Semblava que aquell tractament funcionava. Tot i que ara recordava tot el que m'envoltava, què vaig fer ahir i què havia de fer més tard avui, era incapaç de recordar res d'aquest pretès record traumàtic. Vaig mirar per la finestra. El sol brillava en un cel blau dalt d'un paisatge obert, una mica ondulant, amb gespa verda que s'estenia entre edificis de maons fins a un bosc d'arbres planifolis. Des d'aquí, aquell lloc recordava més un campus universitari que no un hospital. Em sonava, és clar que em sonava. Al capdavall, feia quinze anys que vivia aquí. Així doncs, què era tota la resta que també em semblava recordar? El telèfon que es va menjar un company de classe que no havia tingut mai. Les hores del pati que jo i aquella noia havíem passat al terrat d'una escola a la qual no havia anat mai. La casa antiga en un bosc que no havia vist mai. L'home en un abocador on no havia estat mai. Tot això havia sigut un somni i prou? O eren vestigis d'una psicosi amb deliris? Potser sí que havia estat allà, potser eren aquests records els que provaven d'esborrar.

Mentre baixava a la cantina a dinar em vaig trobar amb el conserge, que estava canviant una bombeta dalt de l'ascensor.

—Fa bona cara, senyor Jonasson —va dir. El conserge de la part residencial de l'hospital em tractava de «senyor» des que vaig arribar aquí quan era adolescent. Sempre m'ho havia agafat com una barreja de broma bondadosa i professionalitat, i no li havia demanat mai que fes servir el meu nom de pila.

—Gràcies, Lucas —vaig dir—. Què estàs llegint, ara?

—*Infinite Jest*, de Foster Wallace —va dir. Sempre llegia alguna cosa i en acabat em prestava alguns dels llibres.

—Me'l recomanes?

En Lucas va mirar pensativament la bombeta fosa.

—Sí i no. Potser li trobaré alguna altra cosa, senyor Jonasson.

A la cantina em vaig servir arròs fregit.

—Avui és bo, però ves amb compte —va dir l'altrament taciturn cuiner amb el seu fort accent txec des de darrere el taulell. Vaig suposar que havia notat que n'havia agafat més que de costum, la qual cosa es devia al fet que havia hagut de fer dejuni abans de l'anestèsia.

Vaig somriure.

—Gràcies per l'avís, Victor.

Molts dels pacients d'aquí que prenen antipsicòtics augmenten de pes. El cervell i el cos els diuen que en volen més molt després que les necessitats nutricionals estiguin cobertes. Com en Jack, que puja i baixa de pes segons el tipus de medicaments que pren. Per sort, jo no he tingut mai aquest problema, potser perquè menjo de manera matemàtica. Prenc el que sé que li cal al cos, no el que m'intenta convèncer que necessita. No és que encara senti veus —com molts dels altres pacients que tenen esquizofrènia diagnosticada—, però també sé que he de dominar el cos i la ment; va ser una de les primeres coses que vaig aprendre quan vaig començar la TCC, la teràpia cognitivoconductual.

Em vaig endur la safata i em vaig atansar a una taula lliure que la Vanessa estava netejant.

—Endavant —va dir amb la mateixa entonació i el mateix accent que en Victor. Quan en Victor la va contractar ara feia dos anys, vaig pensar que potser era per això, per tenir algú amb qui parlar en la seva llengua.

Menjava a poc a poc, pensant en la sessió de teràpia que tenia a la una, mentre contemplava els metres i metres quadrats de gespa i bosc ben cuidats.

—Està o-o-ocupada?

Vaig alçar els ulls.

—Endavant.

En Tom va deixar la safata davant la meva i va treure una cadira.

—T-t-tractament d'electroxocs?

—Sí. Com saps...?

Es va assenyalar les temples.

—Ho veig. Afaiten els cabells als punts on enganxen els elèctrodes.

Vaig assentir amb el cap. Probablement, en Tom era el que havia estat sotmès a més tractaments de TEC de tot el pavelló. Només els aplicaven si eres psicòtic i altres coses —medicació i teràpia— no funcionaven. Segons sembla, una vegada a en Tom li havien fet passar corrent elèctric pel cervell sense anestèsia. Ho havia explicat de manera tan detallada que vaig tenir malsons sobre això les nits abans del meu primer tractament de TEC.

—La veritat és que no em pensava que fossis psicòtic, ara per ara —va dir en Tom—. Que no es comentava fins i tot que et donarien l'alta?

Vaig assentir amb el cap. Era veritat, havia millorat. Molt. La gent es pensa que els esquizofrènics no es poden recuperar. De fet, però, la majoria dels que reben tractament milloren. Alguns milloren moltíssim. Alguns fins i tot deixen de tenir símptomes. Això no significa que aquesta malaltia no pugui tornar a treure el cap, però com diu la meva terapeuta: «Cada bon dia és un regal, siguis pacient o president».

—Això és per al TEPT, no per a la psicosi —vaig dir.

—TEPT —va fer—. Jo també en tinc.

En Tom ho va dir de pressa, gairebé amb un to d'orgull, com si fos un títol honorífic. I encara que sembli recargolat, era així. En un lloc on la vida quotidiana se centra en la malaltia, sols acabar competint per adduir la diagnosi més interessant, rara i pitjor concebible. Si has d'estar fotut, ja pots estar fotut de debò. No és que el TEPT —trastorn per estrès posttraumàtic— fos precisament una cosa inaudita entre els esquizofrènics. Hi ha estudis que demostren que les persones que han experimentat traumes com ara guerres, violència o violacions amb el subseqüent TEPT són més propenses a desenvolupar esquizofrènia. He llegit un estudi GWAS en què es constata que els gens associats amb el TEPT se superposen amb els gens que augmenten el risc d'esquizofrènia tal com es defineix al manual de diagnòstic *DMS*-5. Ras i curt: he arribat a la conclusió que si experimentes un trauma greu i tens antecedents d'esquizofrènia a la família, estàs en inferioritat de condicions. I aquesta conclusió es basa en més coses que no tan sols el que he llegit.

—Han començat a fer servir electroxocs per esborrar records traumàtics.

—T-t-t'enfots de mi —va dir en Tom.

—No —va dir en Jack, ara en la seva versió relativament prima i poc medicada, mentre s'asseia a la nostra taula—. Aviat farà deu anys que ho fan. Primer en rates, ara en humans. És que som iguals, saps? Quants tractaments has rebut?

—Quatre —vaig dir.

—I funciona?

—No me n'enrecordo.

Els altres dos van riure.

—No, ja m'imagino que no pots recordar el que has oblidat —va dir en Jack, i va endrapar l'arròs fregit.

—És broma —vaig dir—. Sí que me n'enrecordo. Però s'està dissolent, desapareixent, com... —Vaig furgar el menjar.

Vaig veure que en Jack es regirava a la cadira.

—Com? —va fer. Perquè igual que en Jack no suportava les partides d'escacs a mig acabar ni les coses que no fossin simètriques, tampoc no tolerava les frases inacabades.

—La boira matutina —vaig dir, i vaig veure que es tranquil·litzava.

En Jack afirmava que no era esquizofrènic sinó esquizotípic, és a dir, el tipus més lleu. I que per tant no patia d'al·lucinacions, deliris, paranoia, veus al cap ni agressivitat, i no era —com en Harry— una estàtua callada i immòbil que es limitava a tenir la mirada perduda. Al contrari, en Jack estava agraït per la dosi justa de bogeria de què estava proveït i que, segons ell, tard o d'hora el tornaria un pintor, escriptor o coreògraf de fama mundial i faria que totes les dones boniques del món es llancessin als seus peus. I és que la recerca demostrava —i aquí en Jack podia presentar documentació, de fet— que el trastorn esquizotípic no sols estava molt relacionat amb la creativitat i el talent artístic, sinó també amb l'atractiu al mercat sexual.

Després de dinar, em vaig posar les vambes i vaig sortir a córrer. La meva ronda habitual baixava per la part del darrere de l'edifici principal fins a la vetusta porta de ferro forjat amb les inicials BA, que, segons explicaven als visitants, representaven el cognom Ballantyne, però que els que portàvem un temps vivint aquí sabíem que representaven Ballantyne i Asil d'alienats. Vaig córrer durant deu o dotze minuts seguint el camí abans de tombar cap a dins del bosc i descriure un arc per sortir al camp de gespa curta que pujava fins a la façana de l'edifici principal. En algun lloc del bosc vaig tenir una revelació: no em reconeixia. No em vaig inquietar, ja que sabia que les llacunes de memòria que sorgien després del tractament de TEC acostumaven a omplir-se al cap d'uns dies. Si més no, les parts que no volíem esborrar. Així i tot, en sortir a camp obert i veure l'edifici principal, vaig creure per un moment horrible que havia tingut una recaiguda, que allò era una al·lucinació.

Llavors, però, ho vaig recordar i se'm va asserenar el pols.

L'edifici era de l'estil que, segons sembla, s'anomena gòtic col·legial, amb una part central de quatre plantes i una ala més baixa a cada costat. El carener de la part alta tenia dues banyes. Hi havia qui li deia la Casa de la Nit perquè molts pacients —com jo— es despertaven aquí i tenien la sensació que els anys que havien passat des que hi van arribar tan sols havien sigut un somni. Era un edifici bonic i acollidor, però, i lluïa el sol. Així i tot, per algun motiu, allò em va fer sentir esgarrifances. Alguna cosa que havia somiat sota els efectes de l'anestèsia, potser. Vaig tornar corrent, em vaig dutxar i em vaig vestir per a la sessió de teràpia. Notava que el cor m'anava una mica més de pressa. Sempre em passava quan havia d'anar a veure la meva terapeuta.

—Com estàs avui, Richard?

—Bé.

—M'han dit que la TEC ha anat bé.

—Sí.

La terapeuta va alçar els ulls de la llibreta i es va apartar el serrell curt *à la garçonne* del front i les ulleres de llegir. Només érem nosaltres dos. Com de costum, sèiem a la sala on es feia la teràpia, gran i lluminosa i moblada com una sala d'estar acollidora. Va joguinejar una mica amb el clip dels cabells de color rosa que feia servir de punt de llibre i em va clavar els ulls blaus. Va fer aquell somriure que propaga la llum del sol i que et fa sentir no només que et veu, sinó que només et veu a tu. Diria, però, que no cal que siguis esquizofrènic per alimentar aquesta mena de deliri. Segons sembla, això d'enamorar-te del teu terapeuta quan és del sexe contrari, ronda la teva edat i no li manca atractiu precisament és tan habitual que et preguntes què no va a l'hora si el pacient no se n'enamora. La Karen Taylor complia tots aquests criteris, així que a mi no em passava res de dolent, per desgràcia. N'estava enamorat perdut. I era tan imbècil perdut que de vegades em permetia imaginar que el sentiment era correspost, que només la refrenava la integritat com a terapeuta. Això, malgrat que feia gairebé quatre anys que em tractava i coneixia els racons més immunds i repugnants del soterrani de la meva ment. L'únic que puc argumentar en defensa meva és que la meva presumpció és obra seva, és ella qui m'ha fet creure que em poden estimar per qui soc. Bé, sigui com vulgui, ara m'aferro a aquesta creença, imaginada o no, perquè l'experiència m'indica que el que diu al brodat emmarcat que hi ha a la paret darrere seu és veritat: «Rich are the loved». Més rics, més contents, més sans.

—Pensa en quant de camí has fet —va dir—. T'enrecordes de quan vam començar?

Vaig assentir amb el cap. Per descomptat, havia patit uns quants revessos al llarg del camí, però l'avenç era indiscutible. Tot i que probablement m'hauria de medicar la resta de la vida, ara me'n sortia amb unes dosis tan petites que els efectes secundaris eren negligibles. De comú acord amb el metge en cap, la Karen havia estimat que, si aconseguien esborrar el record traumàtic que era el fonament del diagnòstic del TEPT, es reduiria més el risc de tornar-me psicòtic altre cop. Ras i curt: em podrien donar l'alta.

Ho volia, això?

El dilema era evident. Havia viscut aquí des de l'adolescència, no havia tingut mai cap feina, no tenia estudis, no havia tingut mai parella ni havia après les regles del joc per funcionar en societat a l'exterior. Havia heretat uns quants diners de la família del meu pare, i juntament amb un pis que llogava em podia permetre residir en un hospital privat com Ballantyne. Per tant, quina utilitat real tindria a fora? Havia començat a considerar el paper de pacient com la meva feina, la meva contribució a la societat. Proporcionava llocs de treball i em posava a disposició de qui volgués provar mètodes nous en la lluita contra els aspectes més desagradables de l'esquizofrènia. A més, quan diuen que la qualitat d'una societat es pot mesurar segons com cuida els seus membres més febles, perquè això es pugui mesurar algú ha de presentar-se voluntari a ser el més feble, oi?

Sí, és clar, això era racionalitzar-ho, construir-me una realitat en què tingués sentit que fos viu, que em llevés al matí, que em cruspís el menjar que em posaven al davant i que visqués un dia més. I tot i així... Quan contemplava quin profit, sent realista, podia fer jo a fora, que potser no valia més que em quedés aquí i em fessin servir per a alguna cosa com aquesta: ensenyar a la psiquiatria més coses de com es podia utilitzar la teràpia combinada amb tractament de TEC per esborrar records traumàtics que provoquen psicosi? Simplificant-ho molt, el mètode consistia a explicar de manera detallada el trauma i poc després rebre anestèsia i una petita descàrrega elèctrica. Era cert que aquell mètode ja tenia deu anys, però encara hi havia moltes coses que no se sabien ni es comprenien.

—Avui al matí, abans de la teva TEC, sèiem aquí —va dir la Karen—. Ho recordes?

—No —vaig dir—. Però ho he vist al calendari que tinc a la meva habitació, així que ho sé. Però ho recordo tot d'ahir, de la setmana passada i dels últims anys. Bé, això crec.

—Recordes res en absolut d'avui abans de despertar-te de l'anestèsia?

—Sí —vaig dir—. Moltes coses.

—Moltes coses? Com ara què?

—Era en una festa de retrobament amb els antics companys de classe de l'escola on vaig anar després de l'incendi.

—Recordes haver anat a una escola després de l'incendi?

—No, només ho he somiat.

—M'ho dius perquè no em pensi que han tornat els deliris?

—Que siguis esquizofrènic no significa que no somiïs com tothom.

La Karen va riure fluixet.

—Entesos, continua. —Sabia que confiava en mi, ja que amb el pas del temps li havia demostrat que no mentia, que la convidava a entrar i em posava al descobert. Deia que l'autoengany era una manera de protegir-se del dolor i que la meva sinceritat era senyal que m'havia tornat més fort, més sa, que tenia més aguant.

—Primer somio que visc en un poble on m'han enviat després que els meus pares hagin mort en un incendi. Allà, a un dels meus companys de classe se'l menja un telèfon i un altre es transforma en un insecte. I tothom, tret de la noia de la qual estic enamorat, es pensa que en tinc la culpa. I... —Em vaig empassar la saliva.— Tenen raó. És culpa meva. Però llavors, al final salvo la noia.

Vaig veure que la Karen anotava alguna cosa. Vaig suposar que era la paraula «culpa».

—I això és tot el que somies? —va preguntar.

—No. De sobte, han passat quinze anys i soc un escriptor que s'ha inventat tot això del telèfon i de les desaparicions. Ara tot això no és més que una novel·la de terror juvenil que ha tingut un gran èxit. És com si hagués somiat que he somiat, m'entens?

—*A dream within a dream*. Edgar Allan Poe.

Vaig somriure. Li agradaven els llibres, era una de les coses que teníem en comú.

—Exacte. Sigui com vulgui, han passat quinze anys i torno al poble per assistir a una festa de retrobament de la classe. El vespre comença amb normalitat, però llavors, de manera gradual, comencen a passar coses absurdes i descobreixo que el que m'havia inventat resulta que és cert. O si més no, ho visc com si fos cert. I els altres, tots plegats, m'empaiten. Se'm volen menjar.

—És un somni dins d'un somni o somies una psicosi? Què creus?

—No ho sé, és que ho veig des de dins i tot sembla real. Una vegada em vas dir que somiar pot ensenyar als altres què significa patir de deliris.

—En part, sí. Al somni, com al deliri, acceptem que s'incompleixin les lleis de la física, que hi hagi paradoxes impossibles i contrasentits.

—Era exactament així. Només és que, d'alguna manera, tot tenia relació. Tenia sentit, saps?

—Quin sentit?

—Que... —Em vaig aturar. Era com si hagués reflexionat fins aquí, però no més. Llavors, però, vaig continuar.— Que era culpa meva, de totes maneres. Que tothom m'empaitava perquè és culpa meva.

—Què és culpa teva, Richard?

—Tot. —Em vaig posar la cara a les mans.— Sé que això que t'empaiti tothom és la clàssica paranoia, però no pots ser una mica paranoic quan somies?

Estava força segur que en algun lloc d'aquella llibreta havia escrit les paraules «esquizofrènic paranoide», que era el meu diagnòstic original.

—Sí —va fer la Karen—. La majoria de nosaltres tenim somnis paranoides de tant en tant.

—Tu també?

Va somriure breument, es va treure les ulleres de llegir i les va netejar.

—Ens mirem el teu record traumàtic, Richard?

—D'acord.

—No hi entrarem gaire a fons, ara, que no el volem revifar, però només per comprovar si l'última TEC d'avui se n'ha endut una mica més.

—Entesos.

—Bé, doncs, què recordes de l'incendi? Així breument.

L'incendi. Hi vaig haver de rumiar. Recordava que hi havia un incendi, és clar, però encara que sembli estrany em vaig quedar en blanc un moment. Llavors me'n vaig recordar.

—Vam calar foc a la casa —vaig dir.

—Qui?

—Jo i els bessons. Llavors vam fugir. Les arrels del roure ens perseguien per atrapar-nos. D'entrada, em vaig salvar perquè el reixat estava electrificat, per això vaig aconseguir quedar-m'hi agafat. Però llavors vaig perdre el contacte amb el terra i em vaig veure arrossegat cap a l'arbre. Per sort, van venir en Frank i l'agent Dale i em van salvar.

—En Frank i en Dale? —va preguntar la Karen mentre prenia notes.

—Sí.

—I ja està?

—M'has dit que volies que fos breu.

—Sí, i ja està bé —va dir, però li vaig veure la preocupació que es pensava que amagava molt bé—. El que passa és que no estava pensant en aquest incendi.

—No? Ah, vols dir l'incendi provocat per mi en aquell camp de gespa, el que hi havia a la vora de l'abocador quan vivia amb en Frank i la Jenny?

—En Frank i la Jenny —va repetir amb calma, i només la manera gairebé imperceptible en què va apujar les espatlles em va revelar que l'últim que havia dit l'havia neguitejat.

—Relaxa't, Karen —vaig dir—. No són deliris, ho he tret dels meus somnis. És només d'aquí, que recordo coses que tinguin a veure amb incendis.

Es va sentir un copet sec quan el seu bolígraf va caure al terra de parquet, però no semblava haver-se'n adonat.

—És veritat, això, Richard?

—Per què hauria de mentir? —La resposta era tan evident com certa. Per donar-te una alegria, Karen Taylor. Perquè faré qualsevol cosa per veure't somriure.

Em vaig inclinar, vaig collir el bolígraf i l'hi vaig allargar. Se li van abaixar a poc a poc les espatlles mentre un somriure com... bé, com de felicitat se li estenia per la cara.

—Saps què, Richard? Em sembla que això fa bona pinta. Em sembla que això fa molt bona pinta. Et pots esperar aquí mentre vaig a buscar alguns dels altres?

Vaig assentir amb el cap. «Els altres» eren l'equip de terapeutes, psiquiatres i psicòlegs que treballaven estretament amb els pacients. Perquè la ment humana era —tal com deien ells— massa complexa per tenir l'expectativa que una persona sola en tragués totes les conclusions correctes.

Mentre els seus passos s'allunyaven darrere la porta i passadís avall, vaig mirar la llibreta que havia deixat a la cadira.

No se l'havia deixat mai. Bé, no m'havia deixat mai a mi en cap de les nostres sessions al llarg d'aquests quatre anys. Només això em deia que era un dia especial. Per descomptat, em preguntava què passaria, però sobretot em preguntava què havia escrit la Karen en aquella llibreta en tots aquells anys. Perquè era la mateixa, coneixia totes les arrugues i tots els matisos del marró de la coberta de pell. Quantes vegades havia fantasiejat sobre el que hi havia escrit de mi? Una cosa eren els historials que redactava a l'ordinador i lliurava després de cada sessió. Eren purament professionals, és clar. Aquesta llibreta, però, era una altra cosa, probablement contenia els seus pensaments i reflexions immediats, personals i privats sobre el pacient. Oi? Que potser havia revelat alguna cosa seva en aquells escrits?

Vaig dubtar un moment.

Llavors em vaig inclinar, vaig agafar la llibreta de la cadira, vaig treure el clip rosa i em vaig posar a fullejar-la. No és que m'esperés trobar res que destaqués així d'entrada, com a l'estoig d'una noieta, tipus *I love Kurt Cobain.* Sabia per experiència pròpia, però, que quan fas gargots les idees a mig pensar que acaben al paper sovint són més reveladores que les formulades un cop ben meditades. Per això em vaig endur una decepció en adonar-me de seguida que les notes tenien el mateix estil professional que les històries clíniques acabades que sempre em deixava llegir si l'hi demanava.

> Estat actual: R. J. va ben polit, fa bon contacte formal i informal. És conscient del temps, el lloc i la situació. Cap senyal de desconnexió amb la realitat ni d'al·lucinacions. Nivell d'estat d'ànim neutre. Bona capacitat d'expressió verbal.

Vaig llegir unes quantes pàgines més. Eren coses conegudes, com mirar fotos d'un mateix.

11 d'abril, 11.15: R. J. està relaxat i és divertit i encantador quan parla de les seves sortides a córrer. Quan reprenem el fil d'ahir i tornem a parlar de la infància, R. J. repeteix que tenia una relació harmoniosa i afectuosa tant amb el pare com amb la mare abans de la malaltia del pare. El llenguatge corporal i el nivell d'estat d'ànim de R. J. són neutres i equilibrats, però, com de costum, canvien quan toquem el tema de l'incendi. No obstant, hi ha una millora en relació amb el començament de la teràpia (p. ex., mirades de reüll sobtades, períodes llargs de silenci, indicis clars d'al·lucinacions). Així i tot, el llenguatge corporal i la veu encara indiquen estrès, més en les descripcions del que els va passar als pares que no en el perill que va córrer ell mateix. No tinc cap dubte que aquell incident ha estat el desencadenant de molts dels problemes de R. J. i que encara queda molta feina a fer per treballar aquest trauma. TEC una alternativa? Sigui com vulgui, vull recomanar a l'equip que ens ho replantegem. Potser R. J. podrà parlar de l'incident d'una manera nova i més aprofundida; ara mateix sembla que només repeteix el que ja ha dit, amb el mateix dolor, però sense millorar-ne la comprensió.

Quan vaig afluixar el clip que subjectava unes quantes pàgines, van caure dos fulls A4 doblegats. Els vaig desplegar i vaig veure que estaven escrits amb lletra atapeïda. El títol era *L'incendi*. Vaig llegir les primeres frases i em va sorprendre que ni reconeixia el contingut ni tenia cap record d'haver-lo escrit. I és que, sens dubte, era la meva lletra. Vaig vacil·lar. Intuïa què arriscava. La teràpia cognitivoconductual, el tractament amb electroxocs, tot podria anar-se'n en orri si ara llegia això. Per altra banda, només podia tenir la prova de si allò havia funcionat, de si de debò havia esborrat de la memòria el que la memòria no volia retenir, si ho llegia.

Vaig tancar els ulls. Vaig respirar fondo. I els vaig tornar a obrir.

Quan tenia tretze anys, el pare s'havia posat tan malalt que vaig començar a témer per ell. Abans també havia tingut períodes en què es comportava de manera estranya, però ara va començar a tenir deliris. Entre altres coses, acusava la mare de muntar orgies quan ell no era a casa, d'arreplegar desconeguts —i desconegudes— del carrer. I de vendre'ls les seves coses. Com per demostrar-ho, esmentava trajos, rellotges, instruments musicals, ràdios i fins i tot cotxes que no havia tingut mai, però que afirmava que ara havien desaparegut. Altres dies podia passar hores assegut immòbil mirant la paret sense dir ni una paraula ni menjar ni una engruna, i això gairebé era pitjor. Llavors temia haver perdut el meu pare. La mare el va provar d'internar, però la família paterna hi va posar fre; deien que altres familiars amb les mateixes «tendències» excèntriques se n'havien sortit la mar de bé sense internar-los enlloc, que només els calia descansar. I que, a més, l'ingrés en un manicomi seria una deshonra —a sobre, totalment innecessària— per a la família.

Una nit, el pare em va despertar i em va dir que unes veus li havien explicat que ell i jo érem germans siamesos, que havíem nascut units pels malucs i que ens havien separat. El motiu pel qual jo semblava més jove que ell era que el gen de l'envelliment era a la seva part del cos, de manera que jo envellia molt més a poc a poc. Em va ensenyar una cicatriu al maluc com a prova, i quan li vaig dir que jo no en tenia cap, no em va creure i em va abaixar a la força els pantalons del pijama per comprovar-ho. La mare, que s'havia despertat pel soroll, va entrar i va malinterpretar el que va veure. I encara que li vaig explicar què passava i que el pare no m'havia posat mai a la vida un dit a sobre, i en qualsevol cas, no d'aquella manera, es notava que tenia els seus dubtes.

Al cap d'uns dies, la mare em va explicar que el pare li havia pegat i l'havia amenaçat amb un ganivet. La policia havia vingut i se l'havia endut, però el deixarien anar si la mare no ho denunciava. La meva àvia paterna l'hi havia desaconsellat; bé, més aviat l'havia amenaçat perquè no ho denunciés. Van acordar que el pare es traslladaria a casa dels avis paterns i que es mantindria lluny de nosaltres fins que no millorés. La mare va canviar el pany de la porta del nostre pis, i quan li vaig preguntar per què, em va dir que el pare no milloraria mai, que només calia mirar-se els seus dos oncles. Quan li vaig preguntar què els havia passat, em va dir que valia més que no ho sabés.

L'endemà, el pare va venir al nostre pis. Va entrar amb la clau per la porta del carrer, però en arribar a casa nostra, al vuitè pis, i adonar-se que havíem canviat el pany, es va posar fet una fúria i va començar a donar cops a la porta.

—Sé que sou aquí dins! —va bramar—. Obriu! Richard, em sents?

La mare i jo estàvem drets a la cuina, darrere del rebedor. M'abraçava i llavors em va posar la mà davant la boca.

—No contestis —va xiuxiuejar amb la veu plorosa.

El pare va continuar colpejant la porta.

—Sé que la teva mare no em vol deixar entrar, però tu, Richard, tu sí que em deixaràs! Ets carn de la meva carn! Això és casa meva, la vaig crear per a nosaltres!

Em volia deixar anar, però la mare m'agafava fort. Al cap de deu minuts més de cops de puny, de puntades de peu i de brams, el pare tenia la veu plorosa.

—Porqueria! —va esgaripar—. Richard, ets porqueria. La teva mare cremarà a l'infern i tu no hi pots fer res. Perquè ets petit i feble i covard. Ets porqueria. Em sents? Ets porqueria. I em deixaràs entrar.

Va passar gairebé mitja hora abans no vam sentir els passos i els renecs del pare en marxar pel passadís.

La mare va trucar a l'àvia materna i li va explicar què havia passat, i ella li va dir que demanaria medicines al metge de la família, que sabia perfectament què li passava al pare i que ja tindria cura ella del seu noi.

Al cap de només dos dies, però, el pare tornava a ser fora de la nostra porta.

—Cremareu tots dos! Aquest és el meu pis i el nen és carn de la meva carn! Carn de la meva carn!

Al final, dos veïns van sortir dels seus pisos, sentíem les seves veus al passadís. Van aconseguir tranquil·litzar el pare i en últim terme el van acompanyar fora de l'edifici. Per la finestra, vaig veure que travessava el carrer. Semblava d'allò més petit i solitari, allà baix.

Aquella nit vaig tenir malsons. Vaig somiar que no existia com a persona diferenciada, que tan sols era una protuberància a l'esquena del pare. La cosa estranya era que quan érem allà colpejant la porta i escridassant la mare, jo hi contribuïa. Sentia la desesperació, la ira i la por del pare. Potser era perquè l'estimava i l'admirava per damunt de tot, malgrat que també estimava la mare. És difícil precisar exactament què admirava tant; el pare era un home normal i corrent, un venedor d'assegurances molt treballador sense cap talent especial, fora que es podia posar dos dits a la boca i xiular més fort que ningú que jo conegués. És cert que el pare era de família adinerada, però crec que en realitat els havia decebut una mica. Tot i així, per a mi, el reconeixement i l'aprovació del pare eren més importants que els de qualsevol altra persona del món. M'imagino que per això sempre l'obeïa al més mínim senyal, sense reserves. Com un quisso ben educat, com solia dir la mare. Però també hi pot haver hagut un altre motiu pel qual —si més no, al somni— em vaig posar de part del pare, encara que era evident que era la part equivocada. Perquè la mare havia sigut infidel, jo ho sabia. Havia tingut una aventura amb el seu cap l'any abans. Tots dos treballaven a la biblioteca del costat de l'escola. Un dels nois de la classe em va dir que els havia vist petonejar-se entre dues files de prestatgeries, que la meva mare era una puta. Li vaig pegar i em van enviar a la temuda porta vermella, la del despatx del director. Però no va ser tan i tan terrible: em vaig limitar a seure allà fent veure que me l'escoltava mentre em renyava, sense dir res. Tampoc vaig dir ni una paraula al pare quan vaig arribar a casa. A la mare, però, li vaig explicar el que deien a l'escola, i es va posar a plorar i va admetre que ella i el seu cap havien tingut una relació, però que ja s'havia acabat. Com per demostrar-ho, al sopar de l'endemà va anunciar que havia presentat la seva renúncia a la feina, i això va sorprendre el pare. Va dir que havia semblat molt contenta de treballar allà. I com si volgués consolar-la, va afegir que el més important era que treballés d'alguna cosa que li donés alegria. Ella li somreia mentre jo acotava el cap, continuava mastegant el menjar i resistia l'impuls d'abraçar el pare.

La nit que el pare va calar foc al pis, unes hores abans, al vespre, jo estava estirat al llit escoltant els sons de la ciutat. Sobretot les sirenes dels cotxes de policia, que m'encantaven. Aquella nota que pujava i baixava, com si fos un lament, em feia tremolar, perquè les sirenes indicaven que havia passat alguna cosa dramàtica, emocionant. Alhora, era el so de la seguretat, perquè s'estaven encarregant del cas, les coses s'arreglarien, algú estava alerta. Era el que volia fer jo, estar alerta. Volia ser policia, preferiblement agent de l'FBI, amb un cotxe patrulla, llums blaus al sostre i una sirena que cantés la seva cançó de bressol a la població.

Quan em vaig despertar, d'entrada em vaig pensar que sentia una sirena, però llavors vaig entendre que era el telèfon del rebedor.

Em vaig quedar una estona ajagut fins que em vaig adonar que la mare no agafaria la trucada. Potser eren els somnífers que el metge li havia receptat després de fer fora el pare. El telèfon va deixar de sonar i ja m'estava tornant a adormir quan va tornar a començar. El cor em bategava. Perquè sabia qui era, és clar. Em vaig aixecar i vaig anar de puntetes al rebedor per evitar que tota la planta dels peus tingués contacte amb el terra glaçat. Vaig despenjar el telèfon.

—Digui? —vaig fer, fluixet.

Vaig sentir que algú agafava aire.

—Richard, fill meu. —Era la veu aguda, gairebé femenina, del pare.— Em vols obrir la porta.

—Obrir la porta?

—Vull entrar. I tu em vols obrir la porta.

—Pare...

—Calla. Ets el meu fill. Ets carn de la meva carn i faràs el que et digui.

—Però...

—No em posis peròs. Ja estic bo, però la mare no se n'adona, no ho vol saber. Però he de parlar amb ella perquè entengui que nosaltres tres hem d'estar junts. Som una família, oi?

—Sí, pare.

—Sí, pare...?

—Sí, pare, som una família.

—Molt bé. Doncs obre'm la porta i ves-te'n a dormir. Quan et despertis demà al matí, ja veuràs com la mare i jo ens haurem reconciliat i esmorzarem junts, i tot serà com abans.

—Però tu...

—M'han donat medicines, el cap se m'ha calmat i ja estic recuperat. Obre la porta i ves-te'n a dormir, Richard, que demà has d'anar a l'escola.

Vaig tancar els ulls. Em vaig imaginar aquell esmorzar. Des de la meva cadira a la taula de la cuina veia l'edifici de l'altra banda del carrer; el sol del matí encara estava amagat al seu darrere, però li donava un halo que anava pujant gradualment mentre la mare i el pare parlaven amb frases breus de quefers pràctics i coordinaven les tasques de la jornada. Família. Amor. Seguretat. Cohesió. Sentit.

El següent que recordo és que era al llit. M'havia despertat d'un somni. La mare, el pare i jo anàvem amb cotxe per un paisatge boscós pla. Ens dirigíem cap a una presó on visitaríem un dels oncles del pare, s'aixecava pols de la carretera, el parabrisa estava brut i feia olor de líquid eixugavidres. Em vaig quedar al llit, parant l'orella. Encara feia olor de líquid eixugavidres i se sentia alguna cosa, potser una cadira, que bolcava i queia. Vaig baixar del llit i vaig sortir al passadís. L'olor d'alcohol em va penetrar al nas i el parquet era moll i enganxifós sota els peus descalços. La porta del dormitori de la mare estava entreoberta i en sortia llum. M'hi vaig acostar de puntetes i hi vaig donar un cop d'ull.

Efectivament, hi havia una cadira tombada a terra. Dalt hi havia la mare penjant. Immòbil. Més ben dit, girava a poc a poc mentre semblava que els peus descalços s'estiraven cap a terra per intentar trobar terreny ferm. La camisa de dormir blanca estava xopa i gotejava, tic-toc-tic-toc. Primer, el cos es va girar de manera que li veia l'esquena i les mans, que estaven lligades. Llavors es va girar de cara i vaig aixecar els ulls. Tenia els cabells enganxats a la cara, com si hagués plogut. La boca coberta de cinta americana de color plata. Tenia els ulls oberts, amb la mirada perduda, però sabia que no veien res. La corda que tenia al voltant del coll estava subjectada al sostre, al mateix ganxo d'on penjava el llum. Tot i que mai a la vida havia vist un cadàver, ho vaig saber amb tanta certesa com que jo era viu: la mare era morta. Se'm va tancar el coll, però així i tot vaig aconseguir que em sortissin les paraules quan vaig veure la flameta groga.

—No. Pare, no ho facis.

El pare, que estava dret al costat de la mare, es va girar a poc a poc i em va mirar amb ulls de somnàmbul. Un somriure càlid se li va estendre per la cara.

—Però és que ja t'ho he dit, fill meu. Si els vols matar de debò, els has de matar dos cops. Si no, tornen.

Va aixecar l'encenedor i la flama va llepar la vora de la camisa de dormir de la mare. Es va sentir un soroll fluixet de flamarada i va fer l'efecte que alguna cosa havia xuclat tot l'aire de l'habitació. Llavors la mare es va encendre. Amb prou feines la distingia enmig de les flames. Gotes de foc queien sobre el terra, que també es va incendiar. Vaig retrocedir, mirant fixament les flames que reptaven cap a mi seguint els rastres de l'alcohol, com dits llargs de color groc i blau. No volia recular, volia entrar allà, agafar l'edredó i posar-lo al voltant de la mare, sufocar i apagar el foc. Però el cos no obeïa les meves ordres. I és que el pare —com sempre— tenia raó. Era covard. Feble. Porqueria. Així que vaig recular. Em vaig allunyar de la porta i vaig tornar pel passadís, encara amb flames famolenques perseguint-me reptant, fins que vaig poder obrir la porta del meu quarto, entrar a dins i barrar-li el pas a tot. Llavors em vaig prémer les mans contra les orelles, vaig tancar els ulls i vaig xisclar.

No sé quant de temps em vaig quedar així, però quan vaig notar l'onada de calor contra la cara i el cos, vaig obrir els ulls i vaig veure el pare omplint el forat de la porta, tot el passadís estava en flames al seu darrere. Vaig deixar de xisclar, però el xiscle va continuar i vaig tardar un moment a entendre que no era un crit, sinó l'alarma antiincendis. El pare va entrar i va tancar la porta, es va ajupir al meu davant i em va posar les mans a les espatlles. A fora, l'alarma va passar d'un xiscle continu a un udol intermitent. Entre els udols se sentien les flames, un petarrelleig creixent, com si hi hagués milers de larves devorant un cadàver.

—S'havia de fer així —va dir el pare amb una veueta suau, la que feia servir quan m'havia d'explicar per què havia de deixar que el metge de l'escola em posés una injecció o que no em podia portar al cineclub a veure *La nit dels morts vivents* perquè la mare no ho volia—. M'ho diuen les veus i saben el que es diuen. Ho entens?

Vaig fer que sí amb el cap. No perquè ho entengués, sinó perquè no volia que es pensés que no el comprenia, que no estava de la seva part. El pare em va acostar cap a ell.

—Tu també les sents, les veus? —em va xiuxiuejar a cau d'orella.

No sabia si havia de fer que sí o que no amb el cap. Sentia alguna cosa a la llunyania entre cada xiulet de l'alarma antiincendis. No veus, sinó sirenes.

—Les sents? —va repetir, sacsejant-me amb delicadesa.

—Què diuen? —vaig preguntar.

—Que no ho sents? Diuen que ens n'anirem volant. Tu i jo, ens envolarem com... sí, com dues lluernes.

—I cap a on anirem? —vaig preguntar, intentant contenir el plor que empenyia entre l'estómac i la gola.

El pare va tossir. Llavors es va posar dret i va anar a la finestra. Va obrir les cortines i va obrir les fulles a banda i banda del muntant. De seguida vaig notar un corrent d'aire nocturn fred a la cara, com si el pis s'hagués estat aguantant la respiració. Va mirar enfora, cap al cel.

—No ho pots veure, perquè som en una ciutat —va dir—. Però saps què, Richard? Per allà dalt volen milions com nosaltres. Lluernes que s'han solidificat en el temps. Estels. Resplendeixen i ensenyen el camí. Però ningú els pot atrapar. Vine.

Havia pujat a l'ampit de la finestra i s'havia posat a la gatzoneta. Ara m'oferia la mà. Em vaig quedar quiet a la porta.

—Vine! —va dir, i quan vaig sentir que la veu canviava de caràcter, que agafava aquell tall de sílex esmolat, el vaig obeir a l'acte.

Em va agafar la mà i em va pujar a l'ampit al seu costat. Ens vam quedar ajupits allà, cadascun en una banda del muntant de la finestra, amb el cap a l'exterior, ell agafant-me fort la mà. Si un de nosaltres s'aboqués una mica i caigués, l'altre també cauria. O volaria. Les sirenes eren més a prop i vaig veure que al carrer s'havia aplegat gent i que en continuava sortint més de l'entrada del nostre edifici. Quan vaig aixecar la vista, em va semblar que de debò veia estels, estels que ballaven al cel. La seva mà era tan i tan càlida al voltant de la meva. Allò semblava irreal, com si tot plegat tan sols fos un somni.

—No és preciós? —va dir el pare.

No li vaig contestar.

—Comptaré fins a tres i llavors volarem —va dir—. Preparat? Un...

—Pare —vaig xiuxiuejar—. Sisplau, no m'agafis tan fort la mà.

—Per què no? Ens hem de mantenir units.

—No podré volar si no afluixes una mica.

—Qui ho diu, això? —va preguntar, i en comptes d'afluixar l'agafada, vaig notar que l'estrenyia.

—Les veus —vaig fer—. Ho diuen les veus. I les veus saben el que es diuen, oi?

Em va mirar una bona estona.

—Dos —va dir amb un to inexpressiu, i el seu cos ja estava movent-se cap endavant.

«Això no és un somni», vaig pensar. «Està passant. Caiem».

—Tres —va dir, i vaig notar que aquella mà gran i càlida afluixava una mica. Vaig apartar la meva mà d'una estrebada, em vaig agafar al muntant i vaig veure que el pare mig girava el cap cap a mi. Feia cara de sorpresa. Llavors va desaparèixer.

Durant uns segons, vaig seguir el seu cos mentre queia silenciosament al llarg de la façana. Va desaparèixer enmig de la foscor i després va reaparèixer fora de les finestres on els llums estaven encesos. L'alarma antiincendis s'havia aturat i l'únic so que sentia era el cant de sirena dels camions de bombers: «Estem venint, estem venint». No vaig sentir el cos del pare xocant contra l'asfalt, només el xiscle de la multitud. I després, els seus crits quan em van descobrir a la finestra del vuitè pis. No sé quant de temps em vaig quedar assegut esperant a l'ampit, però quan el camió de bombers va haver arribat, la lona de salvament estava estesa just a sota meu i em cridaven que saltés, el meu llit cremava darrere meu. Ara tothom que era al carrer cridava, era com una melodia.

—Salta, salta, salta!

Així doncs, vaig saltar.

S'aturava aquí.

Vaig rellegir les primeres frases, buscant una cosa que no trobava. La persona que no trobava, l'estrany que aparentment havia passat per allò. O que s'ho havia inventat. Però continuava sense despertar-me cap record. Significava que estava curat, guarit? Bé, guarit en la mesura en què ho estàs després d'una amputació?

Sí, em feia aquest efecte. Però fins a quin punt en podia estar segur?

Vaig sentir passos, vaig tornar a enganxar el clip, vaig tancar la llibreta i la vaig tornar a deixar a la cadira.

—Richard! —va dir amb un somriure el doctor Rossi, el metge en cap del pavelló, i em va agafar la mà amb les dues mans com si fos un amic íntim. La idea no era tan escabellada, tenint en compte que portava a Ballantyne vuit dels meus quinze anys aquí, però jo preferia una certa distància. En Rossi, per la seva banda, creia en reduir la distància entre metge i pacient. «Si les persones són bones, no és perillós tenir un tracte personal», acostumava a dir. M'imagino que és més fàcil dir-ho i practicar-ho si treballes en un lloc amb tants recursos per pacient com Ballantyne.

Darrere seu venien la Karen i en Dale. En Dale era psicòleg i investigador a la universitat. Feia recerca sobre el tractament de TEC per esborrar records traumàtics en pacients amb TEPT i ens feia un seguiment a mi i a dos pacients més que rebíem el mateix tractament a Ballantyne. Com de costum —i al contrari que en Rossi—, en Dale anava vestit de manera impecable, amb pantalons i americana negres que feien joc amb la seva cabellera espessa de color gairebé negre blavenc.

—Tinc entès que ho estem fent tan bé amb tu que ens arrisquem a perdre't —va dir en Rossi, mentre es deixava caure en una de les tres cadires del meu davant, es repenjava i encreuava les cames amb les vambes Nike vintage i els texans desgastats. En Rossi era de la mena que duia jerseis de la universitat i decorava el despatx amb relíquies de la seva adolescència. Probablement tenia l'esperança que allò el fes semblar juvenil, accessible, encantador. Com la figureta original d'en Luke Skywalker o la primera edició emmarcada de *Swamp Thing*, la que té la ratapinyada enorme grunyint a la coberta. Un dia que en Rossi m'havia deixat esperant sol al seu despatx, em vaig plantejar robar-li una d'aquelles relíquies només per fotre'l.

—Això està per veure —vaig dir, i vaig mirar en Dale, que també s'havia assegut. Seia amb l'esquena recta i assentia amb el cap.

—Sembla prometedor —va dir—. Però encara que et donin l'alta, m'agradaria continuar fent-te un seguiment.

—Fa bona pinta, Richard, però no avancem esdeveniments —va dir en Rossi—. Vas arribar just després d'una tragèdia familiar i des de llavors has estat aquí. No has participat a la vida de fora i no podem comptar que el trànsit es faci sense problemes.

—Institucionalitzat —vaig fer.

—Eh, exacte. Pensàvem proposar que, d'entrada, passis dos dies a la setmana fora i després, quan vegem que la cosa va bé, ho augmentaríem. Què me'n dius, Richard?

Feia tant de temps que estava tan bé que se suposava que ara era competent per donar el meu consentiment en tots els assumptes.

—Segur que anirà bé... —vaig dir, esperant que no s'hagués adonat que havia agafat impuls per acabar la frase amb «Oscar». A en Rossi li agradava que féssim servir el seu nom de pila i no sé per què jo no ho aconseguia mai. No era només allò de la distància, sinó que tenia alguna cosa a veure amb el fet que m'havia fixat en la manera com en Rossi mirava la Karen.

—Molt bé —va dir en Rossi, picant de mans—. Doncs mirem-nos els resultats, a veure quina evolució has tingut, i parlem de les opcions de medicació i teràpia d'ara endavant.

Per descomptat, no parlaríem de res, però els pacients estaven més disposats a col·laborar si tenien la sensació que havien participat en la decisió.

—Et trobarem a faltar —va dir la Karen mentre ella i jo passejàvem per la sendera cap al llindar del bosc. Quan en Dale i en Rossi van haver acabat i se'n van haver anat, la Karen m'havia dit que tenia una petita sorpresa, una mena de regal de comiat.

—Només seré fora dos dies a la setmana.

—Doncs et trobaré a faltar dos dies a la setmana —va respondre, somrient.

Evidentment, havia sentit que havia fet servir el singular i no el plural en aquesta última frase. Es podia deure a un lapsus, és clar. Si era freudià o no, tant hi feia. Ella era terapeuta i jo pacient, i aquests dos —segons les directrius ètiques de l'associació de psiquiatria— no podrien unir-se mai. Excepte a la imaginació. Però si hi havia una cosa per a la qual tenia facilitat era per fantasiejar.

—Tens por? —va preguntar.

—De la vida a fora? —Em vaig adonar que imitava de manera inconscient la veu i l'entonació de classe alta de l'Oscar Rossi.— Bé, ja l'he provat abans. I va anar bé, suposo. Per èpoques. El problema és...

—Sí?

Vaig arronsar les espatlles.

—No tinc res constructiu per fer. No existeixo en un context. Com a pacient, almenys ets una baula en una maquinària.

—Hi he pensat, en això —va dir.

—Ah, sí?

—Tots necessitem fer alguna cosa que ens faci sentir que podem contribuir. —Va saludar amb la mà el vell jardiner, en Feihta, que seia com un rei al tallagespa japonès que brunzia amunt i avall per la catifa verda, però no ens va veure.— I sé que tu pots contribuir amb alguna cosa que no sigui ser un pacient.

—Com ara què, si es pot saber?

Vam seguir la sendera per l'interior del bosc. La llum del sol es filtrava a través del fullatge cap a nosaltres.

—Recordes que abans de començar el tractament de TEC et vaig demanar que posessis per escrit el record traumàtic amb tant de detall com el recordessis?

—No. Ho hauria de recordar?

—No passa res si no ho recordes. T'ho vaig demanar perquè quan repasséssim el record abans de cada tractament ho tinguéssim tot, perquè no ens deixéssim fils que poguessin tornar a dirigir la memòria cap a aquest record més endavant. Però quan vaig llegir el que havies escrit, vaig descobrir una altra cosa.

—Ah, sí?

—T'agrada escriure.

—Què vols dir?

—No et vas limitar a redactar un informe dels fets que havien passat. No sé si és una cosa que vas planejar o si simplement va sortir així, però et vas tornar narrador de contes. Vas intentar donar vida al que va passar per al lector, vas intentar fer literatura a partir d'allò.

—D'acord —vaig dir amb un escepticisme afectat, alhora que sentia alguna cosa. Emoció. Com si ho hagués estat esperant—. I me'n vaig sortir?

—Sí —va fer simplement—. En el meu cas te'n vas sortir, si més no. I ho vaig ensenyar a un parell de persones més que hi estan d'acord.

Va ser com si se m'eixamplessin els pulmons i el cor, com quan fas molt d'exercici i et fa l'efecte que l'espai entre les costelles i l'esquena és massa estret. Però això es devia a l'alegria. I a l'orgull. Per un text que no recordava haver escrit, però que acabava de llegir. «Un parell de persones més», vaig pensar. Amb això ja en tenia prou.

Vam travessar un pont de fusta sobre el rierol que passava per dins del bosc. Al nostre voltant se sentia el cant intens dels ocells, com fora de la meva finestra just abans de la sortida del sol. Vam pujar a un turonet amb una glorieta per on acostumava a passar quan sortia a córrer.

—Vine —va dir la Karen, i la seva mà va fregar la meva quan em va agafar pel colze.

La glorieta era hexagonal, amb parets de vidre, gairebé com un hivernacle, i estava construïda al voltant del tronc d'un roure vell que hi donava ombra. La Karen va obrir la porta i hi vam entrar. Allà dins hi havia una taula i una cadira que abans no hi eren. A sobre de la taula hi havia una màquina d'escriure, una pila de fulls de paper i un pot amb bolígrafs.

—No sé si vols fer servir ordinador o màquina d'escriure —va dir—. O escriure a mà. O si ni tan sols vols escriure.

La vaig mirar. Somreia d'orella a orella, però pestanyejava de pressa i tenia taques vermelles febrils al coll.

—Sí —vaig fer, empassant-me la saliva i mirant la vista dels turons al nostre voltant—. Vull escriure. I m'encantaria provar la màquina d'escriure.

—Molt bé —va dir, i li vaig sentir l'alleujament a la veu—. Crec que aquest lloc et pot inspirar. Un lloc on començar, si més no.

Vaig assentir amb el cap.

—Un lloc on començar.

—Bé —va fer la Karen, plegant les mans i posant-se de puntetes com acostumava a fer quan estava contenta i entusiasmada—. Doncs ho deixo a les teves mans. Et pots quedar aquí tant de temps com vulguis.

—Gràcies —vaig dir—. Això és idea teva, oi?

—Es podria dir així, sí.

—Què puc fer a canvi?

—Bé. Quan finalment et donin l'alta i ja no siguis pacient meu, què et sembla una entrada de cine?

Ho va intentar dir amb un to lleuger i ordinari, sense flirtejar, però era evident que havia assajat la frase per dir-la d'una manera despreocupada.

—Potser —vaig fer—. Cap petició especial pel que fa a la pel·lícula?

Va arronsar les espatlles.

—Alguna ximpleria romàntica —va dir.

—Fet.

Va sortir i va tancar la porta. A través de les parets de vidre la vaig veure desaparèixer a dins del bosc. Vaig donar unes quantes voltes a la taula. Vaig moure la cadira. Vaig fer la prova de seure-hi. El terra no era pla del tot i la cadira coixejava. Vaig ficar un full a la màquina d'escriure. Vaig fer la prova de pitjar unes quantes tecles. No m'havia imaginat que fos tan difícil fer-les anar. Devia ser qüestió de pràctica. Vaig apropar més la cadira a sota meu i vaig redreçar l'esquena. La cadira continuava coixejant. Llavors em vaig posar a escriure, amb penes i treballs, amb els dos dits índex.

La Casa de la Nit

—E-e-e-ets boig —va dir en Tom, i em vaig adonar que estava espantat, ja que va quequejar una vegada més que de costum.

També a labutxaca: